LUXÚRIA

FERNANDO
BONASSI

LUXÚRIA

1ª edição

CIP-BRASIL. CATALOGAÇÃO NA PUBLICAÇÃO
SINDICATO NACIONAL DOS EDITORES DE LIVROS, RJ

Bonassi, Fernando
B69L Luxúria / Fernando Bonassi. – 1ª ed. – Rio de Janeiro: Record, 2015.

ISBN 978-85-01-10430-4

1. Romance brasileiro. I. Título.

15-20995 CDD: 869.93
CDU: 821.134.3(81)-3

Capa: Thiago Lacaz
Imagem de capa: *Swimmer in Yellow*, 1990, Ball, Gareth Lloyd/ Coleção privada/ Bridgeman Images

Texto revisado segundo o novo Acordo Ortográfico da Língua Portuguesa.

Direitos exclusivos desta edição reservados pela
EDITORA RECORD LTDA.
Rua Argentina, 171 – Rio de Janeiro, RJ – 20921-380 – Tel.: 2585-2000.

Impresso no Brasil

ISBN 978-85-01-10430-4

"Quanto maior a força produtiva do trabalho, tanto menor é o tempo de trabalho exigido para a fabricação de determinado artigo, tanto menor também a quantidade de trabalho nele cristalizada e tanto menor seu valor. Ao contrário, quanto menor a força produtiva do trabalho, tanto maior é o tempo de trabalho necessário para a fabricação de determinado artigo, e tanto maior seu valor."

KARL MARX

"Drifting on a sea of forgotten teardrops
On a life-boat
Sailing for your love
Sailing home."

JIMMI HENDRIX

Baseado em pessoas e acontecimentos reais,
lamentavelmente.

1. Situação inicial

É UM MOMENTO histórico de prosperidade num país acostumado a viver na merda. O clima é tropical, desde sempre, mas hoje ele parece ainda mais úmido e quente do que antes. As roupas grudam nas pessoas que grudam no estofamento dos carros imóveis, grudados no asfalto. Não há o que ou quem possa se mexer. Nem jeito de fugir. Nunca tantos puderam tão pouco, e a força reprodutiva que isso tem fará deste verão o mais rico e abafado da história, afirmam as previsões climáticas e do governo. São massas de ar agitadas, em constante movimento. O vento gelado que sai dos prédios recém-entregues ao consumo empurra a fumaça dos carros de volta para o meio da rua e na cara de quem passa. Neste instante, os últimos vazios da cidade estão sendo ocupados por estacas cravadas numa terra envenenada muitas vezes, e muitas vezes recuperada, tudo em nome do progresso, de pontes e viadutos, de múltiplos prédios de apartamentos, galpões industriais, garagens de dez andares, lojas, sobrelojas, porões e puxadinhos, numa engenharia precária, que tenta multiplicar o mesmo espaço sem sair do lugar.

Os canteiros dessas obras urgentes transbordam sobre as calçadas e avenidas esburacadas, causando quedas, atropelamentos, tráfego intenso e uma poeira de areia com cimento que sobe e desce em redemoinhos, cegando quem tenta ver o que acontece.

O segredo é fechar os olhos.

Este é o melhor conselho que os mais velhos podem oferecer às novas gerações neste momento. E trabalhar. Na dúvida, trabalhar outra vez. Por trabalhar. Se necessário, desfazer e refazer inutilmente. Como se pudessem virar vagabundos se ficassem pensando — por um instante que fosse — nas vantagens e desvantagens de viverem uns com os outros desse jeito.

Esqueça. O melhor é nem pensar.

Também não tem sombra ou árvores em quilômetros e quilômetros de muros e paredes que sobem retos, em direção ao céu, irritando as nuvens negras.

Que Deus nos abençoe!

Sabem muito bem que o mínimo a fazer não pode ser feito em apenas uma semana... Mas tudo demora demais para o gosto deles. Desde sempre, desde sempre. De longe o tráfego aparece congelado, numa foto do satélite.

(...)

Está como um inferno.

(...)

A paralisia é apenas impressão: as pessoas sentadas nestes carros, por exemplo, estão a ponto de perder o pouco de paciência que têm, e apertam as buzinas como se fossem os pescoços uns dos outros.

É Guerra com "g" maiúsculo!

Uma pichação alerta para a luta de classes e para o tempo perdido atrás do volante. O rádio repete o que disse ontem.

É um faz de conta que acontece todo dia. Numa ou duas horas perdidas, estarão trancafiados em casa, os que têm casa, mas ainda é cedo. Há muito em que pensar agora. E os olhares molhados de drogas, do cansaço, de melancolia e metais pesados derivam de um lado para outro dessas pistas que se encadeiam enquanto se afunilam, entre painéis e luminosos encardidos, à espera de entenderem esse incontrolável desejo que têm — todos — de ir para o mesmo lado, ao mesmo tempo.

Por enquanto se sente no ar a inveja dos motociclistas, que escorrem desimpedidos entre os veículos de carga. E dos passageiros de helicóptero, que têm o dinheiro necessário para passar por cima destes problemas comuns.

Problema mesmo é que ninguém mais quer ser ou parecer comum. Ainda que seja o destino certo e, de certa forma, a prova da vitória dos seres dessa espécie: estes são aqueles que sobreviveram entre milhões de outros iguais em direitos. E na democracia moderna prevalece o que é comum. A maioria, com toda a força.

2. Primeiro movimento

COMEÇA ERRADO, é bom que se diga: o homem de que trata este relato foi sim dispensado da indústria metalúrgica em que trabalha, mas a pretexto de outra coisa: certa dor de cabeça que ele tinha, umas imagens dobradas que ele via nas ruas ou perto das máquinas, como se estivesse bêbado desde cedo; sentia um amargor que vinha no estômago, também...

E um troço preso na garganta...

Beber ele não bebe. Não fuma há mais de cinco anos e decide que, por enquanto, não ficará preocupado. Engole aquilo. Logo volta um desgosto na boca. Respira fundo para fazer o troço descer. Pensa em comer melhor, talvez, ou mais, pelo menos, já que sempre deixa boa parte do almoço na bandeja de aço escovado.

Cada variedade de comida, na bandeja, tem o seu lugar.

O homem de que trata este relato gosta dessa ordem das coisas.

Facilita.

Ele pega o carro, sai do serviço antes dos outros. Vai ao caos dos elementos: fora de hora, o tráfego se acelera numa pressa perigosa, em que todos adquirem a confiança comum em sua cultura, e que consiste em acreditar que podem acelerar, virar, voar e parar quando e onde querem e que haverá lugar para todos. Não é bem assim. Muitos ficam mortos pelo caminho, atropelados no asfalto, esmagados nos carros. E o trânsito aumenta com a passagem das ambulâncias dos bombeiros...

Ó meu caralho!

O homem deveria ter ido para casa, se vê; aproveitar o descanso concedido pelo médico da empresa. Mas justo neste dia, e justo ele, acostumado a fazer o que mandam, tem a ideia de surpreender a mulher, que tinha ido ao outro lado da cidade para a consulta do dentista.

O convênio dentário que a fábrica oferece também demora a atender quando marca hora. Então, apesar de todo o tráfego empedrado pelo meio do caminho, e muito tempo depois do agendado, o nosso homem consegue chegar ao consultório a tempo de encontrar a própria esposa ainda na recepção, antes da consulta, lendo uma revista.

Há mais revistas jogadas sobre a mesa de centro, que tem o tampo cortado na forma de um dente, mas a mulher dele escolhe uma revista de arquitetura e construção. Tão entretida com aquilo que mal dá conta da chegada do marido.

As paredes da recepção e da sala de espera estão cobertas de diplomas e certificados, e o homem entende que aquilo deixa bem claro quem é para ser chamado de doutor ali.

Não é o lugar dele, de qualquer jeito, e o homem continua esperando que a mulher se distraia da leitura e lhe dirija a atenção.

(...)

Isto não acontece. Um tanto contrariado, o marido senta-se ao lado da mulher e põe a mão em sua perna. Ela leva um susto ao ponto de gritar e, sem querer, para ajeitar as coisas, ele se vê obrigado a pedir desculpas.

Desculpa.

E fica nervoso. E assim, por uma dessas rusgas bestas entre pessoas que vivem juntas há muito tempo, quando ela diz que "não esperava" por ele, já não era como quem tinha uma surpresa agradável.

Deveria ter ido pra casa.

Em seguida, para estragar o que já está azedo, sai de lá de dentro do consultório o tal do cirurgião dentista. Uniformizado com aquela brancura, um espetáculo de fineza.

Filho da puta.

Como disse?

"Bom dia, doutor."

O homem odeia de imediato. Segundo lhe parece, o dentista ostenta aquela pureza de maneira obscena, sem a menor vergonha; e sustenta ainda uma altivez quase desenfreada, como a dizer aos demais mortais que, além de mais estudado e capacitado, é ele também o mais limpo e o mais famoso naquilo de tirar a dor de dente das pessoas.

Um bom negócio, sem dúvida.

A mulher dele, por exemplo, morde errado, ou demais em certo ponto fraco, numa doença que desgasta, dia a dia, os ossos da mandíbula.

Uma dor de cabeça que me mata.

Ela vem ao dentista para corrigir a situação com alguma espécie de arreio, operação ou aparelho que mantenha os seus dentes dentro da boca, sem roerem-se uns aos outros.

Sempre fui nervosa.

A gengiva dela também sangra, não cheira bem o tempo todo, mas isso não acrescenta melhores sentimentos a este relato. Não é sempre que ele escova os dentes também. O homem permanece num estado de suspeição, mas é certo que os modos arrogantes do dentista não ajudam a melhorar o quadro.

Quem é o senhor?

Estou com ela.

Para piorar, o cirurgião-dentista chama a mulher do outro como se ela fosse a sua própria esposa, gritando no meio da recepção da clínica com um desplante e um desembaraço que nem a condição de marido tinha ousado violar: *minha querida!*

Por sorte era final de tarde, nenhuma luz estava acesa e não havia mais ninguém no consultório para ver a cara do homem.

Vamos entrar?

O nosso homem teria gostado de entrar na intimidade do trabalho do sujeito, junto com ela e com ele, mas escondido no tamanho de um inseto, ou invisível, para conferir os modos de cirurgião que ele dizia ter, e ver se não são sórdidos eles também, mas a sua índole de homem maduro acha que aquilo seria um desrespeito consigo próprio.

Eu espero aqui.

Tudo bem?

Tudo.

Ele fica junto com os peixes do aquário. O aquário está embaçado. Fios de merda pendurados no cu de alguns peixes. Todos sentem falta de ar. E parece que vão explodir.

Tudo bem o caralho!

Ele pensa toda a sujeira possível de ser pensada por quem se sente excluído de alguma coisa que queria demais saber. Para se distrair desse sofrimento, o marido pega a revista que a mulher lia com interesse: traz uma reportagem de capa sobre os tipos básicos de piscina disponíveis no mercado; as de fibra de vidro, de vinil e de concreto armado.

As piscinas de fibra de vidro são as mais baratas e fáceis de instalar, bastando escavar-se um nicho, posicionar a piscina e preencher os vazios com areia. Neste caso, o consumidor fica restrito às formas e aos tamanhos preexistentes. As piscinas de vinil têm como vantagem sua maior variedade de formatos, já que se compõem de uma caixa de alvenaria forrada com manta adaptável a qualquer tanque, em padrões e cores a escolher. Acontece que a manta de vinil, apesar de medir entre seis e oito milímetros de espessura, apresenta o risco de ser perfurada, ou de rasgar, mesmo quando observadas as boas normas de uso. Assim, é a piscina de concreto armado, por sua tradição, qualidades estruturais e versatilidade de composição, a mais sofisticada, resistente e desejável. Sua construção e cuidados operacionais, no entanto, são os mais complexos, demorados e caros — pelo que se diz serem "uma segunda família".

O homem pensa um pouco naquilo e tudo poderia ter ficado apenas nisso, mas o tal dentista, o cirurgião diplomado, volta à sala de espera com as mesmas maneiras irritantes, a mesma simpatia ostensiva, a risada constantemente colada na carne do rosto, trazendo à mão contaminada a esposa dele.

O que é isso, porra?

Comportou-se muito bem esta menina, ele, o cirurgião-dentista, afirma docemente, como se tratasse de uma criança.

Ela é mulher.

Eu sei, ele responde, e com lascívia, quem sabe. Para aumentar o desgosto do marido, é a sua própria esposa quem sorri logo em seguida, sentindo-se melhor com o elogio barato jogado no final do expediente.

A gente passa muito tempo com elas até entender que não se conhece nada de qualquer uma..., o homem, o marido, pensa em dizer ali mesmo, na cara dela, mas tem vergonha, ou medo, ou... Talvez do dentista, até... O dentista, do outro lado, vê a reportagem da revista enrolada na forma de um porrete, nas mãos do homem, e comete uma inconfidência, diz que tem "o sonho" de ter uma piscina.

O quê?

Depois ele vai se arrepender, mas, naquele instante, esse tal de "sonho do dentista"...

Essa ideia de grandeza que tem o branquelo filho de uma puta... E na frente dela!

Aquilo foi dando uma coisa no homem, uma raiva da vida que ele leva, um enjoo porque ele é o que se suja todo dia, o que rasteja, passa por baixo. Como se, à falta de algo que pudesse impressionar a própria esposa, ele se sentisse envenenado e oprimido pelos diplomas enquadrados naquela sala, pela intimidade que o dentista consegue com os outros, pela limpeza das roupas que ele veste, pelos "sonhos" que ele tem.

(...)

É aqui que o homem nota que ainda está com a revista da reportagem sobre piscinas na ponta do braço, dentro de sua mão fechada, como se fosse usar de porrete na cabeça do dentista, e, tomado da fúria de injustiça que sente neste momento, estando doente das vistas, a boca um tanto amarga e uma dorzinha de cabeça, pequena, mas que certamente não ajuda, ele decide mentir, dizer o que não deve — e o que o destruirá, de certa maneira: a bravata impensada de que tinha, ele próprio, comprado uma piscina para a sua casa.

É verdade!

A mulher fica mais surpresa do que o cirurgião, sem dúvida, encarando primeiro ele, o dentista, e depois o marido, mas a ambos com uma expressão de desconfiança evidente.

No quintal. Vai ficar ótimo.

O marido ainda se sente no dever, mas também tem o prazer de repetir e explicar que: *sim, minha mulher, era uma surpresa que eu ia te fazer, e ao menino, no dia do nosso aniversário de casamento: uma piscina no fundo do nosso quintal.*

O dentista, sem graça, enfia o rabo entre as pernas e estende a mão para o marido da cliente: *parabéns.*

Diante do que está dito e feito o homem de que trata este relato sente que dá o troco, e que suplanta o outro de alguma maneira, já que agora pode até mesmo realizar seus sonhos.

Eu tenho poderes. Com licença.

E toma a sua mulher da mão do doutor de convênio, e a leva para a sua casa sem agendar nova consulta.

3. Crédito fácil

ESTE É O DIA em que uma viatura da polícia militar foi metralhada por uma gangue desconhecida numa avenida importante. Os policiais sobreviveram porque estavam tomando café numa padaria das proximidades, mas a viatura ficou totalmente destruída. É um tanto longe de onde o casal está, mas a reação em cadeia atinge e congestiona a região.

O homem estica o pescoço para fora do carro e abre bem os olhos, como se pudesse enxergar através dos carros enfileirados até o fim do mundo.

Cuidado!

Ele sente o olhar da mulher formigar na sua cara. E já sabe o que ela vai dizer, antes de começar:

Uma piscina, é?

Hum-hum.

O tom é amistoso. E ele não evita o sorriso da vitória, olhando-se no espelho, com orgulho de si mesmo.

O que será que deu em você?

Nada. Tudo.

Ela, fazendo questão de parecer preocupada, segura na perna dele. Ele, fazendo questão de parecer descontraído, continua parado, mas com a tensão do fingimento de estar dirigindo o tempo todo. O pescoço duro e reto, lá adiante, e um olho aqui do lado:

Por quê? Eu posso saber?

Por que não? Você pode me dizer?

Ela pensa. E diz o que diz, mais para sondar o marido do que por estar preocupada com qualquer coisa, já que ela não sabe quanto ele tem, nem quanto ele ganha, e muito menos o que pode custar uma piscina: *porque custa dinheiro, por exemplo.*

O homem explode num riso forçado, esnobando a ponderação da mulher. É quando anoitece de repente, e as luzes dos freios pisados têm a força de um incêndio no escuro do asfalto.

Chega a ser bonito...

O banco não vive oferecendo dinheiro emprestado? Não dizem que a nossa moeda nunca esteve tão barata e que nunca valeu tanto a pena gastar? A hora é essa!

Ele encara a esposa e gosta de ver que ela fica vidrada com ele, admirada mesmo. Talvez com a certeza que ele aparentava ter. Quem sabe?

É como um sonho que se realiza!

Mas bem nessa hora o homem sente aquele amargor na boca, e um pouco de vergonha, por falar demais neste dia estas palavras que não eram do seu uso comum; dele, do menino ou da mulher.

"Sonho"... Que sonho, meu Deus?

Depois o homem engole em seco e se esquece do receio, é certo, porque assim que o tráfego anda ele se sente à vontade para encher o peito e o silêncio com a sua confiança, de novo: *não se preocupe, mulher: a gente tem crédito!*

Com isso, mais aquilo e a excitação que o movimento causa ao tráfego subitamente liberado, o homem de que trata este relato para de fingir que dirige e avança, mete a mão no meio das coxas da sua digníssima esposa e acelera, com os dedos bem abertos, por cima da calcinha mesmo, ele agarra a maior quantidade possível da carne da boceta dela, e engata uma terceira, quarta, aperta tudo com muita firmeza, como a lhe dizer duas coisas: uma: *deixa que eu te levo*; duas: *você sabe de quem é, não sabe?*

4. Bairro Novo, vida nova

ELES JÁ NÃO eram mais crianças nessa época. E lembram o anúncio antigo e desbotado, mas ainda vivo e colorido para muita gente que vive por ali: destaca o conjunto de ruas e de casas em meio ao cinza da cidade, como se a cidade estivesse, desde sempre, em torno do empreendimento.

Mentira de propaganda à base de ilustrações a quatro cores, falsas perspectivas, ângulos suspeitos e, claro, sem escala. A cidade, naquela época, estava muito longe, do outro lado, e foi preciso duas décadas para que transbordasse deste lado oposto, como faz agora, dando algum sentido ao velho anúncio.

É, agora se vê, um sentido desfigurado, tortuoso, encruado. O fato é que o Bairro Novo tinha se perdido no tempo e no espaço. Não se encontra, nem nunca se encontrou no centro de algo importante, muito menos numa periferia em torno de qualquer coisa que valesse a pena orbitar. Sem ambição, ficara do mesmo tamanho, ilhado, empoeirando e se desgastando para marcar o tempo, que já não era este, mas outro, que a maioria gostaria de esquecer. Entregara os pontos ao progresso que voava em torno. Servia de passagem para os que punham as esperanças noutros lugares. Aliás, outras ruas e casas tomaram o horizonte, formando novos contornos e conjuntos de muros, corredores e paredes onde não havia nada mais que um solo duvidoso, que precisou de muitos caminhões de terra e de cascalho bem esmagado para se firmar um tanto e "aceitar as casas", conforme testemunharam os pedreiros aos compradores, quando já tinham assinado os contratos e era tarde demais para desistir.

Seja o que Deus quiser.

Assim, o Bairro Novo nunca deixou de ser esta dúzia e meia de travessas recortadas em planos variados, na forma de uma escada, grudado num barranco. Um lugar que nem é tão íngreme, mas deixa a rua de cima um metro e tanto mais alta do que a rua de baixo.

Descer é sempre melhor que subir, neste caso.

Algo estava mudando, mas não muito. E o slogan da propaganda afirmava que vendia exatamente a casa com que a família nacional sempre sonhara: dois quartos, sala, cozinha, banheiro e lavanderia, com setenta e cinco metros quadrados de área construída, num terreno de oito de frente por quinze de fundos. Era pequena. Nem sempre era possível fugir uns dos outros como queriam, mas em relação às gerações anteriores — que viviam, cozinhavam, faziam sexo e depois dormiam num único cômodo —, o país sinalizava sair da caverna, ganhar o ar, ampliar-se...

Parecia bom.

Na frente, em posição destacada, a garagem. E todos os moradores acabaram comprando um carro. O carro não é exatamente deles, assim como as casas e os eletrodomésticos, mas os bancos do governo financiam a indústria particular e o homem de que trata este relato está pagando a prestação do carro, da casa, da televisão, da máquina de lavar, da geladeira, do processador de alimentos, do ventilador e dos móveis dele com juros subsidiados.

Nas alamedas desenhadas em pranchetas, a dez quilômetros dali, havia muita área verde, mas as árvores transplantadas nesta área não deram frutos ou sementes. No comércio local, as marquises e os toldos das lojas não chegam para a sombra de quem procura descanso — há também ali um monumento de concreto, por algo ou alguém que não se sabe o que foi — ou fez — para estar ali, à mercê do desprezo das pombas, da corrosão da chuva e dos ladrões de ferro-velho.

O Bairro Novo é apenas o fim do mundo — o menino costuma dizer desde cedo em sua curta vida, com uma inocência e uma insistência incômodas, realmente, como se antevisse alguma coisa a mais do que o resto.

Há, portanto, essa brisa quente e úmida, que abafa o sono quando entra pelas portas mesmo depois que anoitece, como agora, quando o marido e a mulher chegam a sua casa.

A empregada diarista está brava porque teve que ficar até mais tarde, fazendo papel de babá do menino — que ela não é e para o que ela não ganha, mas também não reclama de fazer. A mulher nota o filho quieto, vendo televisão.

Nem pra brincar com ele, sua vagabunda?

O que a senhora disse?

Nada.

Sente que não deve, mas pede desculpas.

Descul...

A empregada diarista, com a mão direita aberta ali, diante dela, como uma pedinte, espera outro gesto, maior, financeiro...

(...)

E como não acontece, ela pega aquela mesma bolsa que a patroa lhe dera quando comprou a nova e vai embora resmungando.

Eu ainda enveneno esta gente.

Nesta noite a mulher, a esposa, se vê, está aflita, ou excitada, o homem não sabe dizer.

Acho que eu gosto disso..

Ele também não se sente normal, ainda que não saiba dar um nome ao que sente. Sente, quem sabe, uma espécie de... Felicidade?

Deus me perdoe!

Um campo novo parece estar se abrindo. Uma novidade bem que pode estar acontecendo, ele pensa. Não sabe onde, nem por que, mas sabe que está diferente. Há mais gente como ele e isto o conforta, por um momento. Este é o tempo das oportunidades, como nunca antes visto. É o tempo dele, também.

Eu não tenho culpa.

O que se há de fazer?

Aproveitar!

O homem toma banho rápido, depois do menino. O banheiro está de água por todos os lados, mas é a mulher quem reclama disso. Para evitar confusão, que não combina com o que ele está sentindo, o homem enxuga o que está molhado e fica quieto, nem repreende o menino, em voz baixa, como faz às vezes. Vai para a mesa, tentar entender o que se passa.

A mulher, com pressa de algo, serve porcaria no jantar: cozinha salsicha, abre um saco de pão de leite, de batata frita e lata de refrigerante, tudo com gás, sal e gordura, mas pronto para comer e beber. A comida e a bebida fazem barulho na boca e no estômago. Eles, que já falam pouco entre eles, falam agora menos ainda.

Como foi na escola?

É a mãe quem pergunta. O menino dá de ombros. A mulher não insiste.

Mãe, tenho dor de barriga...

É rápido: mal dá tempo de descer a refeição e a mulher se levanta. Leva o menino para o quarto dele. O homem dá de comer ao cachorro que vive no quintal, passando-lhe um prato de plástico com ração pela porta entreaberta da cozinha. O animal lambe sua mão.

Saco...

Ele tranca a porta dos fundos da casa, dando por protegida a sua família, já que tinha conferido a porta de entrada. Pesado da comida e dessa espécie de ansiedade que ele sente neste dia, confere duas vezes a chave na fechadura e segue para dentro. De passagem, nota que a luz do quarto do menino está acesa. Para. Encosta-se à porta, sorrateiro. Consegue ouvir a ventoinha do computador.

No quarto do casal o homem tira a calça, a camisa e se deita embaixo das cobertas, de cuecas. Só de pensar, forma-se um volume embaixo do lençol. Fica de barriga para cima, para se mostrar e também porque parece mais magro aos seus próprios olhos deste jeito. Encolhe e solta a barriga, encolhe e solta a barriga. O volume aumenta e a mulher chega do banheiro. Fica se enxugando e rondando pelada.

Uma piscina, é? Ela relembra a conversa do carro, sacolejando as nádegas e os peitos na cara do marido.

Por que não? É ele quem diz. E abaixa o lençol até mostrar a cueca desse tamanho, para que ela entenda de uma vez por todas o que ele está disposto a fazer.

Não sei não, não sei não...

Ainda assim ela se fez de cega, veste a camisola usada, põe uma calcinha limpa e deita-se ao lado dele. Finge desleixo, apaga a sua luz no interruptor ao lado da sua cabeceira, como quem fosse cair em sono profundo.

O menino é estranho. Quem sabe com uma piscina em casa, a gente não atrai algum amigo para ele, pela primeira vez?

Ele é só uma criança...

O marido encosta-se muito bem por trás da mulher, se encaixa na bunda macia dela e deixa que o inchaço ali esfregado fale por ele.

Ela: *uma piscina no fundo do quintal...*

Ele (sente aquele amargor de novo, mas entende que não tem nada a ver com o que vai falar): *uma piscina no fundo do quintal, por que não?*

Se você está dizendo, por que não?

E, como se isso fosse a espécie de consentimento que o homem, o marido, está esperando, ele ergue a camisola dela até pelo meio das costas. Ali estão as nádegas. Na calcinha de algodão que atrapalha, ele usa um dedo para pôr tudo de lado, laceando o elástico de uma das pernas. Por esse caminho um pouco estreito, ele coloca os dedos na racha da fruta aberta e melecada da esposa, que já se revira.

Jesus!

Ele conhece aquela vaca, pensa, toda molhada por ele. Ele apanha o seu pau, ainda por cima da roupa. É um ferro que ele tem ali pendurado entre as pernas, as bolas duras, tudo espremido pelos buracos errados da cueca, de forma que o homem passa um tempo se desenroscando, até que livra o pau dos panos.

Está aqui.

Uma dose de saliva na cabeça, ele reconhece o caminho e entra lá no fundo, de uma vez. Raspa aqui e ali: *ai!* Ela se enverga inteira para trás. Está quente. Mais para morno do que quente.

Ai!Ai! Continua!

Ela também vem, vai, se repuxa e se contorce pra se esfolar e se enfiar nele.

Filho da puta.

O seu homem se apresenta. A mulher usa as mãos para enfiar a cobra dura dele ainda mais para dentro dela. Como se fosse possível. O elástico da calcinha lhe aperta a perna e empurra a pica. Para os lados, para cima e para baixo. O homem enterra. Se empurra todo para o centro. Ele acha que ela gosta.

Continua!

E porque ele gosta que ela goste, repete a fórmula da gostosura: retira, resfria e remete, para em seguida bater em retirada; começar tudo de novo, mas sempre deixando a mulher com certa falta daquilo, no último momento...

Continua! Continua!

E por achar que é isso que dá certo, para todos os efeitos, que é o que ela mais quer, o que a deixa calada e boquiaberta como estava, ali, na ponta da vara dura dele, o marido, ele se empolga e acha que a mulher, a esposa, a mãe, que ela quer mais alguma coisa...

Continua! Continua! Continua!

Quando o homem está no ponto de gozar uma boa colher de porra no prato aberto de sopa da mulher melada: *vou te fazer mais um filho!*

Neste instante ela se vê grávida outra vez, de um filho mongoloide. Ela se ergue e o empurra com toda a força para fora, para longe dela: *não seja louco!*

5. Uma cultura de banheiro

A ESCOLA TEM o prédio descascado por fora pelo tempo e por dentro pelas unhas das crianças. Tem muros altos em toda a volta, com cacos de vidro e arames espetados, dois portões de aço, ambos atravessados por correntes e cadeados, tudo para garantir que nada entre ou saia do prédio sem o devido consentimento.

Problema de segurança.

Os vidros quebrados explicam as janelas gradeadas. Os pneus furados, o chão do estacionamento. As velharias cobiçadas, a falta de apetite dos ladrões. As cadeiras não sentam direito. Os professores não ensinam direito. A descarga das privadas não funciona, nem pinga água do chuveiro. Os lápis não escrevem direito, as borrachas não apagam direito, e as páginas dos cadernos, que deviam durar um ano inteiro, se rasgam sem motivo aparente. As fechaduras não guardam mais o que seja de valor, nem alguém se preocupa com isso, pois as gavetas das mesas e dos armários não têm fundo. Os mapas e os dicionários já estão velhos e sem uso, mesmo os atualizados. A biblioteca, sem bibliotecário, permanece fechada desde a inauguração.

Problema de verba.

Nas escadas, o uso de material de baixa qualidade, mais os pés arrastados com o nojo e o arrependimento característicos dos alunos, afundaram os degraus logo no início — para o que se chama à responsabilidade o empreiteiro responsável, mas o empreiteiro responsável faliu pouco tempo depois de entregar a obra, e o processo está parado, sem solução à vista.

Problema de justiça.

As salas de aula, os corredores, o banheiro privativo e a sala dos professores, a sala da coordenadora pedagógica, os banheiros privativos da coordenadora pedagógica e da diretora e a própria sala da diretoria, pelo menos, são limpos e encerados duas vezes ao dia (no mínimo). Não falta material de limpeza.

Pobreza não é sinônimo de sujeira!

É o que assegura a professora de português, em primeiro lugar, e também a diretora, que compra em pessoa o material utilizado: *eu cuido do que é meu!*

Porém, como de hábito na cultura deles, é na sujeira inacessível dos banheiros que as coisas acontecem na escola. Muitos alunos ganham a vida apresentando-se aos colegas que ali se refugiam para matar aulas. Por uma nota de dois é possível assistir alguém comer um bastão de cola, beber a tinta de sua caneta ou cheirar, de perto, um papel higiênico do cesto. A proeza de enfiar meio lápis, de ponta feita, numa narina rende cinco; um lápis inteiro, dez. Mexer um músculo estranho, dois; girar os braços ao contrário, de mãos dadas, cinco. Por sete, mete-se a mão na privada entupida. Por dez, toma-se um choque de 220 volts. Por uma de vinte, se arranca sangue; por duas de cinquenta é capaz de alguém dar um tiro no pé...

Duvida?

Quem passeia de mão estendida pelo banheiro é o filho de um policial civil que tinha trazido a arma do pai para mostrar aos amiguinhos, na tentativa de melhorar sua reputação entre eles.

Eu!

É o menino, o filho do homem de que trata este relato, que ergue o braço acima da cabeça, feito estivesse na igreja. Ele tem uma nota de dinheiro na ponta, como oferenda.

Tenho isso.

Mas isso não dá! Há-há-há!

O menino do revólver do policial civil está quase aliviado por não ter que cumprir a promessa dolorosa. Ele espera, num blefe, de mão aberta.

Quando a pessoa não tem condições de pagar o desafio, a gente também não precisa cumprir. Ele pensa. Mas...

Eu!

Eu!

Logo outros braços vão surgindo...

Eu! Eu! Eu! Eu! Eu! Eu!

Todos eles, pequenos apostadores excitados, vão colocando o que têm na mão estendida do filho do policial civil, de maneira que logo se reunira ali, diante de testemunhas e algozes em período de recreio, até mais dinheiro do que ele, o menino armado, em sua bravata estúpida, tinha pedido para fazer aquilo que não queria.

Vai desistir agora?

Os outros — mesmo o menino de cujo pai trata este relato, ele também, com sua delicadeza de alma —, todos querem ver no ato, ali mesmo, a dor estampada na cara do filho do policial, como a dizer: *alguém tem que pagar!* Eles acham que vale a pena apostar na desgraça de outro qualquer.

É que...

O menino com o revólver sofre porque pensa que não deveria voltar atrás. Ainda mais o filho de um policial civil, suficientemente desprezado pelos filhos daqueles que tinham problemas com a lei. Não eram poucos estes casos, nem pacíficos os envolvidos.

Problemas de família...

E os dramas dos pais sempre se transferem aos filhos. Em parte porque os velhos desejam, em parte porque é a herança que os jovens aceitam carregar. E, assim, o menino com a arma na mão bebe água gelada no bebedouro enferrujado e avalia o prejuízo do ferimento: seria, sim, em parte, a sua ruína, claro, já que ficaria sem andar certo tempo, quem sabe mancasse depois, acabasse torto, claudicante, justo ele, de quem se diz ser um craque de futebol, uma promessa.

Espera aí!

Seria, em parte, a sua fortuna, também, já que ele gostava muito e queria muito apenas o aqui e agora, não tinha o menor espírito empreendedor, nem a menor vontade de nada, apreciando ficar em casa sem passar pelo que julgava *o martírio tedioso de estudar,* parar de avançar, de querer conquistar, de progredir.

Emburrecer de uma vez! Por que não?

Dentre as duas opções, o menino do revólver escolhe aquela mais idiota, de maior prazer imediato, brada: *foda-se o meu futuro!* Em seguida, esperando acertar entre os ossos preciosos, encosta a arma sobre o tênis do pé esquerdo e dispara.

6. Ganhando o pão

ATRAVESSANDO A CIDADE todos os dias, num desencontro logístico típico de sua doença do movimento, o homem e o seu carro chegam de olhos fechados ao Distrito Industrial, acostumados que estão com o caminho e todas as alternativas do caminho, percorridas para lá e para cá, nas mais diversas condições climáticas e de tráfego, ao longo desses últimos anos, com umas poucas ausências, muito bem justificadas.

Quando o homem entra na fábrica, o relógio engasga. O tempo para. Anda para trás. Volta. Nem ele nem qualquer outro funcionário da linha de produção ou da área administrativa se dão conta desse logro. O relógio da fábrica se mexe, uma hora ou outra, para trás, volta, e um dia demora o triplo de horas e uma hora o dobro de minutos.

O homem de que trata este relato é um trabalhador pontual, contudo. Quase não falta. No começo trabalhava sem falta porque buscava dinheiro, queria poder pagar os custos daquilo que tinha feito: a mulher em casa, a casa como os pais e avós não tinham conseguido, e o futuro do menino, com todo o tempo de estudar na tal casa, para ser algo que o pai jamais sonhara ter sido.

Engenheiro, quem sabe?

Com o tempo, o homem deixou de pensar nisso, ou de acreditar nestes termos, para acreditar no desânimo de uma vez, trabalhando sem pensar nas consequências do que fazia, acostumado para sempre que fosse daquele modo.

Este relato é, em parte, o fim desta ilusão de permanência e previsibilidade — por linhas tortas, é bom que se entenda.

Acontece que a experiência que o homem tinha acumulado com a repetição infinita fez dele uma peça essencial à engrenagem daquela empresa. É o que ele acredita, a esta altura da vida, pelo menos. Mais do que em Deus, que vem sendo mencionado em vão e será tratado a seu tempo. De fato, a empresa fora vendida duas ou três vezes desde que o homem trabalha ali, e era sempre ele quem informava aos novos proprietários onde estavam as coisas que tinham comprado, que tamanho e valores elas tinham, quais eram as instalações, a qualidade das máquinas, as quantidades presentes nos estoques.

As instalações, as máquinas e os estoques já haviam ocupado um terreno muito maior do que este em que a fábrica se encontra agora, mas encolheram, loteados para o mais rentável aluguel de casas lotéricas, lojas de carnes, restaurantes a quilo, ruas, avenidas, academias de ginástica e edifícios de garagem.

A vida nas cidades ocupa quase todo o espaço disponível. O próprio Distrito Industrial era uma ideia um tanto desgastada do passado recente, já que a cidade também estava tomada por aqueles lados, com os muros e galpões de tijolos da fábrica ameaçando ruir sobre a calçada, sobre os transeuntes, ou para dentro da fábrica, sobre os empregados, por causa da trepidação constante de máquinas e motores.

No começo a fábrica era uma boa oficina mecânica, especializada na retífica de motores, servindo à manutenção de importados. Até o final do seu último governo autoritário, este povo não tinha direito ao carro nacional popular, não havia industrialização e não se financiavam veículos importados novos, de forma que os motoristas procuravam conservar o melhor possível aquilo que tinham, e que era, na maioria das vezes, obtido com sacrifício em filas, vinte e cinco por cento de ágio e propinas. Remendando as coisas e carros alheios, a pequena retífica em que o nosso homem trabalha começou a tornear as peças que recondicionava — no que teve sucesso, pois conhecia os defeitos de todas as outras disponíveis.

Todas duram pouco. É só durar um pouco mais para vender e vencer neste mercado de macacos!

Os primeiros donos eram alemães e racistas, protegidos pelo primeiro governo autoritário. Copiavam peças e máquinas, algumas já ultrapassadas por novos modelos, mas entre nós nunca foi uma exigência o respeito às crenças dos judeus, a originalidade e os últimos tipos das coisas. Ainda mais numa empresa tradicional como aquela: na segunda guerra e nas duas últimas ditaduras, por exemplo, havia o costume de reunirem-se no pátio, patrões e empregados, às segundas-feiras antes do turno de trabalho, para começarem a semana cantando juntos: o hino nacional, o hino à bandeira, a canção do metalúrgico, do exército e o Cisne Branco...

Sieg heil!

Copiando o que era possível e inventando apenas o necessário para manter os clientes, a empresa de origem nazista acabou crescendo e fora vendida a mulatos locais por um preço justo e acertado entre eles. Com o advento do direito ao carro barato, os veículos nacionais e importados tornaram-se todos muito comuns, fáceis de financiar, e o negócio de peças de reposição recondicionadas melhorou ainda mais. Em todo este longo ciclo de crescimento do patrimônio alheio, o homem de que trata este relato esteve presente, empregado, colaborador, e continuou prestando aquele seu serviço de operário, qualificando-se um tanto, um pouco, ajustando-se progressivamente a esse nível médio, entre os que mandam e os que devem fazer.

Não quero ser mais do que ninguém. Nem menos.

Mandar e obedecer definem quem é quem na linha de produção de uma indústria naquele país e, para esclarecer esse jogo de forças complementares, a empresa nacional ainda adotava a hierarquia alemã das roupas e das cores — consagrada entre eles pelos sindicatos de patrões e empregados. Era e é assim: no chão de fábrica, o ajudante-geral, de macacão cinza, com acesso limitado a certas ferramentas e veículos de mão. Logo acima dele, de macacão azul-escuro, os operadores de máquina semiautomáticas, copiando peças encomendadas em larga escala, programadas nos tornos e nas fresadoras pelos meio-oficiais e oficiais-torneiros, de macacão verde.

Os inspetores de qualidade são os postos mais altos desta escala a trajarem macacão. Ele é branco, e se confunde vergonhosamente com o uniforme dos funcionários do refeitório. Os inspetores de qualidade são odiados pelos empregados da produção, tanto operários como engenheiros, por terem o direito de interferir em seus trabalhos. É como os cidadãos criminosos em geral, e seus filhos, se sentem diante de policiais civis e/ou seus filhos.

Cuidado com o que diz ou pensa alto!

Os engenheiros projetistas usam avental branco com gola vermelha; os engenheiros de produção avental branco com gola verde e os engenheiros de manutenção usam avental branco com gola azul.

No interior da fábrica, os visitantes e o pessoal de escritório devem usar um avental amarelo, para tornarem-se visíveis e serem facilmente identificados. Na área administrativa, o pessoal do escritório deve andar com o crachá à mostra e, em qualquer das dependências da empresa, entregá-lo para exame da guarda patrimonial quando solicitado.

A diretoria e a presidência da empresa não usam macacões ou aventais dentro da fábrica, em hipótese alguma.

Só o capacete e o protetor auricular, e assim mesmo, apenas dentro da linha de produção, pois são os itens obrigatórios para todos, por questões de segurança e de saúde.

O ferramenteiro é o operário mais qualificado da linha de produção daquela empresa a usar avental, como os engenheiros.

São três anos de especialização!

É, no entanto, um avental cinza, mortiço, sem qualquer detalhe colorido, e do mesmo tecido rústico do macacão dos ajudantes, ao rés do chão da fábrica.

E daí?

É na ferramentaria que ficam os instrumentos de medição mais precisos, que se adulteram com a menor variação de temperatura. Por isso — afora a diretoria e a presidência — a ferramentaria era a única seção da fábrica a dispor de um aparelho de ar-condicionado, motivo de conforto e de orgulho para este homem e de inveja entre os operários menos qualificados e mais estúpidos, que não tinham o menor entendimento da sofisticação e das necessidades específicas daquilo que faziam.

Animais.

O homem de que trata este relato é ferramenteiro nesta fábrica nacional, e vive parte do tempo sob os olhares severos dos outros funcionários, com ou sem ar condicionado, acima e abaixo dele na hierarquia das golas e das roupas consagradas pelo sindicato.

Nosso homem se vinga disso tudo saindo resoluto do seu carro e avançando o mais rápido possível até o vestiário da empresa. Ali ele veste seu avental cinzento como se fosse um herói mecânico e sai voando pela linha de produção até o aquário da ferramentaria.

É o meu trabalho.

Ele não liga para os olhares suados que o invejam. Bate a mão na chave da primeira máquina que lhe aparece pela frente, começando a tornear uma encomenda atrasada. É sempre bom lembrar que eles vivem um momento de avanço econômico inédito e as encomendas estão atrasadas. A encomenda está sendo torneada conforme as especificações da engenharia, mas as especificações da engenharia seriam — *merda*, sem as suas habilidades, nosso homem, operário qualificado, pensa alto, e sozinho.

Não é ruim. Aliás, faz tempo que ele não se sente tão bem consigo mesmo. Talvez até capaz de algo diferente...

Mas o quê?, ele se pergunta enquanto traz o carro do torno para dentro, com segurança, na mão direita, e firma o cotovelo na cintura para ganhar apoio e força para entrar fundo com a ferramenta.

É só uma piscina!

Ele empurra o carro, que insiste em voltar contra o seu peito. Usa toda a força que tem, junto com a força da máquina. A ferramenta, afiada, responde, e avança. O sulco que ela faz no centro do aço ainda é largo e impreciso, mas arranca uma boa porção de material. É preciso imaginar, agora, que o relógio está andando para trás dentro da fábrica, que o tempo de trabalho está sendo dobrado, virado e escondido por baixo.

O cavaco é apenas uma reação do aço aos golpes da arma, da ferramenta.

O homem sente as lâminas minúsculas, porém afiadas, mesmo que pequenas e fracas, que vão sendo lançadas contra seu peito e seu rosto de operário. Ele está concentrado. E com algum receio de ficar cego, mas o material bruto precisa perder a sua identidade de ferro lascado, ganhar um uso moderno. É o sinal dos tempos. Há muita prosperidade!

Graças a Deus!

O relógio, andando para trás, vai deixando o dia cada vez mais cedo dentro da tarde e a tarde mais longe, dentro da noite. A claridade ao contrário nas janelas de vidro não mente. Lá fora tudo parece feito de manchas que se despedaçam enquanto tentam se encontrar.

Gente se mexendo dia e noite!

Em seguida, de propósito, o homem afrouxa o aperto do braço, deixando que o carro do torno retorne ao começo, mais uma vez. Para, observa, troca a ferramenta que tinha por uma de corte mais suave, de borda menos incisiva.

É só para alisar. Um carinho...

O ferramenteiro, num gesto de teatro, torna a ligar a máquina do tempo e avançar para dentro do aço, penetrando no caminho que havia deixado o primeiro corte, polindo as arestas, o fundo e os lados, dando o devido acabamento, tornando o rebaixo mais preciso.

É com muito cuidado que se atinge a especificação, ele diz quando está ensinando. Ensinou e ensina muita gente. Mesmo quem chega dizendo que sabe e acaba estragando um monte de material bruto para fazer uma simples rosca.

Dá licença, não é assim.

O relógio anda para trás, mas o homem não se torna mais moço, nem inocente. Ao contrário, faz cada vez mais inimigos entre os seus, sem saber e sabendo, e ainda fará cada vez mais, do mesmo jeito. Ele decide, por exemplo, mostrar a quem quiser ver, do outro lado do vidro, no meio da linha de produção, por que eles estão lá no lugar deles, quente como o inferno, e ele, o ferramenteiro, está ali com os instrumentos de precisão, num lugar privilegiado.

Olhem aqui, seus merdas!

Os braços agora são extensões da máquina. Dois eixos de rotação nas pontas dos seus dez dedos, com múltiplas operações que precisam se entender para produzir ângulos retos, curvas abruptas e suaves, súbitas variações de diâmetro e profundidade, conformando os interesses do projeto. Ele torneia uma coroa cheia de entalhes complicados, sua mais perfeita obra de arte metalúrgica:

Fala!

O nosso operário, mestre qualificado, olha para a peça que só falta andar sozinha e gira o corpo, exibindo-se por todos os lados, e nota que, dentre aqueles de macacão, muitos ficaram vidrados e a maioria dos outros finge se distrair, embora boquiabertos.

Sou especial.

Sente que mostrou mais uma vez por que ele, o ferramenteiro, ainda é considerado o príncipe refinado da indústria mecânica, o mago pobre que sintetiza as mais ricas fantasias dos patrões, engenheiros ou não, que torna reais todas as máquinas, as mães de todas as peças, as peças das máquinas de peças, as bases do estampo, a matriz de que toda a produção deriva. A riqueza de um país. Ele, o escultor. Ele, o criador.

E foda-se o resto!

7. Comunidade

A CASA DO homem deste relato é limitada a oeste pela porta da sala do vizinho de cima, a leste pela janela da cozinha do vizinho de baixo; por trás, pelo quintal do vizinho dos fundos e, na frente, além do asfalto, pelos quartos e garagens dos vizinhos do outro lado da rua.

Estamos cercados.

A rua é uma faixa estreita e mal iluminada, terra de ninguém, mas, segundo a prefeitura da cidade, cada um é responsável pela qualidade de sua calçada. As calçadas estão esburacadas. As casas cercadas de muros baixos, como se não houvesse o menor receio entre aqueles moradores e entre eles e os que estão de passagem. Mentira. Ilusão.

Bom dia...

Essa casa de família até parece a unidade básica do Bairro Novo, mas não é isso que se passa quando se aproxima. Estão todos juntos, colocados sob o mesmo teto, mas são cada um por si os três mil pares de olhos e ouvidos postos atrás das portas e das janelas uns dos outros, que insistem em não se entender enquanto se observam permanentemente.

O que é aquilo?

Preferem os detalhes furtivos colhidos ao acaso, comentários anedóticos e diagnósticos apressados ao contato direto, cara a cara — a maldita da clareza.

Meu lar é meu refúgio.

Observadores cerceados pela geografia de suas casas, esses vizinhos de parede conhecem apenas meias verdades, detalhes entrevistos, pedaços de frases colhidos ao acaso.

Do que eles estão falando?

Embora se encontrem com frequência, entrando e saindo dos mesmos supermercados, lojas de material esportivo, postos de gasolina e petshops, eles não se comunicam pelas vias humanas normais. Um joelho coberto pode significar sedução; um botão aberto, aceitação; botão na casa errada, falta de decoro; carro sujo, dinheiro; carro limpo, desemprego; um olhar de jeito pode significar amor eterno; uma interjeição mal interpretada, ódio mortal; os modos de um cão, uma grande amizade; um toque de buzina, uma declaração de guerra. Se há roupas no varal quando amanhece, quantas vezes apertar a campainha ao chegar, que luzes estão acesas a que horas...

Como vai?

Tudo fala alguma coisa em sua linguagem cifrada, da qual se desconfia em seguida.

Os pais dos nossos pais sempre dizem: não devemos ficar com medo de caminhar por uma estrada deserta, mas de encontrar alguém...

Quanto mais morta parece uma casa, mais olhos e ouvidos abertos ela tem metidos neste mundo. Assim, quanto mais atenção, mais desprezo; quanto mais simplicidade, mais estranheza; quanto mais energia, mais desperdício. Para efeitos jurídicos, todas as propriedades são privadas, mas estão alienadas a variados bancos de investimento, privados e do governo, assim como os carros — sempre das mesmas marcas e modelos — dentro das garagens e os eletrodomésticos nas salas e nas cozinhas.

Somos todos irmãos, mas...

Como nas relações internacionais, os vizinhos mais próximos são os que mais se desprezam, e costumam se aliar melhor com um desconhecido qualquer, de qualquer outro lado, mais além, ou com os do lado oposto, sempre contra aquele que vive perto.

Cuidado.

Os vizinhos dos lados espiam com os rabos dos olhos, o vizinho dos fundos com o olho das costas e o vizinho da frente olha direto, como se fosse inocente da sua posição, de modo que todos vigiam todos, democraticamente, evitando desvios. E o formato escalonado do terreno do Bairro Novo é uma ajuda natural nessa observação mútua. O controle que um morador exerce sobre o outro mantém a ordem e o estímulo invejoso que move a indústria, que gera empregos.

A maioria pode comprar.

Nunca é demais lembrar que eles estão vivendo um momento histórico de prosperidade, depois de tantos e tantos anos de miséria absoluta, *graças a Deus.*

8. Sermão da prosperidade

A IGREJA DO Bairro Novo é o cinema que faliu lentamente, ao longo de uma década, e foi reformado às pressas, há pouco tempo, para o novo uso. Junto da tela, construiu-se um palco de madeira. No centro, um púlpito de acrílico, comprado feito, com microfone embutido, toalha bordada e uma bíblia aberta por cima. Um homem com a camiseta da Igreja do Bairro Novo atravessa o palco de madeira, que range e afunda a sua passagem. Sobe um cheiro de tinta e de serragem. Ele chega ao púlpito e fala no microfone. É um som exasperado que vaza dos alto-falantes: *um, dois, três, Senhor, testando...*

O microfone apita, incomodando velhos e crianças. Atrás do palco desce uma cortina com um céu azul pintado. Agora é noite, mas ninguém dá conta disso. Os desejos são anotados em pedaços de papel e despejados nas urnas de oração. É uma urna forrada com veludo, que não deixa ver o que tem dentro, mas há pedidos de ajuda, de emprego, de dinheiro, de mulher, de filhos, de boa morte, de redenção, de salvação...

Um, dois, três, testando, Glória ao Senhor, um, dois, três...

O volume diminui. Os agudos são controlados por alguém ao fundo, que o homem do palco instrui com mímica. O que era a cabine de projeção ainda tem os vidros espelhados. Então o homem sai. Fica uma música de clarineta. E a cortina de céu azul, balançando no fundo do palco. Então entra o pastor.

Todos se erguem. Uma súbita esperança agita até os mais pacatos. O homem de que trata este texto, sem saber o que fazer para agradar, junta as mãos sobre a cabeça. Depois, reparando melhor nos outros, e notando que todos eles mantinham as mãos espalmadas diante do corpo, imita-lhes o gesto.

Boa noite!

Boa noite!

O pastor é jovem e tido como ousado.

Quantos de vocês já não ouviram dizer que o Senhor "ora pelos necessitados", "dá força ao desempregado", "sustenta o fracassado"?

Muitos o respeitam pela facilidade com que se comunica. Alguns o desprezam por isso.

E quantos de vocês não reconhecem os que vivem como animais, justamente porque imaginam que vivendo daquela maneira, limitados às paredes de seus casebres, aconchegados aos seus ninhos de ratos, rastejando em detritos como porcos, que assim eles estão recebendo algum crédito, dando exemplo que preste, ou fazendo obras louváveis...

De um modo ou de outro, com o interesse que despertam as suas palavras diante de pessoas que nunca ou raramente conversam sobre o que não é de suas relações e necessidades mais imediatas, o pastor prossegue: *muitos preguiçosos se espojam excitados na pobreza, como se o cuidado que o Senhor tem para com os que precisam, como se esse conforto que ele dá aos desesperados nos momentos mais difíceis de suas vidas, fosse um incentivo a sua vagabundagem.*

Ele domina os fiéis com voz grave, mas ao mesmo tempo suave, amplificada pelo equipamento de som e pelos ecos da nave da igreja, antigo cinema.

Eu pergunto: quem sabe usar aquilo que tem, que ganha dinheiro com a capacidade que Deus lhe deu, que se dedica, que prevê e poupa, que investe, se destaca e progride, está infringindo a lei de Deus?

O pastor faz uma pausa, esperando alguma reação. O público não sabe se pode ou deve responder e, na dúvida, permanece em silêncio, como está acostumado a fazer desde a escola primária.

(...)

Demora.

(...)

Então o próprio pastor se cansa de esperar pela contribuição dos outros e continua sozinho: *não! Claro que não! Não é possível que seja sempre pobre, pouca e burra a colheita preferida do Senhor, não é mesmo? Que o próprio criador do céu e da terra queira que seja assim...*

Com o que todos concordam: *glória, Senhor!*

O pastor pega a bíblia e o microfone que, agora se vê, é sem fio e se afasta do púlpito. Anda para cá e para lá, com a intenção de abarcar a audiência inteira. É impossível. E ele tem que se dividir. Para lá e para cá: *eu desafio aqui os presentes a me mostrarem em que trecho desta bíblia está escrito que o Senhor abomina a vitória, despreza aquele que triunfa...*

A parte da audiência para a qual o pastor volta sua atenção se sente enaltecida e coberta de glórias. A outra parte sente ciúmes.

Afinal, se o Senhor não gostasse de quem trabalha e prospera estaria atrás do preguiçoso, faria do ladrão a sua ovelha, do corrupto o seu parceiro, da abominação a sua guia, é ou não é?

Glória a Deus!

Louvado seja!

Alguns fiéis não querem saber o que se passa e não param de depositar os seus pedidos na urna de oração.

Senhor!

Descrevem vários deles nos pedaços de papel com o timbre da Igreja do Bairro Novo e a inscrição: "Escreva os seus problemas e pedidos e apresente na Urna de Deus."

Senhor! Senhor!

E os fiéis escrevem, afundam a caneta no papel, com vigor, e mais de uma vez a mesma coisa, como se a força com que é escrito e o número de cópias de pedidos aumentassem a chance de serem os escolhidos e premiados com a graça concedida.

Deuteronômio capítulo oito, versículo dezoito, registra: "Antes te lembrarás do Senhor teu Deus, porque ele é o que te dá força para adquirires riquezas; a fim de confirmar o pacto."

Alguns rezam, beijam e se esfregam nos pedidos escritos antes de depositar os papéis dobrados na urna de oração.

Muitos foram os personagens bíblicos que serviram ao Senhor Deus do Céu que eram ricos e poderosos: reis, rainhas, nobres, grandes armadores, pescadores, fazendeiros...

Um tanto incomodado pela movimentação junto à urna, que o desconcentra, o pastor desce do palco e enfrenta seu público aflito cara a cara: *é o versículo seis, capítulo vinte e um, se não me falha a memória, mas de Mateus com certeza: "Onde estiver o teu tesouro, aí estará também o teu coração."*

As pessoas das primeiras fileiras ficam assustadas com a proximidade do pastor e recuam. Ele insiste e avança para pegar nos ombros de uma mulher, que estremece ao contato e ajoelha. O pastor é jovem e ousado, de quem também se diz "estar disposto a ter um papel importante na comunidade": *as riquezas e as bênçãos estão vinculadas. O dinheiro também é uma forma pela qual o Senhor nos abençoa, e quem aqui se dedica a vencer e progredir sabe muito bem que ser abençoado com o dom de ter e fazer mais dinheiro não torna tudo mais fácil, e sim o contrário: cria uma responsabilidade ainda maior para cada um de nós...*

O pastor está no meio do rebanho, trabalhando duro com o microfone e as suas ideias diante das ovelhas. Preparou-se muito bem em casa, mas sua entrega é fresca e sincera. Sua e se descabela, porque conhece o resultado de sua exaltação:

Quem aqui quer ser rico? Rico de coração, de espírito?

Sim, Senhor, glória, Senhor!

E rico em casa, na família?

Glória, Senhor!

E ter casa, carro do ano, televisão e telefone e computador de último tipo, tudo o que o Senhor Deus nos deu o dom de descobrir? Alguém aqui é contra estar bem?

Glória, glória a Deus!

No próximo dia vinte faremos a Noite da Vitória, um evento de orações, dízimos e oferendas, através dos quais agradeceremos pelas conquistas e cobraremos juntos, nós e vocês, as promessas que nos fez o Senhor Deus do Céu quanto à melhoria de nossa condição econômica...

Agora o homem com a camiseta da Igreja do Bairro Novo aparece com outra urna, uma caixa de acrílico transparente.

Lembrem-se: um dá liberalmente e se torna mais rico; outro retém mais do que é justo e se empobrece, é Provérbios onze, vinte e quatro...

Dá para ver as notas rolarem umas por cima das outras quando depositadas lá dentro: *abram os corações e as carteiras, minha gente!*

Porque acha pouco o que dão nesses tempos inéditos de prosperidade, e para fazer vibrar o coração dos fiéis, o pastor insiste: *quanto dinheiro vocês vão dar? Mostrem... Não tenham vergonha. Quero ver o seu dinheiro, o dinheiro da Igreja do Bairro Novo. Vamos, mostrem o dinheiro...*

No começo timidamente, mas depois sem vergonha, a audiência devotada coloca as cédulas no alto da cabeça, o mais perto do céu que alcançam: *vocês podem mais que isso! Quero ver as notas, vamos, em oferenda ao Senhor Deus do Céu!*

A mulher e o homem de que trata este relato abanam as notas acima da cabeça, como se fossem a bandeira brasileira: *pense em quem você quer ajudar e ajude a igreja a ajudar essa pessoa, dê um pouco mais, irmão, é dinheiro, só dinheiro, quando você joga dinheiro na proteção do Senhor, volta tudo em bênção, eu garanto, com juros e correção monetária!*

Sentindo-se recompensado pelo seu trabalho, o pastor volta ao palco e recoloca o microfone no púlpito. O ar se carrega de interesse, a audiência espera por algo. Palavras de apoio para o que andam fazendo de suas vidas, o que quer que seja, e o pastor não lhes falta: *durmam tranquilos, tenham muita paz e saúde aqueles que, dentre nós, ainda almejam alguma coisa! Podemos sim amar a riqueza. Nós só não podemos amar mais ao dinheiro do que a Deus Nosso Senhor.*

Glória, glória a Deus!

Toda, toda a glória para Ele!

Louvado seja!

E o pastor dá o culto por encerrado.

Nesta noite o homem e a mulher ficaram presos no bloqueio de uma avenida que foi interditada para que pousasse o helicóptero do corpo de bombeiros e paramédicos socorressem porteiros e recepcionistas de um hotel de luxo, cuja fachada havia sido metralhada. Enquanto aguardavam a liberação da pista, o casal combinou que só contariam para o filho aquilo que pretendiam fazer no quintal dos fundos de sua casa depois de fechado o negócio. Para evitar que o menino ficasse nervoso e parasse de dormir. Os pais concordavam que a criança era suscetível a expectativas. No fim alguém se lembrou: *e o cachorro?*

Dá-se um jeito.

9. Enquanto isso no quarto escuro da cabeça do menino

O MENINO PENSA em decapitações, ouve passos na sala, vê corpos esquartejados onde há lençóis e travesseiros esquecidos. Tateia o colchão. Não alcança nada que o conforte. Grita.

Mãe!

É noite. Ninguém acode. Na lâmpada do quarto do menino mora um bicho. É um inseto gigante. Estava morto, mas ressurge invencível. Um monstro esmagado e projetado na parede. Sombra que remexe. A luz da lua nessa semana muda a janela de lugar. O quarto do menino se vira no terreno até ficar contra a parede dos fundos, que é o fundo de outra casa, virada de costas, mas igual a esta, onde um menino idêntico a este permanece acordado, morrendo de sono e de medo de uma blusa pendurada na cadeira.

Pai!

Esse menino ignorante nem tem amigos conhecidos, não come o que lhe põem no prato, prefere roupas molambentas e dentre os seus muitos hábitos antipáticos está o de ouvir rádios especializadas em trânsito, ensimesmado nos fones de ouvido, numa tal quietude e concentração que até parece que é só assim que se sente acompanhado. Ele é capaz de ficar horas em silêncio, mas não está parado. Dentro de sua cabeça um mundo nasce, cresce e morre em poucos segundos.

Tem alguém aqui?

Há um intervalo na mente do menino, um erro de proporção, a saber: um quarto é uma casa, uma casa é um bairro e um bairro é um país. E assim o menino vive internado nos estreitíssimos limites e infinitos meandros do lugar em que vive desde que tem consciência de si mesmo, lugar que ele explora com o cuidado e o receio de um batedor em ambiente estrangeiro.

É o meu jeito.

O menino é nervoso, rancoroso, irascível; medroso, mentiroso, escandaloso; inóspito, escuso, sombrio; especial, diferente, problemático; rabugento, desbocado; reage mal, é mal-intencionado e não sabe o que quer, mas quem aí souber uma coisa dessas que atire a primeira pedra.

10. Ali está ela

QUANDO O MARIDO e o menino saem de casa, a esposa, a mãe, ela passa a chave na porta de entrada, corre para trancar a porta nos fundos e se deita. Tem um pouco de vergonha: é por isso que se fecha desse jeito. E, para não ser surpreendida em qualquer coisa obscena que ela pense ou faça: *Deus me perdoe, mas os outros...*

Acontece que, mesmo que tenha deixado a xícara de café com leite esfriando na pia, o pão torrado e mordido endurecendo em cima da mesa, assim que saem os homens da casa ela volta o mais rápido que pode para o quarto, para a cama, para debaixo da coberta, e se esconde. De quem ou do que, ela não sabe. Fica sozinha desde cedo. Emaranhada com os panos, enrolada em si mesma. Sente um pouco de abandono, mas nem tanto. Se sente livre também, um pouco. Os outros já estão na luta selvagem por alimento, no trânsito de todo dia, mas ali dentro o calor tem um cheiro conhecido. Até mesmo a escuridão é acolhedora, e o olho dela vai se acostumando, vendo surgir o claro do centro do escuro, desenhando as tramas do tecido que a envolve como um véu, a fonte de luz marcada na janela. Outro dia começado está se esvaindo. O sol nasceu quadrado, de novo. Toca o despertador, invariavelmente esquecido por alguém. A mulher pula da cama pela segunda vez. Pula e bate a perna no criado-mudo. Ali ela permanece. Ela tem muito tempo para ficar parada. E muitas marcas de pancada nas pernas. A mulher poderia ficar em pé o dia inteiro. Acorrer aos serviços da casa e aos reclamos da família na última hora em que isso fosse necessário para ser cumprido, e ainda assim é provável que ninguém percebesse o capricho que dedica ao trabalho: *nem é coisa de pressa ou capricho...*

Ela pensa que as coisas são como são. Precisam ser feitas. Quem sabe seja totalmente infeliz, no fundo. Ela nem reclama. Se as mulheres soubessem...

Eu não sei de nada...

Preferir mesmo ela prefere parar quieta, e não movimentar outras coisas que desconheça. Tudo tem o seu mistério. Em alguma relação, em qualquer nível, ela crê. Ela acredita que Deus deve servir para isso. Ele, que primeiro separou (para criar) todas as coisas, deve ser o mesmo que agora liga as coisas e as pessoas criadas.

Obrigada, Senhor!

Então a mulher ora. Em pé, encostada ao seu lado da cama, ela ora pelos que saíram e pelos que ficaram em casa. É um texto de infância que vem à sua cabeça. Coisa decorada. O cachorro fica latindo lá fora. Tem helicópteros e ambulâncias sobrevoando a área, parece que aconteceu alguma coisa. Dá vontade de saber o que é. Não. Não é fácil se concentrar. Nem é preciso, vá. Por isso e por aquilo ela demora pra se mexer. Adia o quanto pode afastar-se daquele chão frio, mas conhecido, sob os pés. A mulher precisa fazer o seu corpo pender, projetar-se para frente como se fosse cair, forçando o próprio passo. Um passo primeiro que outro, depois mais um e parece que vai. Está quase andando outra vez. Todo dia é assim. E, quando ela tropeça quarto afora, ainda há um dia inteiro por vencer: *alguém precisa fazer o serviço.*

Na cozinha estão as mesmas três xícaras de ontem para lavar, secar e guardar e a mulher lava uma, depois enxuga e depois guarda, lava a segunda, depois enxuga e depois guarda e depois faz o mesmo com a terceira. Tudo isolado e individualmente, como se uma coisa pudesse contaminar a outra. Trata a louça que houver assim. Os pratos, os pires, as facas, cada colher de chá. Junta com as pontas das unhas as cascas de pão que sobraram na toalha da mesa e pode contar quantas delas tem a cada refeição: *são trinta e quatro, trinta e oito, no máximo.*

Joga o resultado no velho balde de lixo. Amassa os guardanapos de papel e joga também. Olha para o estado em que se encontra: *já se foi a manhã!*

Não se permite ficar um dia inteiro de pijama, ainda que o deseje em segredo mais do que muitos outros desejos bestas que ela tem. Tem medo de que a vejam neste estado. Numa hora em que o vento levanta a cortina. Então veste uma roupa. Um vestido. Varre daqui pra lá. Varre de lá para cá. Passeando a sujeira pela cozinha. Perto da parede ela a recolhe com a pá de plástico. Tem horror a sujeira: *torna a gente mais pobre do que é!*

Só aí que ela sai para o quintal, ainda sem lavar o rosto, para receber um tapa do sol. Ele arde no meio da cara dela. Ela se lava no tanque. E agora sim parece que vai despertar. O cachorro morde a pá. Derruba o pó no chão. Ela xinga. Pede perdão: *o Senhor não gosta.*

Volta para dentro de casa. Prepara um prato do almoço. O arroz, por exemplo, e deita. Depois faz o outro. O feijão, que seja, e fica sentada na sala, olhando para o nada. Aí um bife, e só mais tarde, depois dos telejornais do meio-dia, é que ela prepara os legumes, por exemplo. Se a refeição tem vários pratos, ou etapas, esse procedimento pode levar muitas horas, inviabilizar o almoço. A mulher não diz a ninguém, porque acha que a mãe não deve mostrar fraquezas para a família, mas ela não tem vontade de comer sozinha. Come só um pouco. E lava a sua louça em seguida, como se fosse sair para trabalhar, mas deita, deita para descansar de tudo isso. O seu marido já pensou que ela está doente, com fraqueza...

Anemia, por exemplo, que esgota a pessoa.

Não! Nunca!

Ela não se sente esgotada. Deita e levanta dezenas de vezes: por um copo de água, depois pelo remédio que vai tomar com a água, em seguida para pendurar um pano de prato no varal, depois para recolher a roupa que estava no varal, dobrar e amontoar em cima da casinha do cachorro: *roupa eu até recolho, mas não posso lavar nem passar. O calor e o frio me fazem mal, tenho dor aqui na espinha, e bem no útero, pela frente. É como se eu fosse rachar.*

Há muito em que pensar. Pouco o que fazer e nenhuma novidade até que os homens da casa retornam, quando ela já deitou e levantou algo como o quê?

Cinquenta... Quarenta vezes, pelo menos.

Mas se engana quem pensa que a mulher, ao fazer tudo devagar e aparentemente sem critério de organização, manifesta desleixo.

Nem tenho preguiça!

Sua ineficiência é controlada; sua inoperância, um equipamento muito bem equilibrado de acúmulo e de gasto de energia por metro quadrado. E o suposto desperdício de tempo de suas idas e vindas sem sentido pela casa representa, na verdade, um método de sobrevivência perfeito. Um sistema estruturado: na repetição mecânica, mas estudada e detalhada, ela ocupa a mente o dia inteiro, a semana inteira, o ano inteiro. Encontra um porto seguro para aqueles pensamentos desesperados que todos temos, e não enlouquece.

11. Sensor de presença

O HOMEM DE que trata este relato entra no banheiro da linha de produção, tira com cuidado o avental cinza que deixa pendurado perto da porta, e agora está parado diante da calha de alumínio que recolhe a urina dos empregados. A luz elétrica está conectada a um sensor de presença com temporizador digital, e a permanência de qualquer pessoa ali, em qualquer circunstância, fica constrangida por aquilo. Com isso, porque o homem se demora pensando (depois do almoço salgado que o fizera beber muita água), esperando descer-lhe a urina dos rins junto da calha de alumínio, mas longe da porta de entrada onde funciona o mecanismo que liga a luz, ela se apaga. Resta o sol enviesado que atravessa a grade de ferro, em cima das privadas.

O homem então se volta e, com a calça arriada, seminu, é obrigado a se olhar no espelho. Não desgosta de se ver, com o pau mole, porém promissor, na palma da mão. Sorri. Só que ele tem que se arrastar com a calça arriada, atrapalhando seu passo, até chegar perto da porta e a luz tornar a se acender. É o que ele faz. E ri do que passa. Depois ainda volta para a calha com o mesmo passo truncado, hesitante e lento. Assim, quando ele está pronto para urinar outra vez, a luz se apaga de novo.

Meu caralho...

Já não é tão engraçado se olhar no espelho à luz do sol agora, com a urina interrompida pelo escuro, da ponta do pau pingando alguma coisa estranha em lugar desconhecido de sua calça, o que é sempre constrangedor para um homem daquela idade. Ele agita os braços antes mesmo de chegar à porta e logo retorna para a calha de alumínio, deixando sair o mijo quente, enfumaçado. O jato é longo, contínuo e sem solavancos. Mas, porque o homem se demora, agora urinando ereto e em silêncio, a luz torna a se apagar.

Puta que me pariu!

Acontece que o homem já está urinando diante da calha, na posição correta, e a falta de luz não o atrapalha. Ele termina de urinar. Seu corpo se curva num arrepio. Quando vai sair do banheiro, no entanto (que fica nos fundos da linha de produção, mas se abre à vista de todos), ele nota não apenas uma gota, mas uma extensa mancha escura (de urina, é certo), bem na frente de sua calça.

Fodeu!

O homem pensa no ridículo que vai passar pelo resto daquele dia, pelo menos, mas logo se lembra do avental cinza pendurado no gancho, perto da porta de entrada. Por sorte ele tinha aquela peça de roupa no uniforme. Então ele se cobre (até com alguma solenidade), antes de voltar para o trabalho.

Eu sou especial...

Os engenheiros de produção (avental branco/gola verde) calcularam que o tempo de permanência de funcionários nos banheiros da fábrica foi reduzido em cerca de trinta por cento depois da instalação dos sensores de presença.

12. Recorde de acessos na semana:

O VÍDEO MOSTRA um homem caído na calçada e, perto dele, um cachorro da raça pitbull. Mais além, estacionada, interrompendo uma faixa de rolamento da avenida, uma viatura de polícia da cidade de Nova York. Dois policiais estão de arma em punho. O cachorro fica cada vez mais incomodado com a presença de estranhos; anda em círculos em torno do homem caído, marca o seu território. Sem saber disso, na tentativa de se aproximar do homem no chão, uma mulher avança, atraindo a atenção, e a ira, do cachorro. A mulher corre, a tempo de escapar da mordida. O cachorro está muito ocupado e agitado para se preocupar apenas com ela. A área que considera segura está sendo invadida por curiosos de todos os lados. O homem continua caído, a mulher que corre para fugir da mordida tropeça, e o policial de Nova York, talvez para proteger e servir toda essa gente ao mesmo tempo, se move em direção ao cachorro, à mulher, ao homem caído no chão, atraindo ele próprio agora o animal. Nesse momento, soa o tiro: *fuck!*

É um tiro só. E o pitbull cai aleijado, baleado na cabeça.

O silêncio que segue é curto, porém monstruoso. Dá pra ver nos cantos da imagem, a câmera continuou gravando.

E abre para mostrar outro policial, o que fez o disparo. Ele entrou em cena para ajudar seu amigo, enquanto o cachorro só queria proteger o seu dono...

Oohh! No! Oohh! No!

You fuckin' shot the dog!

O tiro causa comoção. As pessoas por perto gritam de horror pelo cachorro. E vão se aproximando dos policiais.

Why did you shoot him? Why did you shoot him?!

Coward!

Murder!

Os policiais da cidade de Nova York pedem reforços, os dois ao mesmo tempo, falando com os microfones de lapela instalados em suas fardas. Os populares continuam se aproximando.

Oohh! No! Oohh! No!

Alguém acode o homem caído. E a cada movimento do cão, que agoniza no asfalto, sobe um clamor popular.

Oohh, no, please!

Oohh, no, fuck!

Cowards! Murderers!

Uma mulher põe o dedo na cara de um dos policiais da cidade de Nova York. Não o que atirou, mas o outro, que foi salvo do ataque do pitbull pelo tiro.

Go! Go and finish what you started, coward!

Mas não é necessário. O cão dá um par de coices, arranhando o asfalto, e para de se mexer. Então, só agora, dramaticamente, uma poça de sangue parte dele e escorrega devagarzinho para a calçada.

Chega a ser bonito.

O vídeo fica sem som. Por minutos, vemos apenas os populares, atônitos, andando em torno e os reforços que não param de chegar. Os policiais da cidade de Nova York cercam o cão morto no asfalto, impedindo a aproximação dos populares.

13. Paraíso das piscinas

Três oficiais do Exército foram atropelados e mortos numa avenida radial na tarde deste dia, enquanto seguiam à paisana para o quartel-general da Força. As autoridades militares e a companhia de engenharia de tráfego avisaram que fora apenas um acidente, mas devido à lentidão dos curiosos os índices de congestionamento batem os velhos recordes.

Anda e para. Para. Para. Anda e para. Para. (E assim por diante.)

A articulação do joelho do marido faz um barulho esquisito, de osso raspando com osso, já estragado de lidar com pedais. O cabelo da mulher está duro e irritado pela poeira da fumaça.

Um peso na cabeça.

Agora o tempo anda para a frente, rápido, numa ironia idiota com quem está parado. É a noite dentro da noite. As fábricas que se apagam umas atrás das outras não dão maior sossego. Os vigias vão embora, levam suas armas para se defender, e isto serve apenas para deixar ainda mais apreensivos os que imploram por uma passagem — *só uma passagenzinha, pelo amor de Deus!* — mas permanecem no mesmo lugar.

O que é que pode acontecer que ainda não teria acontecido?

É o que todos os sobreviventes se perguntam quando fecham os vidros, travam as portas dos seus carros, dedos frenéticos procuram informações urgentes nas rádios de trânsito e um bom pedaço de ferro com que se defender das abordagens inesperadas.

Tudo bem...

Só o tempo progride. Aquilo que avança é pouco, e avança muitíssimo demoradamente, num progresso de Pirro, roda a roda no asfalto derretido, para-choque a para-choque, uma briga em surdina por uma vaga medida, a desconfiança generalizada.

Dá licença, porra, por favor!

Ninguém olha, nem ouve gentileza. Eles não são de dar ouvidos a essas coisas enquanto dirigem.

E se a pista de cá acabar correndo mais do que a pista de lá, como é que aqueles, do lado oposto, eles vão ficar entre eles, e entre eles e nós mesmos?

O homem não responde: "*é uma guerra, e ninguém vai ganhar*" — pensa —, no entanto, como os carros andam lenta mas milagrosamente, ele fica quieto, em prece silenciosa pelo movimento que evolui e vai contagiando a todos. Arrancam. Avançam. Começam a meter os pés pelas mãos, aceleram. O homem também, mantendo uma posição que considera dele por direito, mas começa a ser acuado e superado uma, duas vezes, motos, carros, três, quatro, dez vezes, ônibus, caminhões, aviões. Sente-se humilhado por tudo e todos que o passam para trás.

Fiquem onde estão!

A mulher finge que não ouve. Ou não compreende. Nem faz sentido o que acontece: lutam o marido e os outros iguais a ele enquanto seguem pelo mesmo caminho. Rivalizam, fecham, abalroam.

Duas pessoas são assassinadas por dia em brigas de trânsito.

Mas para o casal a vida é feita dessa luta diária e seu esforço, por fim, recompensado: no alto de uma montanha, como numa ilustração bíblica em quatro cores, surge o primeiro sinal do que poderia ser outra vida para o homem e sua família: lá estão inúmeros pontos vivos e coloridos que violentam a paisagem burocrática da periferia.

Senhor do Céu!

Nem parece o nosso país!

São reservatórios de piscinas de fibra de vidro, em exposição na área externa de uma conhecida loja especializada. É uma das maiores lojas do ramo, e cresceu com os novos tempos. O homem e a mulher são atraídos, incomodados, cegados, excitados e hipnotizados pelo brilho das cascatas, dos refletores e dos holofotes apontados diretamente para eles, na saída de uma curva fechada. Freiam forte. Quase provocam um acidente.

Barbeiro filho da puta!

O anúncio pisca em ritmo apressado.

Aqui-aqui-aqui!

Um pouco mais adiante e a estrada se perde na escuridão dos bairros-dormitórios. Cansados, homens e mulheres se despem e se apagam para dormir. Na loja, ao contrário, há muita luz e espaço para quem quiser estacionar e comprar. O homem e a mulher pensam que espaço é conforto e se sentem muito bem recebidos por causa disso. Começam a comprar ali mesmo. Largam o carro de qualquer jeito, ocupando duas ou três vagas, com sorrisos verdadeiros jogados um para o outro, divertidos de fato, se vê.

O que foi?

Nada. Tudo isso...

Os dois mais contentes sobem de elevador, abraçados do subsolo até o primeiro andar. No saguão, uma dúzia de mulheres de papelão em tamanho natural, com monitores de televisão no lugar do rosto, informam sobre produtos e serviços, dão instruções de como se comportar e onde encontrar o que quer que seja. Canhões de laser inscrevem as ofertas nas paredes: argamassa para azulejos, ralos e torneiras de ferro fundido e o metro quadrado da pedra portuguesa, por apenas setenta e nove e noventa.

Parece bom negócio, mas não dá tempo de ler...

Na entrada, em desnível, um labirinto muito bem urdido pelos promotores de vendas mistura torres de baldes com produtos de limpeza, com ruas e avenidas de sacas de suplementos químicos para manter a piscina limpa, equipamentos para aquecê-la e uma infinidade de remédios para o tratamento da água, com embalagens complicadas de se ler, mas eletrizantes, sem dúvida.

Quanta cor, quanta luz, meu Deus!

Há vassouras de cabo longo, peneiras com hastes retráteis e de várias medidas, robôs para limpeza profunda, ou perigosa, filtros, canos e demais ferragens internas e externas, luminárias, escadas de plástico e de alumínio, cascatas douradas, retas, em espiral, capas térmicas, cadeiras, mesas de bar e espreguiçadeiras reguláveis arranjadas em conjunto com pirâmides de caixas de azulejos para piscinas de concreto, mostruários de mantas impermeáveis para piscinas de vinil, além de cartazes com as opções de piscinas de fibra de vidro, expostas no "*showroom* externo", assim como as formas de pagamento, à vista ou financiado, numa confusão de números, letras e slogans determinada por economistas e publicitários, para que todos sejam levados a um único pensamento:

(...)

O homem e sua mulher estão lutando para escolher em que prestar atenção e se assustam quando alguém os aborda pelas costas:

Que susto!

Boa noite.

O vendedor aperta a mão suada do homem e se volta para beijar a mão da mulher, numa reverência afetada: *minha senhora, meu senhor...*

A mulher fica um tempo olhando para as costas da mão. Enlevada. O homem repara. E se anima, reparando nela: *nós queremos ter uma piscina em casa.*

É mais do que justo!

É o vendedor quem diz, muito seguro e treinado, como se estivesse apenas esperando a oportunidade para falar daquilo tudo que tem salivando na ponta da língua: *se engana quem pensa que piscina é luxo. Piscina é lazer, meu amigo, e, hoje em dia, só com uma boa dose de lazer nós podemos enfrentar a luta do dia a dia, recuperar as energias para as exigências da família e do trabalho...*

É?

Piscina neste país é questão de saúde pública!

Visto dessa maneira...

O vendedor, entusiasmado com a timidez, o interesse, a ingenuidade e a anuência apressada do casal (eles já estão comprando), vai empurrando a mulher cada vez mais para dentro da loja, mostrando isto e aquilo, obrigando o marido a seguir os dois.

A senhora sabia que o nosso país já ocupa o segundo lugar, no mundo, em número de piscinas? O segundo de todo este mundo?!

Não...

Pouca gente sabe. É uma pena. Poderíamos nos orgulhar mais.

O vendedor leva a mulher para os fundos, bem para as profundezas da loja, no extremo oposto e de costas para a saída. Ele a faz sentar-se em frente a uma escrivaninha. Então puxa outra cadeira para o marido.

Haveremos de ser os primeiros! Ainda teremos o maior número de piscinas do mundo! Aí sim! E esta posição, é claro, com a ajuda de vocês!

Amém!

Deus abençoe! Em que posso servir?

Mas antes que o homem tenha condições de explicar melhor o que deseja, ou tentar ao menos fazê-lo, o vendedor o cerca, e à sua mulher, de catálogos, folhetos e perguntas — que não deixa os clientes responder — sobre a casa que eles têm, o tamanho do terreno destinado ao projeto, a posição do sol, quando e onde ele incidia, o tipo de revestimento da borda, o mecanismo de filtragem, a casa de bombas, o material do deque, do chuveiro, da cascata, o guarda-sol.

Não é tão simples...

A mulher olha para o marido, dando de ombros quase, como a perguntar: *quanto você pretende gastar nisso?*

O marido faz um cálculo rápido, mas não precisa ser matemático para entender que a virtual prestação possível não caberia em seu salário real: *uma piscina de fibra de vidro, talvez...*

É visível a decepção do vendedor diante da primeira escolha do homem: *mas os tamanhos e as cores à sua escolha são muito restritos; o trabalho que dá a instalação é quase o mesmo das piscinas de vinil, ou de concreto armado!*

O homem fica tão impressionado com o que tinha feito ou dito para o vendedor, e que o deixou assim tão contrariado, que se desdiz logo em seguida, para não incomodar: *Desculpe... Não sei... A gente pode ver algo diferente...*

Essas palavras trazem o vendedor de volta à vida. Ele se agita, reassumindo a posição na escrivaninha. Livra-se do paletó, pega caneta e um bloco de notas (no qual não escreve, mas rabisca freneticamente), seus olhos brilham quando ataca o casal com seus argumentos de venda; vê-se que ele sua, que se empenha de verdade, precisa ganhar a sua comissão. O homem repara nisso, e gosta. Pensa que seria igual, um dia, se fosse vendedor.

Eu não vou deixar o meu amigo fazer um mau negócio.

Por favor...

De olho nisso, o vendedor, então, começa a descrever as vantagens das piscinas mais caras do mundo, as de concreto armado: que são mais resistentes e duráveis do que as de vinil, e principalmente do que as de fibra de vidro; que podem ter o tamanho e o formato que forem desejados pela imaginação mais estranha e agregam valor ao patrimônio imobiliário do cliente e assim por diante, até que, por fim: *são obras únicas, como os membros de sua família.*

A mulher está boquiaberta. O vendedor aproveita para tocar-lhe a mão fria. O homem repara. Depois o vendedor também toca a mão do homem (quente, suada). Não acontece nada. O marido não se preocupa. O vendedor os mantém assim, por um bom tempo.

Então?

A mulher, a esposa, ri-se por nada dessas mesuras. O homem, o marido, se lembra da revista que leu no consultório do dentista, no começo dessa história: *mas uma piscina é uma segunda família!*

Por isso mesmo: uma segunda família a serviço da primeira, a mais importante, aquela sagrada, a sua família!

Lá fora um helicóptero voa em círculos e muito baixo. É preto, da Polícia Civil, com um agente uniformizado em cada lado, vestindo coletes à prova de balas, agarrados aos fuzis. Ambos apontando para o estacionamento da loja. Planam por ali, impedindo as conversas. Depois levantam e vão embora.

Não se trata de gasto, é investimento!

Que seja...

A mulher olha a papelada diante de si sem conseguir distinguir o que interessa. O homem repara nisso. E numa mosca verde que tenta sair pela janela. O vidro está fechado.

Estamos todos presos, de algum jeito, não é mesmo?

O homem sente aquela tontura na cabeça e o tal amargor na boca do estômago característicos de sua pessoa, e também que a realidade está acontecendo um tanto depressa deste lado da mesa, em que ele, o cliente, se encontra. Pelo que ele tinha lido na revista do dentista do convênio e antevia agora nos catálogos e nas tabelas de financiamento daquela loja, parece impossível cumprir a sua promessa: do melhor ele não podia comprar; nem aquilo que era considerado de gosto médio ele atingia, e mesmo com o que fosse de pequena monta...

Desculpe, é impossível...

Mas você tem o direito a bem-estar!

Eu posso ter o direito, mas...

O homem levanta primeiro, a mulher depois. Ficam em pé diante do vendedor, que, derrotado, baixa a cabeça. A mosca insiste contra o vidro e finalmente passa para o outro lado. Parece que o encontro está enterrado para sempre. E o casal se volta para ir embora, quando o vendedor se lembra de algo e grita cheio de esperança: *tem jeito, meu Deus!*

O homem se lembra de que o governo apoiava com juros subsidiados a reforma de imóveis populares. Era lei.

Uma linha de crédito, para ser mais exato!

Que bom!

Mas precisamos fazer alguns ajustes. Piscinas não são beneficiadas por essa linha de crédito. Uma injustiça, sem dúvida, e por isso vamos dobrar aqueles burocratas: dizer que vamos fazer... uma "reforma de rede elétrica e hidráulica" de sua casa, que tal?

O vendedor se volta para a mulher, aliciando: *quem do governo vai até lá conferir uma coisa como essa?*

A mulher também não acha o governo eficiente. Nem o homem. O vendedor exibe a calculadora cheia das contas que fizera para incluir a prestação da piscina, quer dizer, "da reforma", no orçamento familiar do cliente: *basta não dizer para o que é. Vocês solicitam um primeiro crédito de... Digamos cinquenta, cem mil...*

Tudo isso?

É necessário.

O homem lembra que, além dessas promessas a cumprir, há o carro, a cozinha, o telefone fixo, o celular, a escola do menino, a água, a luz, o gás, a diarista quatro vezes por mês e, claro, o próprio imóvel, tudo financiado pelo governo.

Necessário?

Se for muito barato, até o governo desconfia.

Entendo.

Além do mais, uma piscina original é um sonho realizado. Custa caro, sim, mas, no fim, é mais simples do que instalar uma caixa-d'água de cinco mil litros num pedestal de cimento.

A mulher pergunta o que o marido gostaria de perguntar: *como a gente faz para ter direito a tudo isso?*

Não precisa mentir demais. Basta separarmos bem os ingredientes, de maneira que ninguém entenda o que vai ser feito, indica o vendedor profissional: *areia, cal, azulejos, canos, fios, lâmpadas, manta asfáltica, tinta de impermeabilização...* E arremata: *Não precisamos dizer para o que serve, exatamente, nem que não serve do jeito que eles querem, ou preferem... Está claro, não está?*

O vendedor pisca muito rápido. Parece irresistível.

Eu nem sei se a minha casa é popular...

O homem preocupado, com certo orgulho ferido, o cliente, ele quer continuar argumentando, mas também não quer, deseja confiar nas diretrizes do vendedor e naquele momento histórico de prosperidade, acreditar naquilo tudo que dizem que está acontecendo ou que está prestes a acontecer, que vão fazer acontecer, que são a bola da vez e que ele não vai ser pego pelos investigadores e juízes das leis sociais do governo.

Amém!

Mas logo sobe de novo aquele gosto amargo e a visão fica turva, ele esfrega os olhos para enxergar o que não entende, os seus direitos e deveres, a dívida, o governo, o financiamento da piscina... Ninguém percebe. A atenção da mulher está voltada exclusivamente para o vendedor.

Todos somos o povo! Não foi o slogan vencedor da última eleição?

Com os argumentos daquele vendedor o homem e a mulher imaginam que participam de um movimento maior, uma coisa nova, grandiosa, que se desenvolve junto com eles e os carrega para... A realidade, talvez... O futuro, quem sabe? Afinal ele está aí... Quanto desejo, quanto medo e quanta confusão!

Acho que foi este slogan sim.

Então pronto: "todos" inclui a mim, a você e a ela, não é verdade?

É verdade!

O homem concorda em parte para se livrar da pergunta desagradável, em parte porque está um tanto fora de si, assustado com decisões.

Eu vou requerer os papéis na gerência...

O homem dá de ombros. A mulher em seguida. E isso quer muito bem dizer para o vendedor que eles, os clientes, concordaram com tudo. Assim o vendedor desaparece numa porta minúscula, camuflada na parede.

Mas onde é que ele foi, meu Deus?

Tem certeza do que pretende fazer, homem?

A mulher pergunta com receio, e só assusta ainda mais o marido. É na dúvida que ele responde: *tenho! Tenho certeza, sim... Por quê?*

Nada, amor.

Logo o homem sente a mão da mulher pousar na sua coxa, outra vez. Está fria como sempre. Ele se contrai. Ela aperta. Um arrepio sobe dali. O homem fica duro embaixo da mesa. Puxa a blusa de malha e a carteira de dinheiro, põe por cima. Algo mais do que isso, do pau, também está sendo dito sem palavras entre eles. O casal se olha daquele jeito novo que eles já conhecem. Ela põe a mão na vara dele. O vendedor reaparece da parede.

Que susto!

Os formulários do governo..

A ereção do homem recua. São várias as folhas timbradas com as marcas e os brasões de diversos órgãos do Estado envolvidos com política e dinheiro, várias as cópias coloridas requisitadas para cada um dos lados, e tudo ainda precisa ser muito bem discriminado: os itens, suas quantidades, tamanhos, composição — neste caso, com certas omissões, para que o governo pudesse autorizar o financiamento da pisc...

Não, "da reforma das redes elétrica e hidráulica" da suposta casa popular do homem de que trata este relato, através da lei dos imóveis populares, com juros subsidiados, em bancos privados ou públicos...

Algum desacordo?

Tudo fica em silêncio. O Código Penal, em seu artigo trezentos e quarenta e dois (falso testemunho), prevê penas de reclusão de um a três anos, e multa. As luzes são desligadas. A loja está sendo fechada sob ameaça de bomba e porque o turno dos funcionários está se estendendo demais noite adentro. O contrato é preenchido e assinado num instante.

Crédito aprovado! Sacada de gênio esta nossa, hein?

Parece bom...

"Bom?" É sensacional! Sensacional!

O vendedor se ergue, contorna a mesa e toma entre as suas a mão da mulher, com muita afetação, o texto decorado, tudo outra vez: *parabéns pela realização de um sonho!* Em seguida (ainda sem soltar a mão da mulher), ele se volta para o homem, o cliente, e diz com uma tranquilidade aterradora: *a sua vida nunca mais será a mesma.*

Na volta, homem e mulher ficaram tensos com a fúria de roleta-russa que tomava conta dos cruzamentos, pois àquela hora os semáforos da cidade eram desligados pela companhia de engenharia de tráfego por medida de economia e para não ser responsabilizada judicialmente pelos assaltos aos motoristas que param no sinal vermelho.

Considerando que o relógio tinha andado para frente mais depressa que o normal, três, quatro, cinco vezes, era noite alta quando o homem e a mulher, pai e mãe, conseguiram retornar para casa, no Bairro Novo, e resgatar o filho.

Vocês se esqueceram de mim!

Não era verdade. Estavam crentes no combinado com a diarista, que vinha naquele dia da semana. A diarista, que aceitara ficar com o menino algumas horas após o expediente, sem a devida remuneração, com o atraso intolerável dos responsáveis tinha deixado a criança com o vizinho de cima.

Desculpe o incômodo.

O vizinho de cima parece maior do que o normal, além da diferença do terreno entre as propriedades. Ele tinha lhe feito um favor, e isso nosso homem lamenta.

Foi um prazer. O seu filho é uma graça, boa noite.

A porta do vizinho já foi fechada na cara do pai e o pai já pôs o carro em movimento, guardando-o na garagem.

Ele vai me cobrar caro por isso, eu sei.

É noite de nuvens baixas, mas de lua cheia, e os dois ou três tipos de carros financiados, em suas três ou quatro cores, estão nas garagens das casas descascadas, de frente para a rua e prontos para sair ao mesmo tempo, amanhã cedo.

Ninguém quer perder tempo, não é?

Não. Mas a pergunta correta é: e esse tempo que dizem ganhar com as pequenas conveniências, preparos e trapaças que se dão ao luxo de fazer antes de dormir? Esse tempo acumulado antes e depois de saírem para trabalhar outra vez no mesmo lugar? Onde está esse tempo livre? O que fazem dele?

Aí é que está: eu estou morto de sono, boa noite.

14. Patrões e empregados

No meio da semana, quando vem a diarista, aí sim é que a mulher, a dona da casa, deixa-se ficar na cama sem vergonha de jamais levantar. Não faz nada que não seja organizar, preparar e cumular de serviço a funcionária, gritando do quarto, quando sente qualquer desejo ou fraqueza:

Traga um copo de água, tenho sede muitas vezes hoje. Fez a comida? Tenho fome de qualquer coisa, fora de hora. Já limpou o quarto do menino? Não encontrou nada? Faça direito que embaixo da cama dele tem coisa. Quando precisar abrir um armário ou uma gaveta, fala comigo. O papel higiênico fica separado do lixo de comida. Minha sogra fazia doce com casca de laranja, e torta com sobra de carne. Não tá fazendo nada, põe o pano de prato no sol, por favor. Ele fede. O meu marido gosta de vinco na calça. O meu vizinho dos fundos não gosta de barulho. Na falta de graxa da cor do sapato, usa incolor para todos. Todos, eu disse, e são muitos. Cera todo dia, sim, mas você tem que varrer antes, economizar detergente e alvejantes, entende? Não se sabe até onde isto vai durar. Lavar o quintal, não. A garagem é mais importante.

Sim, senhora.

A diarista não é mais jovem, mas enquanto não for velha terá de trabalhar em sete casas de família durante a semana (duas no sábado, ela tem folga não remunerada aos domingos).

Tempo para nada.

Por outro lado, com um gerenciamento cuidadoso, muito estrito mesmo, feito desde o quarto do casal, detalhadamente, a mulher, a patroa, comanda a faxina, o almoço e as demais tarefas da tarde: arrumar a cozinha, fazer um bolo de fubá, lavar uma pilha de roupa, passar um monte de roupa, um café preto, temperar um frango à indiana (há dois anos garam masala encontra-se à venda no supermercado do Bairro Novo), costurar um lençol, uma camiseta, pôr algo no forno, a barra de uma calça.

Dar um banho no cachorro, sim. Mas, não me leve a mal: eu preferia que você não tomasse mais o seu banho aqui, com água do nosso banheiro, dentro da nossa casa, entende?

Sim, senhora, eu entendo.

E assim, administrando, constrangendo, e cobrando e premiando às vezes, a esposa do homem de que trata este relato faz valer cada centavo daquilo que paga à diarista, como o patrão do marido, na fábrica: *se a gente não tomar conta, não fazem o que a gente quer.*

A diarista, o patrão do marido e até o próprio marido dão razão a este argumento, e se submetem. Trabalham como os outros querem. Produzem um resultado.

Quanto vale um homem sem emprego?

Todos conhecem a origem da palavra trabalho.

Inferno...

A diarista, sem maior instrução além do segundo ano primário em escolas precárias, mas com muitíssima vivência prática (trabalha desde os quatorze anos em casas de família da capital), tem uma ideia disso, à sua maneira: *um dia eu mato estes filhos da puta...*

O que, amor?

Nada, senhora.

A mulher, a mãe, sabe muito bem que tem gente pior do que ela, que pede o que não se deve (favores), que faz exigências e mais exigências profissionais descabidas.

Tem coisas que eu nem posso pedir. Ela não saberia como fazer.

Os tempos negros foram ultrapassados. As pessoas têm direitos agora, como nunca sonharam antes.

Ela come o que a gente come. Eu sou diferente.

Esta mulher, por exemplo, dá para a sua empregada diarista tudo o que tem que não serve ou usa mais: *curioso: tem um valor quando a gente quer comprar na loja, outro valor depois que a gente usa um pouco, e logo depois valor nenhum, na hora de revender...*

Quando alguém daquela família não quer mais as suas próprias roupas, seja a mulher, a criança ou o marido, porque ficaram pequenas, puíram, furaram ou mancharam em lugar visível, ela dá tudo para a diarista. Quando sobra comida (arroz, feijão, carne e mesmo salada, que vai murchar), porque se fez demais, não gostaram do que foi feito ou simplesmente porque alguém ficou doente e abandonou a sua parte, ela faz um prato, enrola num pano, dá um nó por cima e pronto, dá para a diarista levar para a casa dela.

Só quero o prato e o pano de volta.

Obrigada, senhora.

O patrão do marido, através do departamento de recursos humanos da empresa, conhece alguns fatos da vida dos seus funcionários, mas a patroa da diarista não sabe onde ela mora, o tamanho certo das roupas, nem quantas pessoas exatamente comem na casa dela, em média, nem se ela é casada oficialmente.

Eu tenho um companheiro que me bate.

O que a patroa sabe é de ouvir reclamar ali deitada, de que a empregada mora longe de todos os lugares aonde tem que ir para visitar parentes, rezar ou trabalhar; não tem certeza de quantos cômodos existem na casa daquela mulher, mas sabe que as paredes são mais finas do que as dela, por exemplo: quando quis dar o seu último liquidificador — velho, mas em perfeito estado — para a diarista (comprara um novo processador, bem barato, melhor — substituía o espremedor de laranjas também, para pagamento em vinte e quatro meses), a funcionária não pôde aceitar a oferta:

Se os meus vizinhos me ouvem usando uma coisa dessas, eles vão entrar na minha casa e me roubar enquanto eu estiver trabalhando aqui, em segurança.

Diante disso a diarista acabou levando o espremedor de laranjas, porque era silencioso.

Desculpe, mas é o que nós podemos lhe dar, no momento.

Muito obrigada, senhor.

15. Não sou conduzido, conduzo

O RELÓGIO DO trabalho continua andando para trás, para trás, para trás. Sexta vira quinta, quinta vira quarta, que vira terça, depois segunda... De segunda, volta para a sexta. Em seguida, de novo. Rosca sem fim.

Roubaram o sábado e o domingo!

Os velhos reclamam da potência e do entusiasmo dos mais moços, mas em silêncio, para não serem hostilizados e perderem o lugar.

Jovens são baratos, e burros.

Três, duas, uma, meio-dia, onze horas...

Jovens são fortes, e aguentam.

A aposentadoria do homem sob o ar condicionado da ferramentaria — e do restante da produção, sob uma sensação térmica em torno de cinquenta graus com as telhas de zinco — vai ficando cada vez mais longe, no tempo e no espaço: isto é unânime.

O que foi feito do sindicato?

Está ocupado com as comissões do governo e dos empresários.

Aqui e ali uns alaridos mais agudos parecem que vão entender o que está acontecendo em termos econômicos e políticos, alterar qualquer coisa da situação material e moral em que vivem, mas logo estes ruídos agudos se confundem com os gritos das fresadoras riscando um bloco de aço: *rinc! Rinc! Rinc!*

E mesmo isso morre sem consequência. E nada mais.

Não quero complicação para o meu lado. Estou satisfeito com a minha vida. Nesta ordem.

O homem de que trata este relato sente que o seu momento é outro. Que pode mudar as coisas, forçosamente. Ele percebe, envaidecido e aterrorizado, por um instante, que é sujeito do que faz, mesmo que aquilo que ele faz não tenha nada a ver com ele, em sua maior parte. Por exemplo: já não são os operários de macacão cinza, azul ou verde que, da linha de produção, olham, cheios de inveja e de cobiça, para o aquário da ferramentaria onde ele se encontra, como se fossem gatos manhosos prontos para o bote, e ele, o ferramenteiro, um peixe indefeso a ser devorado, cru, na carnificina.

Não, senhores!

Hoje é o homem, com o seu manto cinzento de mestre operário, quem se aproxima (solene) daquele vidro que, como nunca antes, serve agora de divisa, fronteira necessária, entre ele e os demais: *para os efeitos pedagógicos e psicológicos do sacerdócio do trabalho, para treiná-los a melhorar, a quererem ser iguais a mim, talvez.*

Outro exemplo: o frescor do ar condicionado, que conforma as peças, os equipamentos e as ferramentas delicadas em seu tamanho original, serve também ao necessário conforto dele, funcionário qualificado, cujo tratamento precisa ser condizente com a complexidade do trabalho que desenvolve.

Claro, claro.

O homem repara na tristeza daquela sujeira de óleo generalizada por cima da pele deles, no pó de ferro que desencravam das unhas cinzentas com palitos de dentes e chaves de fenda e nas manchas escuras de suor debaixo dos seus braços.

Ninguém mandou não estudar.

Neste momento o homem tinha orgulho de sua formação (esquecendo a constante violência sexual de que são vítimas os alunos e as alunas das escolas de aprendizagem industrial, públicas ou privadas) e, sob a luz solar que desce das telhas quebradas em vários pontos da linha de produção, o homem vê jorrar brilhantes, como uma fonte explosiva de prata, os cavacos cuspidos pelas máquinas, que se grudam feito pragas nas dobras e nas costuras dos macacões.

Chega a ser bonito.

Acontece de os cavacos maiores agredirem a pele dos homens. Arrancam sangue quando se coçam. Corcundas, por trás dos óculos e das máscaras de proteção, eles sofrem calados os golpes do aço.

Desperdiçam muito material bruto.

Embriagado por estes e alguns outros pensamentos expansivos (pés nas botas afastados, mãos enluvadas na cintura da capa mágica), o homem observa a extensão daquele domínio — um pouco seu, por que não? — e o comportamento dos demais. Sente-se melhor do que nunca.

Eu sou especial.

Do outro lado, a expressão de tédio iguala os empregados. Muitos permanecem cabisbaixos; fazem-se de humildes daquele jeito, mas é apenas um truque: para que possam cuspir de raiva em cima da máquina, praguejar com trejeitos esquisitos ou resmungar com o colega da frente, sem serem percebidos. Têm vontade de fazer qualquer coisa, mas temem serem colhidos em situação de desrespeito ao esforço da máquina pelos inspetores de qualidade (macacão branco).

Multa: um dia descontado do salário.

Não é pouco para quem trabalha o dia desperdiçado.

O dinheiro, segundo o Departamento de Recursos Humanos, é revertido para a CIPA — Comissão Interna de Prevenção de Acidentes —, e destinado à realização de campanhas de esclarecimento.

Vinte e quatro horas, doze meses do ano!

Para forçar e manter essa repetição infinita — a cada dez minutos contados no relógio ouve-se um estrepitoso e único apito, irritante e impossível de desprezar. Ele é formado pelos muitos ruídos sincronizados de todas as máquinas da linha. São os alarmes de comando dos tornos copiadores. Os homens de macacão, avisados dessa maneira, apertam os botões necessários — verdes (reiniciar), e vermelhos (parar), logo que a peça pronta começa a girar em falso no cabeçote.

Ainda se dizem operários, pobres coitados!

Todo este orgulho tem uma razão: a peça matriz, a que serve de guia para os tornos copiadores enfileirados na linha de produção. Dez, doze, dezoito, trinta e seis... O homem foi o ferramenteiro responsável pela usinagem.

Peça complicada do caralho!

Não esconde que precisou de toda a sua habilidade. Achou mesmo que não ia conseguir entregar o serviço a tempo. Só não disse para ninguém ali dentro das dificuldades que enfrentou:

Tem coisas que a gente... Não é hora de dar o braço a torcer, mas de comemorar!

O que o homem gostaria mesmo era de acender um belo de um cigarro (parou de fumar faz cinco anos, sete meses, duas semanas e três dias) e dar uma bela de uma tragada, chupar até o fundo do fôlego, encher os pulmões de fumaça, queimar o trato da garganta, amargar a saliva da boca... Então soprar tudo de volta, arrancando aquele vazio de dentro, e jogando tudo no chão da ferramentaria!

Eu sei: é proibido fumar.

16. Até que enfim é sexta-feira

O CACHORRO FORA tomado como experiência, ou alternativa ao menino, e acabou permanecendo depois disso, mais por preguiça dos responsáveis pela criação de ambos do que por um amor maior ou necessidade que tivessem do bicho. É, ademais, um animal de pequeno porte, sem pedigree, que não inspira respeito, mas repulsa, que não tem a devida disciplina e atenção necessárias à guarda de patrimônio.

Foi escolhido para não dar trabalho, coitado.

Parte da culpa e da desculpa que têm o homem e a mulher para aguentar aquilo tudo por tanto tempo é o fato de o cachorro pertencer a uma nova raça, criada em laboratório com as melhores intenções e a soma de quatro raças consideradas superiores pelos geneticistas e cinófilos, mas a experiência não dera bons frutos...

Perdão por desafiá-lo, Senhor!

Já era tarde. O cachorro tem uma série de limitações físicas e mentais, a maioria desconhecida de seus donos, pois o animal não as pode relatar. Seus donos sabem muito bem que os problemas são renais, respiratórios e vão desde aqueles básicos, de locomoção, por exemplo (lordose, artrose), até os mais violentos ataques autoimunes, cujas secreções ácidas lhe esgarçam a pele desde filhotinho, lhe derrubam os pelos do corpo e lhe dão este tom cor-de-rosa (obsceno) na velhice.

Meu Deus, que horrível!

Não era mais para estar entre nós, desculpem...

Sim, senhor: era para durar pouco, viu-se logo, imediatamente após o cachorro ter nascido, numa ninhada enorme, enforcado junto com os irmãos nos cordões do próprio umbigo, num apelo suicida, e hoje tem uma década que o bicho dorme lá no fundo, enrodilhado debaixo do tanque de lavar roupa, no ermo áspero e seco, mas frio, do cimentado.

A vida do que é fraco também se impõe, graças a Deus.

Mas o que fazer para se livrar disso, Senhor?

Os fundos do quintal da casa do Bairro Novo serão totalmente remodelados para receber a piscina, está claro. E isso ao ponto de o marido e a mulher, sem falarem nada um com o outro — fazendo até mesmo de conta que o assunto não existe —, terem "decidido" que seria muito melhor "não ter mais nada" ocupando aquele espaço ao mesmo tempo em que eles e a piscina...

O quê?

Nada.

Toda vez que este assunto é mencionado, o marido, o proprietário da casa (ele fala minha mulher, meu filho, meu bairro, meu carro, meu emprego, meu patrão, meu Deus e assim por diante), ou se finge de morto e fica totalmente calado, ou se apressa em dizer que a solução, que ele não conhece e da qual não tem a menor pista, haveria de aparecer:

Dá-se um jeito.

De qualquer maneira, por qualquer solução que se deseje, pensa o homem, o marido, o provedor, quase orgulhoso

(*Perdão, Senhor!*), ele, o dono da situação, é quem vai ter que providenciar e dar sustento ao que quer que seja feito...

É a minha vida! A minha família!

Mas o homem mal põe o carro na garagem e já olha para o pulso amarrado ao relógio:

Meu caralho!

O relógio foi posto para correr, outra vez. Ele vem do serviço preparado para abordar o destino do cachorro "de pai para filho", mas, assim que entra em casa e vê o menino abraçado ao bicho no sofá da sala, trocando carícias e beijos lúbricos diante da TV, ele desiste.

Não é bom lamber a boca de um bicho dessa maneira.

Eu não fiz isso...

Não está começando bem. E o homem entende que não vai melhorar propor uma conversa, algo sempre difícil entre eles, diante do cachorro, que, afinal, e sem saber, era o principal prejudicado com aquilo que se tramava para os fundos da casa.

Vamos jantar fora!

Hoje? Todo mundo faz isso... É o filho quem diz, desanimado com a rotina de contrariedades que iriam encontrar num momento de prosperidade e num dia em que todos saem para jantar nos mesmos restaurantes.

E daí? É a mulher quem rebate o filho, cúmplice, aparentando estar preparada para o cansaço que viesse. Não está. Em algum lugar a mulher e o marido, a mãe e o pai, sabem que o menino tem razão e não há surpresas: as filas, nesta sexta-feira, começam ao sair de casa, em frente ao portão, ainda no interior do Bairro Novo, todo ele partindo por ruas estreitas, em debandada, querendo estar em qualquer local, menos naquele.

A gente precisa ter uma conversa.

É apenas excesso de veículos, segundo o menino ouve do rádio, nos fones de ouvido, e repete.

Você ouviu o que o seu pai disse? A mãe quer saber, por uma questão de respeito. O menino faz que sim com a cabeça, mas é mentira, o volume está no máximo. Não dá para ouvir nada além das notícias do tráfego.

São duzentos e setenta e nove quilômetros de congestionamento.

Enquanto isso, o homem dirige em círculos. Os círculos são cada vez maiores, mas, quanto mais ele tenta rumar para fora do centro do tráfego carregado, mais as ruas e as avenidas se desdobram e se reviram umas nas outras, em novas curvas e esquinas que o levam para o mesmo ponto da paralisia.

Pode ser aqui, pelo amor de Deus?

Um tanto pelos empecilhos da cidade, um tanto por desleixo, e outro tanto para não começarem uma discussão besta dentro do carro, acabam os três contrariados aceitando parar naquela pizzaria gigantesca que fica bem ali na cabeceira da pista do aeroporto, à saída do terminal intermunicipal de ônibus.

É a maior do mundo ocidental!

O menino não participa do entusiasmo dos adultos. Olha para fora quando queria olhar para dentro. Há filas duplas no estacionamento para deixar o carro. Os manobristas são assediados com dinheiro. Há episódios de violência, logo contidos pelos seguranças uniformizados (terno azul-marinho, brasão da empresa no bolso de cima). Estabelece-se uma longa fila no salão de entrada, onde se recebe uma senha e se aguarda mesa disponível; eles aguardam, aguardam, aguardam.

Cento e dezesseis, sete lugares... (aguarda) *Duzentos e sessenta e dois, cinco lugares...* (aguarda) *Quarenta e nove, doze lugares...*

Não há sentido na evolução dos números chamados. Há mais filas no banheiro, nos mictórios, nos reservados, para lavar e enxugar as mãos em turbinas de ar quente. Fazem barulho como as de avião. O lugar é restrito, abafado, ficam todos espremidos e são obrigados a girar como se estivessem num prato de vitrola. Giram. Dançam todos a mesma dança. Os clientes são chamados por um outro homem uniformizado, mais qualificado, talvez, que os anteriores (terno preto, camisa branca, gravata fina). Ele usa um microfone. Gravemente. O microfone apita, eriça os dentes. O uniforme do homem está limpo. Engomado. A goma torna a roupa impermeável.

Para o caso de algum acidente com o chope... (aguarda) *Trezentos e noventa e sete, dois lugares...* (aguarda) *Trezentos e noventa e oito, seis lugares...*

Eu e a sua mãe, nós dois, juntos, estamos pensando...

Perto da porta automática, o homem sua. Depois fica gelado. Depois sua. Depois fica gelado (e assim por diante). Quando a porta se abre, o barulho é todo das máquinas e dos motores que passam na rua. Quando ela se fecha são os talheres sobre os pratos, as bocas mascando pizza ou chupando as cervejas e o homem engomado ao microfone:

Cinquenta e sete, cinco lugares... (aguarda) *Cento e quatorze, três lugares...*

Somos nós!

Graças a Deus.

Eles conseguem uma boa mesa. É uma cidade hostil, mas quando se está protegido por uma janela... Os vidros impedem que a fumaça dos ônibus entre. Ela se revolta na calçada, agride os passageiros que esperam. O vidro é escuro e não se vê muito bem quem sofre. Apenas vultos agitados, indignados, clamando inutilmente por direitos.

Chega a ser bonito.

E o ruído começa, invade, impede qualquer comunicação e desaparece. Até daqui a pouco. A cada sete minutos parte um avião, levando gente para longe, levando gente para longe.

Calzone? Aberta? Calabresa ou mozarela; massa fina ou massa grossa; borda simples ou recheada? Ao ponto? Bem assada?

O garçom sorri e espera, depois ri e se impacienta, mas o casal e o menino não se entendem sobre a comida.

Vocês fazem pizza com três sabores diferentes?

Não, senhor. Dois sabores é o padrão.

Entendo...

A mulher desiste da parte dela, o garçom anota o pedido e se afasta. O homem se volta para o menino: *filho, nós trouxemos você aqui para contar uma coisa...*

Fazer uma surpresa! É a mulher quem ajuda. E para.

(...)

Passa um avião neste vácuo entre eles. Passa inteira a aeronave. Do início ao fim. Do silêncio ao silêncio. E como o menino, ao contrário do que o homem deseja, não pergunta nada, ele mesmo continua: *nós vamos construir uma piscina no quintal da nossa casa.*

O menino está jogando um jogo eletrônico. O homem de que trata este relato num único golpe arranca o *hardware* das mãos do menino.

É importante!

Impossível!

O menino é quem diz, como se duvidasse da seriedade, ou da inteligência, ou da moralidade do que quer que fosse que o homem, seu pai, pudesse lhe dizer.

Mas por quê?

É também o menino quem quer saber. É uma pergunta que sinceramente ele, o homem, é incapaz de responder. Pelo menos com aquela tontura, aquele gosto amargo.

Bem, eu...

Nesta hora, na hora em que o homem está prestes a revelar algo relevante sobre si mesmo, o que ele sente a respeito da família, a mulher, o próprio filho ali, diante dele, passa um avião de carga, sobrecarregado ao limite, num barulho insustentável, e o garçom chega com a pizza pronta, interrompendo mais uma vez o pai, o marido, em sua tentativa de abordar o assunto.

Parece uma praga!

O garçom serve as comidas e bebidas muito rápido, como se estivesse envergonhado do que quer que fosse, assustado com os modos da família, tenso, mal pago, incompetente, derramando um pedaço de cebola no menino, uma colher de refrigerante na blusa de lã da esposa, e logo se afasta.

Qualquer coisa é só me chamar.

O menino não se entusiasma com a pizza, nem com a piscina, mas bebe do refrigerante, arrota de maneira sonora e se preocupa com o destino do cachorro.

O que vai ser feito do Thor?

Espera um pouco!

Ouça o papai, querido, ouça...

Calem a boca!

E à parte da discussão sobre formas e cores, a menor profundidade, a maior durabilidade, o melhor equipamento de filtragem, se uma cachoeira de alumínio ou de pedra-sabão, uma churrasqueira coberta, um quiosque de palha, uma banheira de hidromassagem, tudo proposto com insistência pela mãe e pelo pai, o menino se mantém resoluto em saber o que fariam com o animal: *vocês vão matar o Thor?*

O garçom está voltando para a mesa, mas, de longe, o homem o rechaça com o braço erguido e a mão espalmada: *dá licença, porra, deixa a gente acabar!*

Calma!

É a mulher, a mãe, quem se coloca entre eles, esfria a conversa.

O Thor vai ser cuidado por outra pessoa, querido.

Como assim?

Passa mais um avião. Os copos de bebida, com o gelo derretido empoçado, escorregam pela mesa, vão cair...

Nós vamos dar o Thor para alguém, meu filho.

Não!

O menino daquele tamanho dá uma porrada na mesa daquele jeito! Um copo que cai e se estilhaça. O garçom, a distância, vê quem fez aquilo, anota em seu bloco de pedidos, mas não vem ajudar. Não demora e surge alguém que estava ali para isso, sem ser visto pelos clientes até então, e uniformizado (macacão cinza/gola azul-escura). Os cacos de sujeira são recolhidos profissionalmente.

E quem vai querer o nosso cachorro?

É uma boa pergunta, feita com insistência dentro de suas cabeças, da esposa e do marido, do pai e da mãe, e que não encontrara uma resposta satisfatória — para eles próprios, até o momento. E é em parte por isso que a mulher fica exasperada com as queixas do seu filho, se nota no jeito como ela fala com ele: *quem quiser, meu filho, quem quiser, a gente vai dar para quem quiser e que cuide bem dele, é claro, querido!*

Ela, a mãe, fica mordendo as palavras. O marido e o menino veem a confusão dentro de sua boca.

Por que alguém iria querer o cachorro de outra pessoa?

Não é assim, meu filho...

Agora é o pai quem volta à carga, substituindo a mulher numa estratégia barata: *nós vamos precisar do lugar em que o cachorro está, entende, meu filho?*

Para a piscina?

Sim, para a piscina.

E vocês vão matar o meu cachorro por causa de uma piscina?

Ninguém vai matar ninguém! Nós vamos doá-lo, talvez, porra!

O pai explode em bom português e não ajuda a dirimir as desconfianças do filho. Piora quando a mãe tenta explicar que ele (*o cachorrinho*) teria uma vida nova, é certo, numa nova casa — por que não? —, com pessoas diferentes como donos e, quem sabe, tudo ficaria muito melhor do que tinha sido até então...

Não!

O menino, que já não come e nem fala normalmente, aproveita os desentendimentos para não comer e erguer-se da mesa.

Vou para o carro.

Volta, senão eu te mato...

Deixa, pondera a mulher, com quem o homem sempre prefere concordar, e, na dúvida, fica sem fazer nada.

Melhor assim.

Por isso, na volta, cedo para quem foi comer fora, não encontram grande volume de tráfego, mas o que demora de maneira insuportável é o silêncio dentro do carro, este sim puro, extenso, orgânico, sem qualquer ruído de fundo, e mostra com clareza o que eles não conseguem mais dizer uns aos outros.

É só um cachorro!

Não para mim!

Quando chegam em casa, o menino, apesar de ter estragado o jantar de todos pelo bem-estar do animal, corre desembestado na frente dos pais, não em direção ao cachorro, mas se tranca, sozinho, em seu próprio quarto.

Melhor assim.

É realmente um alívio para todos. Até para o menino. A mulher liga o chuveiro e se esconde debaixo d'água. Excitado e amedrontado com a explosão que tivera, o homem não cabe dentro de sua casa:

Alguém deu comida para o bicho?

Dá para ouvir a água ensaboada cair no chão do banheiro. Só. Sem resposta de ninguém, o homem vai ao quintal. Debaixo do tanque, o cachorro parece ainda mais coitado e distante do que nunca quando o homem empurra o prato de ração para perto dele. O animal, agradecido, lambe o seu pé:

Sai, Thor.

Revoltado com a umidade pegajosa no chinelo, o homem se afasta, apoiado nos calcanhares, aos pulos, e encosta no muro dos fundos do terreno.

Sente uma tontura. Respira, se volta e só aí, e pela primeira vez, ele saboreia um pouco da sua iniciativa: o homem, o proprietário, fica imaginando a piscina com a água, a água com as pessoas e as pessoas umas com as outras, naquela casa sempre tão silenciosa e vazia. Ele imagina um terreno maior do que tem, uma piscina maior do que seu crédito subsidiado permite comprar e com mais pessoas do que conheceu em toda a sua vida, e neste sonho grandioso, sem proporção, o homem ainda enxerga uma possibilidade...

Talvez valha o sacrifício, meu Deus!

Um ânimo súbito contagia o homem, como se seu próprio deus o instilasse. Ele abre os braços e encosta no muro. O cachorro se aproveita da distração e lambe o outro pé no chinelo.

Bicho do caralho!

Um chute no focinho. E, apesar de sentir o golpe, o animal apenas se volta e retorna para o lugar em que dorme, debaixo do tanque. Sem ganir ou resmungar. O homem vai para a cozinha. O vizinho de cima fecha o vitrô.

Vamos comemorar?

A mulher está encostada na pia, com uma taça de bebida espumante de cor turva em cada mão. Ela oferece uma das taças para o marido.

Comemorar o quê?

Nossa piscina!

Mas você viu o menino...

Dá-se um jeito.

Eles brindam. É doce, cheio de álcool e de gás. A mulher já andou bebendo antes. E bebe mais agora. O marido entorna a sua taça de uma vez. Serve-se de outra. E mais. Enche. Vão ficando tontos os dois, e despreocupados.

É alemão?

Não, nacional.

Tão bom, nem parece. E quanto custou?

Estava em oferta.

Que bom. Que medo.

O marido se aproxima da mulher. Ela se apoia na pia. Ele põe a língua dentro da boca dela. Está gelada da bebida. O pau dele já cresceu dentro da cueca dentro do pijama. A esposa sente na virilha, por cima da camisola. E conduz a mão do marido.

Por aqui...

E quando o marido apalpa, tem mais novidade: sob a camisola, a mulher está pelada. Inteiramente nua.

Sua...

A esposa baixa a calça do pijama do marido, destaca seu pau e o cobre com a boca. Ela não sabe fazer direito, como nos filmes, mas é bom assim mesmo.

Ah... Ah...

Ele também arranca a roupa dela. Os peitos têm os bicos pontudos. Isso entesa ainda mais o marido. Por um segundo o casal se esquece do filho. Vai fazer ali...

Não.

Ela pede, ele obedece. Seguem para o quarto de segredos. O menino está acordado, mas o que ele pode saber? Nem o pai, o marido, sabe exatamente o que vai acontecer. Mas, ao entrar em seu quarto, a mulher, a sua esposa, vagabunda, com as nádegas arregaçadas para a vara do marido, o aguarda de quatro. Ele pensa, mas não fala. Está todo concentrado no que vê. É irresistível e ele põe a mão. Primeiro circula a polpa da bunda, como a ver onde termina o mundo e começa a carne. Depois mais apertado, ele prega as unhas, uma vontade até de...

Ai!

Desculpa...

Tudo isso tem sempre um tanto de violência, como sabem as crianças. E o marido enterra os dedos na gosma da vulva, cutuca a porta traseira da esposa.

Você quer comer o meu cuzinho?

A fechadura obscura do casamento (o prazer da bunda, sem o trabalho da reprodução), sempre muito bem protegida contra as investidas do homem. Hoje está ali, oferecida. O marido não tem mais forças, ou falas para responder. Cospe. A ponta do seu pinto forçando as pregas do rabo da esposa fala por ele. Mas ele tem medo.

É que eu não quero te machucar...

Mete, meu amor. Arromba meu cu inteiro, você merece.

É o que faz o marido, que se larga com seu peso mais a gravidade por cima dela e penetra fundo no esgoto da família. Estão trêmulos e descontrolados, mas em silêncio. Ela porque morde alguma roupa. Ele porque não quer errar o centro, dá duas ou três estocadas bem dadas, vendo bem vistas as bochechas das nádegas dela balançarem, subirem e descerem pela sua pica, e quando pensa que vai dar a quarta, a quinta...

Senhor! Senhor!

Lança a carga.

Meu Deus! Meu Deus!

No lençol fica uma gota assinada, de licor caramelo. Quando a mulher se levanta para se lavar, ela tem que enfiar um dedo — com a unha feita — dentro do cu, para não fazer sujeira no caminho do banheiro.

17. Cultura de banheiro II

"A" DE ADVOGADO; *"b" de homem-bomba; "c" de curra, de carro, ou de cemitério. "D" é dedo-duro; "e" de energúmeno; "f" de faca; "g" de granada, de gonorreia. "H" precisa ser homem; "i" é de inóspito, incômodo, de indigente; "j" de juízo, de jogo, de trapaça; "k" de Kalashnikov; "l" de linchamento, de lança-chamas, de lamento; "m" de mostruário, de mortuário, de malandro; "n" de navio, de nazista acobertado pela polícia; "o" de olho, de otário; "p" de puta mesmo, sem vergonha; "q" de queijo, de quota, de quisto...*

"R" é de revólver, de ruína, de rim; "s" de suplício, de sodomia involuntária; "t" de torto, de tiro, de transfixação de um corpo; "u" de húmus, de humilhação; "v" de viagem (para longe); "w" de who, what, where, when and why e "x" de xadrez, é claro. "Y" é de bifurcação e "z" de zona de conflagração...

Sem dúvida.

Há, como se sabe, uma guerra surda dentro das salas de aulas do país: *ninguém ouve ninguém: muito barulho!*

De um lado da contenda estão os professores e funcionários: mal formados e mal pagos, sem a menor criatividade, ambição profissional ou vocação para o ensino, inexpressivos, destreinados e indolentes.

Os alunos são burros demais!

E assim justificam o permanente atraso na transmissão dos conteúdos do programa pedagógico oficial. O programa pedagógico oficial também está defasado há algum tempo (é o mesmo desde o penúltimo governo autoritário), mas, "se ele não é conhecido, não precisa ser atualizado", esclarecem os especialistas.

De fato, do outro lado deste conflito estão os alunos, escrevendo de maneira retardada, com rabiscos grotescos no lugar das letras que ainda não conhecem; palavras e números espelhados, gaguejando na leitura dos versos oficiais de nossos poetas importantes, escondendo-se debaixo das carteiras quando há exercícios de matemática para resolver na lousa; tênis, roupas e cadernos sujos, com cola, ranho, orelhas — o que é pior: nunca tiveram aulas de química, física, história ou geografia dos séculos XIX e XX (falta de professores qualificados), mantendo-se todos, de forma unânime, ignorantes quanto ao que os fizeram ser isso que são atualmente.

Quem?

Também é por esta razão que os intervalos extensos, as muitas aulas vagas e o dilatado horário de recreio são os mais apreciados por todos, de ambos os lados. Porque se dão uma trégua.

Até a próxima batalha.

O corpo discente entende que fazer nada com grande agitação (poluição sonora e visual) é melhor do que aprender algo inútil, ou tedioso, ou apenas mentiroso, de maneira tranquila.

Ouviram do Ipiranga blá-blá-blá...

Para o corpo docente tanto faz. E é uma forma de pensar muito difundida entre eles.

Funcionamos assim. Boa tarde!

É problemática a frequência com que as professoras se mandam antes do horário de encerramento do trabalho pedagógico — quer porque tenham que dar outras aulas do outro lado da cidade, quer porque tenham hora marcada no cabeleireiro, na manicure e no pedicuro perto de suas casas, longe dali.

Os petshops, os templos religiosos e os salões de cabeleireiro representam as três atividades do setor de serviços que mais cresceram nos últimos cinco anos...

E, aproveitando-se da ausência de qualquer autoridade maior na sala de aula, e do caos daquele dia, o filho do policial civil, alvejado no pé esquerdo (o membro ficou estraçalhado), ainda com certa dificuldade para caminhar de muletas (calos nas axilas, coitado), se aproxima de outro menino como ele, mas filho do homem de que trata este relato, e, à traição (segurando o pulso do opositor, impedindo-o de reagir), acerta-lhe um murro no olho. Forte. Em cheio. O hematoma surge quase de imediato no rosto do menino.

Pra você aprender a não duvidar de mim.

O menino, tonto, faz menção de chorar.

E, se você reclamar, eu mando meu pai prender o seu.

O menino ferido no pé, o filho do policial civil, dá as costas sem medo e, claudicante, no equilíbrio dinâmico das muletas, vai-se embora, gargalhando de forma soturna, assustadora mesmo, como quem pode tudo naquele mundo deles.

Será possível?

O menino ferido no olho, com medo de ficar cego, tem enorme dificuldade em voltar caminhando ao Bairro Novo e depois em encontrar a sua própria casa, pois está vendo imagens duplas, o foco é variável, há claros e escuros que se alternam enquanto ele caminha, tortuosamente, em direção ao seu quarto, onde pretende se isolar até amanhã, até amanhã... Sem falar com ninguém, mas a casa de família é como teia de aranha, sentem-se as vibrações repercutindo...

O que foi isso, meu filho?

Eu caí da escada, tu caíste da escada, ele caiu da escada; (fôlego) *nós caímos da escada, vós caístes da escada, eles caíram da escada...*

Ah, bom.

18. Troca-troca

No HORÁRIO COMBINADO, com os relógios invertidos e correndo rápido ao contrário, os funcionários cada vez mais pequeninos e enrugados começam a rosnar uns para os outros. Na linha de produção, na ferramentaria, no escritório, em todas as áreas da empresa a atenção se volta para os movimentos finais da cozinha.

Está chegando a hora, está chegando, está chegando a hora, está...

Em pouco tempo o sinal toca. O mesmo que tocava na escola de aprendizagem da indústria. No ginásio, no primário e no jardim de infância também. E como antes, eles salivam uma gosma de óleo quarenta com fluido de refrigeração; também é crocante, por causa dos cavacos que sobem das peças e se fincam no meio dos dentes. Exceto pela diretoria (a diretoria almoça fora, em restaurantes melhores), é um sinal para todos os empregados saírem correndo sem a menor consideração por ninguém ou por si próprios, escorregando, batendo-se e ralando calças, camisas, vestidos, macacões e capas nas paredes de cimento, raspando cotovelos e joelhos apenas pelo privilégio duvidoso de serem os primeiros da fila do refeitório: *quem não quer ser "o" primeiro uma vez na vida, pelo menos?*

É hora do almoço. Com fome, muitos raciocinam precariamente, e o refeitório nem está aberto. O sinal do almoço e do jantar sempre toca antes e o refeitório abre depois, como se fosse um projeto da indústria nacional, uma ideia para melhorar a gastronomia e a produtividade, manter os funcionários naquele condicionamento.

Se a comida não é boa, o apetite ajuda.

Há muitas teorias sobre o fato, produzidas em série, enquanto ficam ali contidos como gado à entrada do refeitório, intoxicados com o vapor colorido e abafado que sai das panelas de pressão e das cubas de alumínio, em que a comida já servida, ao lado da esteira, fica ali apenas para esfriar...

Quente já é difícil; gelado é impossível!

Acontece que ninguém reclama. Aquela coisa pegajosa e gordurosa fica no ar. Apodrece. E não acontece nada. Apenas a espera. E a fome daquilo... Quanto mais fome tem o homem de que trata este relato, por exemplo, mais se aprofunda esta impressão de que o seu estômago está cedendo, se misturando às paredes do intestino, que tudo dentro dele vai embora pelo ralo.

Gosto amargo do cacete.

É assim — parado — que se aprende que o tempo é relativo. Quem tem dinheiro para almoçar fora, por exemplo, vai a lugares em que a refeição é servida ao gosto do freguês e quente a toda hora. Naquela empresa a comida é de graça, ou quase isso, já que as refeições são, em parte, subsidiadas pelo governo, através de um conjunto de leis de proteção à pobreza.

Ajudam a indústria nacional e os trabalhadores com comida barata.

Não há o que escolher entre arroz e feijão ou macarrão; couve ou repolho; salsicha de chester ou asa de frango ou bife de contra ou fígado; fruta ou bolo ou gelatina, um copo de água, de suco ou de refrigerante, para fazer descer depressa, e uma xícara de café solúvel ainda por cima...

Fui eu. Desculpem...

A comida e o dinheiro, em falta ou em excesso, inspiram os piores sentimentos, é sabido. Por isso, quando todos estão bem raivosos e o lugar prestes a abrir, a área de segurança da empresa é toda deslocada para a entrada do refeitório e faz um cordão de isolamento duplo, evitando tumulto na hora em que a catraca é liberada.

Calma!

Calma o caralho!

Todos os dias a área de segurança desce o pau nos empregados metalúrgicos enquanto eles saltam desembestados uns sobre os outros para agarrar talheres e bandejas de metal, palitos de madeira e guardanapos de papel, e já correm para a nova fila que se forma, junto à esteira, perto das cubas de servir. O serviço é regulado pelo desenho inescapável da bandeja: aqui precisa vir uma coisa, ali, é claro, a outra; do outro lado uma terceira, para misturar; um espacinho menor para o legume ou a verdura cozida, que a maioria detesta, e o pobre do lugar da sobremesa, tão escondido no cantinho que muitos, quando pegam a bandeja, enfiam um dedo inteiro na gelatina.

Lavou a mão?

Para se servirem das bebidas frias e do café morno, cada um tem que se virar — *mas em ordem!* — e pegar jarros e garrafas térmicas deixadas — *em ordem!* — em cima de uma mesa, daí que se forma uma terceira fila, mais curta que as anteriores, porém mais sonolenta e desagradável.

Eu não vou comer essa merda.

Uns porque não podem, outros porque não gostam daquilo, e alguns ainda simplesmente porque passam mal (como o homem de que trata este relato), os empregados tentam melhorar aquilo que é igual para todos, de maneira lamentável.

É quando começa: *quem quer trocar comigo?*

Como o escambo de comidas no salão do restaurante é proibido pela nutricionista-chefe, cujo trabalho é manter o equilíbrio das refeições, tudo se passa sob as mesas do refeitório, que são altas e permitem que a negociação ocorra debaixo dos narizes dos presentes, sem que as áreas de segurança e recursos humanos sejam acionadas.

Duas asas de frango por uma porção de feijão!

Não!

Minha couve refogada por duas salsichas de chester!

Você enlouqueceu, cara? Te dou meia.

Enfia no cu.

E como saber se um pote de gelatina vale mais do que um copo de suco; se um bife de contra permite maior satisfação do que um pedaço de fruta, e sendo fruta, se banana é melhor do que laranja, se é pior do que maçã, se uma rodela de abacaxi vale o mesmo que um pedaço de bolo ou que duas colheres de abacate batido. E a batata pelo refrigerante?

O arroz pelo fígado... O fígado pelo macarrão... O macarrão pelo suco, pelo café, pela água...

Todos ficam infelizes e enjoados com esta confusão diária de sentimentos, quantidades e calorias que não têm fim, apesar do que dizem a si mesmos todos os dias, numa ou noutra fila em que esperam por muito tempo: *daqui para a frente, tudo vai ser diferente.*

O pior é que já toca o primeiro sinal.

Caralho!

Agora faltam apenas quinze minutos para o retorno ao trabalho, que precisa ser imediato, já que a maioria dos operários é horista, o refeitório fica longe da linha de produção e é considerado falta grave exceder o atraso tolerável de cinco minutos.

Vamos! Vamos! Vamos!

Eles e elas começam a comer rápido. O refeitório se enche com o barulho ensurdecedor de garfos e facas que atacam os fundos das bandejas de aço, nacos de carne separados dos ossos às dentadas, cascas de fruta arrancadas em desespero, refrigerantes e suco derramados...

Ei! Eu paguei caro por isso!

O operário paga cinco por dia. Os funcionários da administração, dois e cinquenta. A segurança está muitíssimo atenta para intervir sempre que achar necessário. Toca o segundo sinal e os empregados continuam a comer em alta velocidade, sem mastigar, como se fossem máquinas — não máquinas que operassem com eficiência e delicadeza, mas aquelas que destroem tudo o que fazem.

Não vai dar tempo! Não vai dar tempo!

Nas mulheres bonitas do escritório o comportamento é ainda mais feio, triste e enjoativo de se observar, já que elas desenvolvem o método de embeber no óleo de soja (disponível em todas as mesas) grandes pedaços de pão, legumes e bifes, apenas para enfiá-los — inteiros — garganta adentro.

Mais óleo de soja! Mais óleo de soja! Rápido!

É competição apreciada por todos: *o último que terminar é retardado e ajudante-geral!*

Deus me livre!

A penúltima fila é para raspar a comida da bandeja dentro dos latões de lixo orgânico. O barulho é agudo, estridente, insuportável: *rinc! Rinc! Rinc!* Por fim, a última, no guichê da copa, onde todos devem (é uma ordem informal) devolver os talheres meio limpos e a bandeja suja...

O terceiro sinal, fodeu!

Mais correria de volta às seções de trabalho. Quedas bizarras. Homens e mulheres engalfinhados nos corredores de acesso aos escritórios.

Nem parece um ser humano...

E assim passam o resto do expediente, de dia ou de noite, sofrendo com azia e má digestão.

Neste momento histórico de prosperidade a indústria metalúrgica nacional voltou a trabalhar em três turnos, trezentos e sessenta e cinco dias por ano, como nos dois últimos ciclos autoritários.

19. Medicina social

Considerando que qualquer unidade do convênio médico contratado pela empresa metalúrgica em que trabalha o homem deste relato fica sempre muito longe dos usuários e também para não alarmar o marido e o filho que seguiam com a vida deles sem interrupção ou variação notável, a esposa, a mãe, a dependente, não suportando mais a inatividade de ficar mandando na diarista desde a cama de casal, olhando a rachadura do teto se ampliar do globo de luz em direção às paredes e, dentro do globo de luz, as moscas mortas tombarem umas sobre as outras enchendo o recipiente, ela decide ir ao posto de saúde da sub-região do Bairro Novo para dizer o que está sentindo:

Sono, enquanto durmo. Dores de cabeça, quando estou acordada. Queda de cabelo, na hora do banho. Nódulos gordurosos nos seios, à direita e à esquerda. Manchas na pele, erupções, pequenos derrames nas pernas, taquicardia e fome constantes. Falta de ar, de utilidade melhor neste mundo, de orientação. O intestino funciona mal, às vezes não funciona. São calafrios suados na barriga. Erisipela de origem nervosa, na axila. Cheiro de peixe na vagina. Meu hálito também é ruim, desculpe.

Diga isso ao médico.

Tenho medo de esquecer...

Trouxe documento de identificação com fotografia, comprovante de endereço e quitação do imposto de renda?

Os funcionários são mal-educados, mal remunerados e indolentes, como os professores (públicos ou privados); além disso, ameaçados pelos miasmas e infecções do ar viciado, restringem-se ao estritamente necessário — tanto que o seu sindicato conseguiu na justiça uma liminar que obriga os cidadãos comuns, doentes e acompanhantes, a manterem distância mínima de três metros.

A minha cadeira está tão longe da sua mesa...

Fique onde está! Atrás da faixa amarela, por favor.

Precavida quanto a isso e algumas coisas sem consequência maior, a mulher leva uma pasta, enorme, gorda, rasgada aqui e ali com tantos excessos, mas muito bem organizada, com divisões legendadas e tudo o que era burocraticamente necessário para a consulta, além de uma série de tabelas ultrapassadas, de requerimentos vencidos e outros papéis inúteis, por via das dúvidas.

Está tudo aqui, amor.

Agora é só aguardar, aguardar, aguardar.

A mulher procura um lugar para sentar na sala de espera, mas são muitos os que já esperam ali antes dela, de maneira que espera em pé, junto com muitos velhos, mães e pais com crianças irritadas no colo e pessoas acometidas por uma infinidade de doenças e severas dificuldades de locomoção, e algumas que simplesmente preferem permanecer de pé.

Que desolação, Senhor...

Os pacientes e acompanhantes que caem no chão da sala de espera e do corredor do posto de saúde incomodam muito mais do que os que estão em pé, porque um corpo (vivo ou morto) caído ocupa muito mais espaço do que um vivo ereto.

Não é justo!

Hoje se sabe através de estatísticas que não há crime mais abominável do que interromper, constranger ou isolar o espaço público destinado ao trânsito, seja ele de que nível for. Um corredor, por exemplo.

Deixa estar... Fazer o quê, aliás?

Esperar. Só resta esperar e reclamar. Mas reclamar baixinho. Para não ser convidado a se retirar. Para reclamar e manter o lugar é preciso encontrar aquela tensão delicada entre a reivindicação e o grito, o direito e o safanão, pois a área de segurança é logo posta em operação e os considerados excessivos são excluídos da fila e da numeração de imediato.

Duzentos e cinquenta e seis. Duzentos e cinquenta e seis... Duzentos e cinquenta e seis!

Não se sabe para onde eles vão e nem alguém voltou para dizer como é o outro lado da vida. A mulher dedica mais esta longa manhã e a tarde na observação dos seus semelhantes. Há naquelas visitas a logradouros públicos de saúde — a paciente mal consegue esconder — um fator pedagógico, psicológico, mesquinho, imoral e ao mesmo tempo revigorante: são tantos e tão diferentes os piores do que ela que a mulher se sente muito bem, mal do jeito que está.

Graças a Deus!

Quinhentos e cinquenta e sete... Quinhentos e cinquenta e sete!

Como é usual, a demora pelo chamado do médico é muitíssimo maior e mais tediosa do que a recomendada pelos organismos de saúde. Muitos morrem antes que sejam ouvidos pelo sistema. A mulher, por exemplo, quando consegue atingir o consultório, se confunde com o que tinha preparado para dizer...

Estou tão cansada.

Eu também. Tome isto, vai melhorar.

É um antidepressivo novo, barato, genérico, produzido em laboratórios privados e do governo segundo uma patente quebrada no outro lado do planeta, entregue em grandes quantidades nos hospitais e postos de saúde conveniados da capital, onde os médicos recebem um extra (oficial, em folha) toda vez que receitam o medicamento.

Mal não faz.

A mulher — apesar de se ver melhor do que muitos cidadãos mais idosos e/ou adoentados ao seu redor — sabe que há em si algo estranho, errado, ou mais ferido do que um remédio pode resolver, mas mesmo assim ela prefere usar aquela anestesia, algo que possa adiar a solução do mal-estar, daquele...

É pra já!

A paciente, a mulher, a mãe, ela apanha um bom punhado de comprimidos e põe na boca, mastiga até fazer farinha, bebe água para descer, engole tudo e vai para casa, deitar de novo: *não é que tira a tristeza, e essa burrice, mas a gente nem sente nada quando está dormindo.*

20. Sermão da prosperidade II

Esta é a época obscura na qual aqueles que clamam por justiça, os que garantem a lisura dos pleitos e os que defendem a pureza das intenções são exatamente os mais sujos e desonestos dentre os sem caráter. Uma época de valores contraditórios, invertidos, misturados; na qual o forte é fraco, o baixo é alto e o feio é bonito. Quando todos os gatos são pardos, as vacas, magras, e os tumores, malignos. Época em que se aproximam os invertebrados; se juntam os abjetos com os mal-intencionados e os duvidosos com os indefinidos. E para que se reúne, em consórcio, este lixo? É que eles precisam se apoiar nas fraquezas uns dos outros e forjar uma têmpera que não têm, fingir que são um só a gritar com a boca cheia de incertezas: sejamos errados! Sejamos mesquinhos! Sejamos pequenos! O pequeno gasta pouco! O ínfimo não incomoda! O acanhado é mais simples!, dizem os orgulhosos de sua insignificância. Insistem que o estritamente necessário se adapta melhor ao que é preciso, que o mínimo possível se conforma em qualquer lugar e que até o insuficiente já é muito razoável para eles, pois só o que é reduzido sobrevive à escassez, entre os escombros, entre as ferragens. Afirmam que as menores ambições são sempre as menos problemáticas, que os desejos mais limitados são os únicos plenamente satisfeitos e que, para perseverar neste mundo de sofrimento e dificuldades, basta ser um tanto mais minúsculo do que a maioria, exigir menos do que a média, diminuir-se ao ponto de um "quase desaparecer"... Aliás, "apequenar-se" é a receita que eles oferecem a quem, como eu e vocês, recebeu do Senhor a dádiva desta vida... Mas eu vejo diferente. Eu conheço o centro do coração de Deus; sei que ele é mais do que cálido, sei que ele ferve em seus desejos e opiniões, e, como ele mesmo disse, até prefere o gélido ao morno, lembram? Ele nos promete um banquete eterno, sim, eu sei, mas eu e vocês também sabemos que nenhum almoço cai do céu. E penso que ele nos ordenou viver esta época indefinida com um propósito muito claro; como se toda a angústia que sentimos com a nossa própria pequenez, como se toda a repugnância que nos causa os maiores e mais visíveis defeitos íntimos, tudo isso fosse um teste para a grandeza de nossa ligação com Deus, uma espécie de provação para o novo espírito empreendedor que eu e vocês representamos. Entendo que cada um de nós tem uma missão a cumprir: cabe a mim, a vocês, a todos nós que temos a ciência e a perfeição de Deus ensinar aos tímidos, aos frágeis e aos tortos que nos rodeiam a força da palavra transformada em ação! Porque esta é outra certeza que eu tenho: a de que Deus não deseja mais um simples "amém", não quer mais a sua concordância incondicional, não espera a obediência cega que lhe devotaram nossos pais. Deus agora espera ousadia, Deus agora espera mudança, espera ruptura! Este é o nosso novo compromisso! Não se trata apenas de cumprir um ritual religioso, de agradecer a intercessão do Senhor por aquilo que se tem na base de juras e orações, mas de crescer e prospe-

rar; prosperar e almejar um novo posto, senhoras e senhores, melhor do que este em que nos encontramos neste instante; e diferente amanhã, maior e melhor do que ontem! Deus dá, desde logo, o seu aval: em sua infinita sabedoria e esperteza, ele carreia para o seu altar as benesses de tudo aquilo que os seus fiéis conquistam por si próprios. É cada um por si e Ele por todos! É por isso que Ele é o Senhor dos exércitos, o líder supremo de nossa condução, o juiz maior das nossas querelas, e se você, meu irmão, se eu e você, minha irmã, estamos com Ele, eu pergunto: quem terá coragem e a burrice de ser contra nós? Aqui, hoje, celebramos uma nova aliança: não mais aceitaremos a preguiça como desculpa para a derrota; não mais será concedido consolo para o repouso dos fracassados; os impuros e os descompromissados não encontrarão mais guarida à direita do Senhor. Nem à esquerda. Nem nos arredores. Nós nos recusamos a insistir no mesmo erro dos nossos antepassados. Nós estamos certos de que obteremos muito mais do que eles sonharam possuir! Por isso eu vos convido a mostrar o valor e a qualidade da aliança que têm com o Senhor. Dinheiro, sim! Apliquem vossas economias na nova igreja do Bairro Novo. Vamos construir um novo tempo, um novo templo! Mostrem o dinheiro, irmãos! Os seus nomes serão inscritos no livro oficial de doações. O dinheiro no alto, por favor! Tu, eleve as tuas notas! São oferendas ao Senhor, irmã! Mais e mais! O mais cheias e perto de Deus que as suas mãos puderem alcançar! Levantem o dinheiro em louvação! Acima da cabeça e além do coração! É por ele; por Deus do Céu, irmãos!

21. Quem assina?

É O DIA mais quente de todos os tempos desde que começaram a registrar as temperaturas em tabelas. Nem a poluição — uma película dura e seca feito pele queimada — consegue barrar o sol deste início de tarde. Vem de cima e cai direto sobre as garagens, bate nos carros populares e reflete duramente nos olhos dos próprios moradores. Não dá para enxergar direito, para se mexer direito, para respirar direito. Por essas e outras, tudo acontece ainda um tanto mais devagar e tediosamente, deve estar atrasado ou vai apodrecer antes de chegar ao seu destino. Só agora acabou de acabar o almoço. Na falta do marido, primeiro almoçou a mulher. Depois almoçaria o menino, mas almoçou a empregada diarista. Hoje é período integral do menino na escola.

Dá vontade de largar tudo e ir deitar.

É o que a mulher, a dona de casa, vai fazer no exato momento em que toca a campainha. Ela já está tão perto de atender que será vergonhoso demais mandar a empregada diarista, que trabalha na cozinha, tirando as últimas crostas de gordura do fogão.

Rinc! Rinc! Rinc!

A mulher, a vontade de deitar e a porta da sala, a mulher, a vontade de deitar e a porta da sala. Mais campainha, duas vezes. Então ela abre, mas se protege atrás da porta. O estranho, no portão, agredido pela claridade, cobre o rosto com uma mala preta e fecha os olhos:

O que é que você quer?

Eu sou o arquiteto projetista da piscina.

A mulher, a proprietária (casada com o homem de que trata este relato em regime de comunhão universal de bens), ela deixa a desconfiança de lado, escancara a porta da sala e deixa o estranho entrar: *eu nunca tinha vindo para este lado da cidade...*

O arquiteto projetista passa dos cinquenta, machucou o rosto fazendo a barba hoje cedo e está cheirando a álcool. Vinho doce. E coisa revirada no estômago. A gola da camisa social está puída. Tem iniciais bordadas no bolso. O terno até que é novo, mas está mal passado e não salva a aparência: *é nos fundos da casa, o senhor pode me acompanhar.*

Na cozinha, o ar já está bastante carregado àquela hora. Foi dia de fritura e ainda é dia de faxina. A roupa e a louça foram limpas e guardadas, mas as cadeiras permanecem esperneadas sobre a mesa. O fogão acaba de ser remontado com os queimadores, as grelhas, e no piso frio uma película de espuma se dissolve, explode em bolhas cada vez menores.

Que merda é essa?

A empregada diarista, corcunda sobre o rodo, se endireita, seguindo o homem com olhar de ódio desde que ele entrou pela sala, e até que chega ao quintal, porque ele está deixando um rastro de pegadas sujas naquele chão que ela acabou de varrer, passar pano, encerar...

Filho de uma puta!

Faça um café, minha querida.

Mas eu, sua vaca?!

Como disse?

Sim, senhora.

A mulher, a patroa, ainda tem a coragem de pedir, ou mandar nela, *e na frente de um estranho!* Mesmo depois de a empregada diarista definir que não cozinhava no serviço: *eu não ganho pra estas coisas!*

E apesar de dizer o que diz, de pensar o que pensa, ou decidir o que decide, a empregada diarista está fazendo exatamente o que a patroa quer: põe água no fogo, pega a lata de pó de café, o coador de papel, o açúcar, a jarra de vidro, monta tudo, pega copos, bandeja. Arruma tudo direitinho, como se não fizesse mais do que a sua obrigação.

A senhora vai construir uma piscina, é?

Vamos, por quê?

Por nada. Parabéns.

Quando o café ficar pronto, leve lá fora.

Pois não.

Lá fora o cachorro pressente de que se trata, e não lhe cheira bem. Defende aos rosnados um território que, pelo momento, ainda lhe pertence, talvez, mas em breve...

Vem, cachorrinho, vem...

A empregada diarista espera a água ferver, diante do fogão. Sua, deixa o suor pingar dentro da leiteira, de propósito: *desgraçados: comem mortadela e arrotam peito de peru.*

No quintal dos fundos a mulher acorrenta o cachorro ao caibro que sustenta a cobertura da lavanderia. As telhas tremem com a agitação do animal.

Calma, Thor!

Eu os amaldiçoo, todos! Desejo o pior. Pudera nosso Senhor dar muito sofrimento a esta família. Um atrás do outro, um maior que o outro. Também o cachorro e o menino, lazarentos desgraçados. Amém.

O café já está pronto, mas a diarista deixa fervendo no fogo, para ficar com gosto amargo, depois enche de açúcar.

No quintal o cachorro pula, se esgana (chega a aparecer o pênis vermelho, túrgido, por baixo) e é inútil. Agora que o animal está amarrado, o arquiteto projetista se aproxima amistoso: *vem, cachorrinho, vem...*

O bicho rosna com as gengivas arreganhadas, ronca feio como o diabo; na espinha os pelos eriçados em sinal de ataque iminente. Aí o homem recua: *morde?*

Não.

O arquiteto projetista olha em volta, decepcionado com o lugar: *é isso?! Não era nem de longe o que eu esperava.*

A mulher vê-se, diante daquilo, a se desculpar por ser, ou ter, o que era, ou tinham, ela e o marido: *o que nós declaramos, no contrato da "reforma", não corresponde exatamente à realidade, o senhor sabe, o financiamento...*

O homem abre a mala e tira dali uma pasta com a inscrição "Piscinas Arizona".

Não é esta a loja da nossa piscina, é aquela, diz a mulher apontando o bloco com o símbolo da empresa Paraíso das Piscinas.

Ah, desculpe o engano, é que eu presto serviço para muitas empresas.

Para a mulher isso parece bom. Para o arquiteto projetista é uma merda, pois ele tem que arcar com os seus próprios custos contábeis, e só atesta a precariedade das empresas com as quais trabalha, que nem podem mantê-lo contratado.

Se o senhor achar que a reforma não é possível neste quintal...

Nunca! As restrições só estimulam a criação!

Com o que a mulher concorda, sem jamais ter pensado numa coisa como aquela. Ela também fica admirada com o conceito que o arquiteto projetista tem de si próprio e que não esconde de ninguém: *ainda bem que eu sou bom nisso. Pode me agradecer por tentar!*

Obrigada.

Da cozinha a empregada diarista olha pela janela por cima da pia. Finge que está cantando, mas rumina: *veado do caralho, veado do caralho, veado do caralho...*

Eu vou fazer um grande trabalho aqui!

Não esperamos nada diferente, eu e o meu marido!, fala a mulher, a esposa. Faz tempo que não fala daquela maneira. E gosta de voltar a ser assim. O homem, o arquiteto projetista, não: *mas é a senhora ou o seu marido que vai aprovar o projeto?*

Primeiro ela diz: *eu...* Para não se sentir desprezada, talvez, mas logo ela se contradiz: *ele...* E em seguida: *nós.*

Paciência...

A mulher não tem certeza de entender o que o outro quer dizer com aquilo. Finalmente a diarista traz dois copos com um monte de café frio dentro. Dá pra ver que é ralo. Cor de caramelo.

Já está doce.

Mas a gente tem xícara, mulher! E adoçante, se ele quiser...

Não tem problema, vai assim mesmo.

A empregada diarista volta para dentro de casa: *quer saber? Fodam-se.*

O arquiteto projetista bebe todo o café gelado e melado de açúcar pela empregada diarista, sem reclamar (ele o faz em dois goles): *muito obrigado...* Depois ele fica girando no quintal à procura dela para devolver o copo, mas é a patroa, a cliente, quem o acode. Toma-lhe o copo da mão e coloca em cima do tanque de roupa. O homem logo se põe a rabiscar no bloco da empresa Paraíso das Piscinas. Anda de um lado para o outro. Conta passos. Anota. Estica e recolhe uma trena. Saca uma bússola, confere a posição do sol, depois o horário no relógio de pulso. Anota. Não para de rabiscar e resmungar num dialeto complicado. Não é tudo que a mulher consegue ouvir, entender...

Como é que é?

E nem o arquiteto projetista tem coragem de falar o que lhe passa na cabeça, pois o que lhe passa pela cabeça é: *no verão a piscina é uma beleza, as crianças distraídas durante o dia e cansadas para a noite, os churrascos e as cervejas partilhadas com os amigos, a mulher preocupada com a aparência, os inimigos impressionados com o clima de festa permanente... Mas então vem o inverno, não apenas o inverno do clima, eu quero dizer, vem o inverno de tudo o mais, e com ele os malditos tratadores de água que continuam invadindo o seu espaço íntimo com aquelas químicas venenosas, instrumentos estranhos e honorários de advogados... As frequentes fissuras no concreto, os cuidados diários, os acessórios caros, as contas que não param de chegar mês após mês, e com o clima gelado que se instalou já não há proveito de nada, ou pior do que isso, porque os filhos ficam duplamente irascíveis ao verem o brinquedo parado e sem uso, e é a estação em que os "amigos" (você começa a se perguntar se deve chamá-los disso), sem churrascos ou cervejas gratuitos, somem da sua casa e só mesmo as suas orelhas ficam quentes em meio a tanta frieza. A água parada lá fora, o fedor de mijo invadindo os quartos, aos domingos, a sujeira impregnada na pele, as dermatites que acossam, as micoses, conjuntivites! E não se pode largar tudo de qualquer jeito, porque "é uma questão de saúde pública", dizem os doutores do departamento de zoonoses, que vêm pra cima do cidadão de bem, com os fiscais e a fúria típica do nosso Estado... Compreende agora? A senhora, o seu marido, vocês têm a mais absoluta certeza da responsabilidade que estão assumindo?*

O que o senhor falou?

Nada, eu não disse nada, minha senhora.

O arquiteto projetista decide sobreviver, mais uma vez. Exibe para a mulher o bloco de papel com desenhos e cálculos: *veja o que eu preparei para vocês...*

E mostra a página com aquele desenho que segue reto, do lado do terreno, beirando a parede do vizinho de cima, dá a volta na parede do vizinho dos fundos, retorna e, subitamente, vira para dentro, em curva, logo depois vira de novo e faz outra curva, esta é para fora, na direção do vizinho de baixo, uma curva menor e num ângulo um tanto tortuoso em relação à primeira, para o vizinho da frente, para depois retomar a linha reta e, em seguida, num novo corte curto, para dentro, e logo para cima, parecido, talvez, com a metade superior do corpo decapitado de uma mulher, ou meio violão serrado, um ferro de passar roupa sem a parte de baixo... Tudo isso cercando e conformando uma pequena área seca, bem ali onde agora está instalada a máquina de lavar, o espaço vital do cachorro.

Os cachorros transmitem muitas doenças para as piscinas!

É? Verdade?

Vocês já sabem o que fazer com ele, o animal?

Acho que sim...

Ao cachorro parece mais sábio parar de latir agora, quando aqueles dois seres humanos olham tanto para ele. Na dúvida, começa a abanar o rabo, tímido.

A sua piscina não pode ficar tão à vista dos outros.

O arquiteto projetista mostra as casas da vizinhança: por todos os lados, na frente e nos fundos, os muros, as cercas e as grades têm o mesmo tamanho no terreno desnivelado. Eles podem se vigiar com facilidade. Há, agora mesmo, algo como dezoito pares de olhos (quatro no vizinho de cima, seis no vizinho dos fundos, três do vizinho de baixo e cinco os que deixaram as suas casas de frente — em posição pior — e se esforçam para ver o que quer que seja), todos postos no arquiteto projetista e na mulher.

Mas como fugir disso?

Aqui um caminhão de entulho, ali uma rampa de concreto, a parede de pedra-sabão, diferenças de profundidade, alguns apoios para bandejas, a cascata de alumínio fosco, um bar molhado...

Bar molhado? Nós não bebemos.

E as visitas? Ademais, senhora, precisa ficar caro para juntar o dinheiro necessário ao financiamento subsidiado pelo governo...

O senhor também conhece este golpe? Eles sugerem isso para muitos consumidores?

Como a senhora acha que atingimos a marca de segunda potência mundial em piscinas?

Parecia que era só comigo e com o meu marido.

Lamento decepcioná-la...

A mulher fica um pouco triste sim, mas depois reflete, e parece que é melhor ficar como está, pois vai ter mais gente com quem dividir a culpa do problema.

Então? Está aprovado?

Eu preciso falar com meu marido.

O arquiteto projetista só ganha sua comissão depois que o projeto (desenhos, plantas, tabelas e formulários) é, em todas as suas folhas, rubricado e, na última página, assinado pelo proprietário, o cliente, o contratante.

Quem assina?

É... É ele.

Sentindo que o seu tempo está se esgotando (tem mais três clientes de duas empresas de piscinas diferentes para visitar ainda hoje), o arquiteto projetista passa o maço de papéis para as mãos da mulher, a cliente, e logo depois, sem falar boa tarde para a diarista, ele volta por onde entrou, levando agora a sujeira do quintal para dentro da cozinha, da sala, da porta da entrada, e até a rua, outra vez.

Corno dos infernos!

Os vizinhos de todos os lados correm para acompanhar a fuga do arquiteto, depois desaparecem em suas próprias casas, satisfeitos, para comentar entre si.

Senhora, com licença, por favor...

A diarista acredita que aquela noite (só consegue sair após as dezenove horas) é uma boa chance para pedir aumento. Não é. A patroa (preocupada de verdade), diz: *mas agora, amor? Talvez você não seja capaz de entender, mas nós estamos assumindo uma responsabilidade muito grande por aqui!*

A empregada diarista grita (por dentro, só por dentro): *uma piscina? Puta que me pariu, sua vaca, isso lá é desculpa!* Mas como é só por dentro dela, ninguém pode escutar esse tipo de queixa. É a mulher, a patroa, como sempre, quem se faz ouvir: *tenha paciência, tenha paciência, tenha paciência...*

22. Polícia e ladrão

AVANTE, AVANTE!

Há perto de uma centena de policiais com roupas de camuflagem urbana e coletes à prova de balas, fuzis e metralhadoras. As viaturas estão paradas em cima da calçada, com as luzes ligadas e o motor funcionando, dispostas em intervalos irregulares e em lados opostos da rua. Os motoristas são constrangidos a dirigir em zigue-zague. Há uma nuvem de fumaça negra pairando naquele ponto, o cheiro de ferro explodido e de carne queimada, mas não se avistam ferragens ou vítimas. Todos estão com um medo dos infernos, e curiosos como o diabo.

Circulando, circulando!

O homem de que trata este relato, curtido e curado nas coisas da cidade em que vive, pensa logo em acidentes espetaculares com automóveis e chamas, nos frequentes justiçamentos de juízes e promotores, nos sequestros de empresários emergentes e nos ciclos de atentados terroristas: este momento histórico de prosperidade se baseia nas empresas de segurança privada, na indústria de automóveis populares e de armamentos básicos, como revólveres e armas brancas.

Avante! Circulando!

Depois o homem pensa, é claro, na guerra. A guerra declarada e a guerra escondida. Na terceira guerra mundial. Na guerra das esquinas. Nas guerras das gangues: guerra entre gangues de bandidos, entre gangues de policiais, entre gangues de bandidos e gangues de policiais, e por fim entre bandidos avulsos e a polícia oficial, pura e simplesmente.

Escolher o medo de quem?

Os agentes apontam lanternas acesas e armas destravadas para o interior dos veículos, para o olho e para o bolso dos motoristas e passageiros. Trocam mensagens por rádio.

Esse? Aquele? Aquele outro? Todos ou só o preto? QSL...

Diferente de outras culturas, muitos criminosos nacionais gostam de usar as mesmas frequências de rádio, a mesma linguagem, e de se travestir com os mesmos uniformes da polícia (camuflados, de gala e convencionais), de maneira que fica difícil para o cidadão comum — criminoso ou inocente — identificar se a blitz policial é verdadeira, se é realizada por policiais honestos ou desonestos, se policiais francamente criminosos, policiais falsos ou bandidos de fato.

Verdadeira ou falsa? Verdadeira ou falsa? Dois ooou... Um?

Então um policial sem a identificação obrigatória dos policiais oficiais ordena que o nosso homem, o motorista, estacione o seu carro junto com os carros parecidos, muito bem cercados pelas viaturas: *perdeu, malandro, pode parar.*

Um segundo policial, obeso, colocado ali numa cadeira de armar, com o fim exclusivo de observar e desconfiar mais do que os demais, se levanta com enorme dificuldade e pouca vontade para saber por que o primeiro deles desconfiou daquele homem, o deste relato, em particular.

Dai-me forças, Senhor...

Sou trabalhador, estou voltando para casa, policial.

Eu também. E estou aqui, trabalhando ainda. O senhor acha que é melhor do que eu?

Não, senhor... Seu filho da puta.

Como é, cidadão?

Nada, senhor.

Documentos! RG original, comprovante de endereço, de trabalho, do pagamento de imposto de renda e a carteira de habilitação. Mãos à vista. Não se mova.

É uma dificuldade muito grande atender a tantos comandos contraditórios, depois de um dia de trabalho. Quando, por fim, revirando o porta-luvas, o console, a carteira de documentos, os bolsos e a si mesmo ele consegue cumprir com o que lhe é solicitado, o agente da lei passa a observar tudo com o maior cuidado, lenta, profissional e tediosamente, comparando a foto com a pessoa e conferindo cada dado inscrito em cada documento.

Meu refrigerante vai esquentar. Minha cabeça vai esquentar. Minha janta vai esfriar. Minha mulher vai esfriar...

É noite alta quando a carteira com os documentos é restituída ao homem, com um pedido de desculpas e outro para que ele se retire dali o mais depressa possível, sem olhar para trás.

Obrigado, senhor.

Não tem de quê.

Antes de guardar a carteira no bolso da calça, por via das dúvidas, o homem confere os documentos. Os documentos ele encontra ali dentro, organizados à sua maneira, com aparência de intocados. O dinheiro, no entanto, desapareceu. Todo. Até as moedas de centavos.

Circulando! Avante!

Há dezenas de motoristas ali parados, todos com o mesmo problema de furto qualificado e suas agravantes, sem ter a quem reclamar que não sejam os seus próprios algozes armados e uniformizados. E continuam se perguntando: *verdadeiro ou falso? Verdadeiro ou falso? Verdadeiro ou falso?*

Algum problema, cidadão?

Nada não, senhor.

23. Televisão

ENQUANTO ISSO, AS empresas de entretenimento têm produzido longos seriados (exibidos de segunda a sexta-feira) sobre o cotidiano de determinados operários, agentes públicos e demais empregados do setor terciário. Esses produtos são programados para as primeiras horas da manhã e retratam o desempenho funcional de homens e mulheres desde o momento em que despertam e são transportados para o local de trabalho, enquanto executam as funções ao longo das horas regulamentares e de acordo com seus contratos, até retornarem a suas casas, ao anoitecer, para dormir. Durante a noite, quando os protagonistas repousam, o registro diurno é repetido de duas a três vezes. Aos sábados, domingos e feriados, a programação se transfere para o interior das residências desses personagens reais, que são vistos reunidos com os seus parentes e amigos próximos em torno do almoço, rezando em coro, ingerindo bebida alcoólica em grandes quantidades e falando das dificuldades do trabalho diário na semana que passou, lembrando episódios incomuns das vidas uns dos outros (registrados previamente pelas câmeras), assistindo futebcl ao vivo patrocinado pelos segmentos de bebidas alcoólicas e medicamentos, contando piadas imorais sobre estrangeiros e o futuro, disputando campeonatos de mímica, usando comprimidos analgésicos e reproduzindo de maneira idêntica o que acontece nesses dias, em tais lares, diante dos aparelhos de TV e dos monitores de computador, que permanecem ligados nesses atores-telespectadores.

24. Dissidentes

CONTRA TODAS AS *evidências de progresso deste momento único, parte substantiva da população recusa-se a aproveitar as oportunidades do pleno emprego que estão disponíveis,* segundo os organismos de suporte à pobreza, públicos e privados.

Permanecem na contramão da História!

E até parece o caso do companheiro da empregada diarista, que vive sem documentos legais, de pequenos expedientes (ora legais, ora ilegais), e é alcoólatra: *morro disso bem devagar, mas sem um trago eu teria morrido muito antes.*

Nesta noite a empregada diarista espancou, espancou, espancou e conseguiu pôr os filhos (três dela mais um sobrinho, de criação) para dormir mais cedo. Na ausência do companheiro violento, ela pretendia explorar o espremedor de laranjas que ganhou dos patrões observados neste relato.

Posso pôr veneno no feijão deles, no molho de tomate... Eles não gostam de tudo "muuiiito bem temperado, amor"?

A empregada diarista não tem laranjas e aperta com os dedos a parte de cima do aparelho, fazendo funcionar o mecanismo. É silencioso mesmo. Está entretida nisso quando seu homem chega.

Mas que merda é essa?

E, antes que ela possa explicar o que quer que seja, toma logo a primeira bordoada: *onde você está enfiando o nosso dinheiro, sua vagabunda!*

Todo dinheiro que entra nesta casa é meu! Você só faz gastar, tirar, esgotar...

É mentira que os homens batem nas suas mulheres com menos força do que batem entre si. O companheiro da diarista, por exemplo, usa as duas mãos fechadas em *jabs* poderosíssimos, em cruzados sucessivos, diretos nos seios, no queixo, nas faces, e é a muito custo — o torso coberto por hematomas, sangrando pela boca, pelo nariz, com o supercílio aberto, gorgolejando — que ela consegue informar que ganhou o espremedor de laranjas numa das casas de família em que trabalha na semana.

Não pagou nada?

Não.

Como "não"?

O marido bate com mais vontade, se é possível: *então o que você fez para ganhar uma coisa dessas, sua puta infeliz?*

A companheira assegura que não prestou qualquer favor sexual para conseguir o aparelho, que ela nem comprou laranjas, e só aí o seu homem para com as agressões. Ele recupera o fôlego, se comove e pede desculpas. O casal faz sexo. A empregada diarista grita, grita, grita. As crianças (apenas o sobrinho é filho deste companheiro) acordam neste instante e já está na hora de levantar para trabalhar outra vez.

Deus ajuda.

25. Este homem vale ouro

A SEU MODO, o relógio anda para trás com a mesma velocidade das revoluções por minuto aplicada às máquinas, por operários que, sem saber, ficam cada vez mais jovens e cansados, cansados, cansados.

Enquanto os jovens estão cansados como os velhos, tudo bem.

O nosso homem, outra vez e de novo, está mostrando a que vem trabalhar naquela firma desde sempre. É um peixe em seu aquário de vidro transparente. Ele abre as suas asas de águia no avental cinzento, afia as garras de metal e respira o ar enregelado da ferramentaria.

Minha boca hoje não tem gosto, nem amargo, graças a Deus.

Depois de uma vida inteira em que jamais havia pensado nisso, de súbito o trabalhador, o homem objeto deste relato, se sente no auge de suas possibilidades (coisa que o momento histórico inspira e exige). Não é mais criança, é certo, mas tem a sua experiência, porra.

O que muitos desses merdinhas de avental colorido aí desconhecem!

É assim que ele pensa. E se fortalece na crença de ser um pouco melhor agora do que era antes. Enfrenta aquele momento único num completo estado de concentração, quase satisfeito, atacando com veemência um lote de peças desenhadas por técnicos em computadores muito potentes, mas distantes da realidade um tanto precária de nossa metalurgia.

As máquinas são ruins, mas funcionam. E os engenheiros?

Trata-se de um conjunto de componentes estranhos às peças extremamente convencionais que são desenvolvidas pela nossa engenharia, misturando perfis os mais variados, desde cubos e pirâmides, côncavos e convexos, até cones com canaletas e esferas texturizadas, tudo como se a encomenda fosse uma brincadeira altamente elaborada pelos mais sádicos dos engenheiros nacionais, um jogo de xadrez inteiro, por exemplo, e o brinquedo todo fosse apenas para o seu divertimento, com os trinta e dois personagens torneados de maneira diferente, cada um deles exigindo mais de uma dúzia de ferramentas e um pouco de cada máquina da seção, além de todo o conhecimento que o homem tinha acumulado para lapidar cavalos, peões, torres e bispos, com todos os detalhes dos seus esqueletos.

Minha especialidade é esta.

Pouca gente naquela empresa seria capaz de seguir normas tão precisas, instruções tão complicadas e até mesmo mal definidas pelos próprios criadores do projeto (os de avental branco, gola vermelha). Nosso homem foi preparado nas escolas do governo, com algum conhecimento adquirido nos livros didáticos e notas acima da média, mas também é um funcionário prático. E se orgulha disso: dessa dupla necessidade metalúrgica que ele, o ferramenteiro, atende: que conheça certos porquês (nem tantos que possam complicar seu raciocínio), mas, acima de tudo, que saiba produzir resultados acabados em boa qualidade e prazo.

Vamos ver: ...

Este homem de ferro pode ler mentalmente os projetos em andamento, enxergando, como num filme de ação, mas didático, ou num sonho, o instante em que o material bruto é cortado e travado nas presas da máquina, a montagem das ferramentas (que ele mesmo afia e prende), a velocidade de giro da peça e do avanço do carro, para que ele então saia nadando de braçada entre alavancas, botões e pedais à sua disposição, desbastando e alisando pouco a pouco, com passes milimétricos conferidos no esquadro, delicadamente, e logo em seguida metendo com frieza a ferramenta lá dentro, num primeiro talho profundo, depois, num toque curto da manopla, um segundo, esse menos severo, criando um pequeno desvio, um rebaixo colado no outro, coordenando uma série de movimentos disparatados com os braços e as pernas, para atender as curvas e os cantos do desenho.

Eu domino você.

Rei no seu ambiente, é o torno mais velho que o homem escolhe para o acabamento das suas obras de arte. Do tipo "revólver", seu preferido, de marca Dardino, máquina inigualável daquela empresa famosa, falida há muitos anos: *tem idade para ser avó de muito operário aposentado, mas é a mais macia e obediente de todas, essa velha gostosa...*

O operário qualificado ainda sangra, fura e torna a afiar as ferramentas no tempo recomendado pelo fabricante, numa economia e eficiência incomuns, e de maneira que a sobra do material é como um fio de cabelo prateado, uma coisa mínima que escorre dos cantos da boca do torno. Em seguida, um tanto de fluido para esfriar...

E pronto: fala!

Parabéns!

O homem, o funcionário padrão, cai sem fôlego de seu sonho metalúrgico, e se volta assustado, acovardado até, ainda operando o velho torno revólver, quase tremendo, como se fosse colhido numa coisa obscena: *desculpe, senhor, eu me distraí... Trabalhando.*

Eu vi.

Atrás dele está o engenheiro. Não um engenheiro qualquer, de roupa esporte, avental e gola colorida, mas o chefe de todos eles, o velho engenheiro de terno aplainado e gravata com alfinete. O velho tem os seus setenta e poucos anos, os cabelos pintados de branco, a unha feita, a pele queimada.

Não pare por minha causa!

Mesmo sabendo que está na hora de preparar a seção para o final do expediente, o homem volta ao trabalho, inicia outra peça.

É um belo torno!

O homem sente aquele gosto amargo subir para a boca do seu estômago. Opera a máquina com muita delicadeza. E como sabe que o engenheiro-chefe é o proprietário, acha que deve dar uma satisfação: *já vou terminar...*

Não tenha pressa.

Preso naquilo, o homem, o operário que já cumpriu o seu turno, por medo ou vergonha de dizer ao patrão que o seu tempo está esgotado, entende que vai se atrasar em casa.

Vai esfriar tudo de novo.

O quê?

Nada, senhor, nada... Devia ligar, ele pensa, mas não tem coragem de avisar naquela situação. Logo uma peça nova aparece pronta entre as placas, como se os braços do homem fossem uma siderúrgica inteira, uma forja de precisão, um milagre de agilidade que trabalha a peça por todos os lados e de todo jeito.

Há muito tempo eu não vejo alguém trabalhando de verdade nesta empresa. Dá gosto.

O homem, o empregado de que trata este relato, não esconde a satisfação de ser tratado daquela maneira pelo chefe.

Obrigado, senhor.

Eu também já fui cheio de energia e de esperança assim para cair em cima da máquina, tinha habilidade para tirar uma peça complicada... Com meia dúzia de passes uma polia, uma árvore de transmissão, as engrenagens todas de uma caixa de câmbio.

O engenheiro-chefe, o patrão, fica sonhador. O homem, o empregado, está muito preso à realidade, ao horário atrasado e ao tráfego que vai encontrar na volta para casa.

Que merda...

Como disse?

Nada, senhor.

O homem não acha aquele serviço tão simples, e com meia dúzia de passes não se chega a lugar nenhum, isso qualquer ajudante-geral sabe. Mas quem é ele para contradizer o engenheiro-chefe, proprietário reconhecido oficialmente de todas as coisas — para todos os efeitos, das máquinas e das pessoas que existiam naquele quarteirão, no espaço restrito pelos alambrados que cercam a fábrica, como um estádio, aprisionando muito bem ali dentro o espetáculo do trabalho.

No começo não tinha essa história de patrão e empregado, de sindicato, de governo, de eleição. Era uma época romântica, meu caro. E sempre que precisava eu descia aqui, para a produção, e operava essa máquina. Ralava como um peão da linha. Ficava neste ambiente aqui, junto com vocês, não lá em cima, no ar condicionado da administração...

Escapa ao proprietário da empresa, neste instante, que ele não se encontrava na área de Produção, mas na Seção de Ferramentaria, que também dispunha de ar-condicionado, como a área administrativa. Daí, em parte como uma queixa para si próprio, em parte para confortar o velho nostálgico de tempos que ele julgava melhores, apesar de miseráveis, é que o nosso homem, o funcionário, diz: *não mudou muito.*

É verdade, companheiro. Homens como eu e você ainda estamos aqui!

O velho de terno, o patrão, abraça o homem, comovido, como se o conhecesse desde aquele começo, aquele tempo perdido e maravilhoso que não volta mais: *não foi isso que eu quis dizer.*

O empregado só está tentando esclarecer que...

Não importa.

O engenheiro-chefe já se afastou dali, foi até os paletes com as peças prontas e pega uma delas como se fosse fazer exercício de musculação, ou jogar fora nalgum lugar, quebrando o vidro da ferramentaria: *apostei cinquenta que você não era capaz de fazer uma coisa dessas.*

O homem não sabe se fica contente ou chateado com aquilo. O velho patrão torna a pousar a peça onde estava. Agora aperta a mão do empregado, mais forte do que o necessário: *não me importei de perder a aposta com esta engenheirada de bosta: você vale ouro.*

Obrigado, senhor!

O engenheiro-chefe então se lava com a pasta do empregado, depois enxuga as mãos na toalha dele, encardida, e fica cheirando a mistura, como se fosse perfume raro, uma coisa muito amada: *bom descanso.*

Para o senhor também.

O patrão velho vai-se embora. Deixa uma trilha de pegadas de fora a fora na ferramentaria. É óleo, com poeira e graxa, tudo muito bem grudado no chão. O empregado tem que arrastar paletes, passar serragem, pano úmido e secar antes de poder desligar as máquinas, guardar as ferramentas nos armários e nas caixas, trancar os cadeados, se lavar com a pasta, se enxugar, cortar a chave de força, apagar as luzes, pôr o ar-condicionado no automático...

É tarde, sempre é tarde nestes momentos.

Outra vez o filho da puta do relógio girou ao contrário e para caralho o dia inteiro e nesta noite o nosso empregado está mais ingênuo e alquebrado do que nunca. Também está muito contente com os elogios do engenheiro-chefe, do patrão, vê-se sorrindo com todos os dentes, parecendo até mais jovem do que antes, um brilho novo dentro dos olhos, e, embora saiba que não vai ganhar nenhum tostão de hora extra com aquilo (a hora extra só é remunerada quando a empresa solicita), eis o que ele sente e pensa de verdade neste instante: *dinheiro não é tudo... É?*

26. Quem assina define a piscina

NESTA ERA DE oportunidades e desafios do crescimento, de desenvolvimento e endividamento, as cartas disparadas contra o homem, o cidadão de que trata este relato, lhe dizem de diversas maneiras, à vista ou a prazo, que ele pode beber com moderação, o que ele precisa comer com prazer, mas devagar, para não se lambuzar; o que ele deve mastigar bem para engolir; que deve morar melhor do que antes e do que os outros, ter moral elevado, inveja construtiva, um defeito verdadeiro, algo do que se orgulhe e uma religião reconhecida pelo Estado. E há de receber material didático sobre o tipo de emoção mais adequado a sentir em determinada situação. Cheirar bom perfume, se possível, é claro, e comprar qualquer coisa para viver em paz significa sucesso de vendas.

Eu sinto um gosto estranho, contraí financiamentos...

São tantas, tão boas e tão fartas as ofertas (ora legais, ora ilegais) deste gênero na minúscula caixinha do correio da família, no Bairro Novo, que meia dúzia de envelopes caiu no chão.

Vou instalar uma bem maior, sem dúvida, para acondicionar melhor as oportunidades que todos temos agora!

O nosso homem sente-se parte de um coletivo: a primeira pessoa do plural — que ele não reconhecia desde a escola pública, na ditadura militar mais recente.

Cachorro de merda...

Para contrariedade do homem, os envelopes estão bastante destruídos. Lacerados, de fato, por arranhões, amassados por patadas, rasgos e mordidas. O cachorro é o primeiro ente vivo que encontra, cheio de amor e alegria ao reencontrá-lo, correndo pela garagem. O homem chuta-lhe o focinho ao mesmo tempo em que bate a porta, de maneira que o ganido de dor se mistura e se dilui na massa de barulhos da garagem.

Te mato, desgraçado!

Pelo rabo dos olhos, quase de costas, o homem vê balançar a cortina de um dos vizinhos da frente. Lá, na sala igual de uma casa idêntica à deste homem que chuta seu cachorro (até os mesmos carros, da mesma cor, jazem nas garagens), outro homem se vira para a sua família e fala qualquer coisa: *coitado do bicho.*

Em meio à correspondência genérica, reciclável e carcomida há um envelope timbrado da empresa Paraíso das Piscinas — ainda é possível identificar: *justo esse!* São as primeiras faturas do negócio que ele tinha feito, com uma lista dos serviços prestados, outra dos serviços por fazer, uma terceira com as mercadorias que seriam utilizadas, e mais um cronograma de obras — tudo mordido e macerado.

Quanto é, meu Deus?

Mas, a despeito de não conseguir ler o quanto está devendo por causa das bocadas do cachorro, o nosso homem, o operário que chega em casa vindo do trabalho honrado, arrebanha aquilo com uma nova decisão, uma emoção diferente mesmo, e por que não dizer: certo vigor.

Caralho!

Um troço viril até!, Ele confessaria — se ainda fizesse uma coisa como essas. Importante é que o homem de que trata este relato tinha decidido pagar para ver quem eram ele, a mulher e o menino, filho deles: *somos ou não somos uma família, com a graça de Deus?*

O cachorro já não aparece incluído na ideia. E quando o homem entra em sua propriedade está contrariado com o desarranjo e a deterioração da papelada, para dizer o mínimo: *quem deixou esse cachorro morder a minha correspondência?*

Por que você não fala com o seu filho?

O homem queria uma resposta, não outra pergunta. E ele sabia muito bem quando convinha e por que devia falar com o seu próprio filho. Daquela maneira a mulher, na verdade, está apenas transferindo uma responsabilidade que é dela, de mãe, para o menino, que não era de responsabilidade nenhuma...

Vaca folgada.

Só que um homem, um marido no exercício de seu mandato, não diz uma coisa dessas para a esposa. Ao contrário, mete o rabo entre as pernas, desamassa e guarda os envelopes estragados numa gaveta. Ali está o desenho do arquiteto projetista: *mas... cabe no quintal?*

Não que ele tenha gostado.

O importante é que goste o menino, ele pensa.

Eu acho uma porcaria, meu pai!

O menino tinha o queixo levantado em cima da mesa, e depois de muito tempo, o pai lhe dá um tapa na cara, ao velho estilo.

Todo isso é por sua causa.

A mulher, a esposa, fica calada.

Deus é fiel, Deus é fiel, Deus é fiel...

O menino, que esperava pela intervenção da mãe, aproveita para fugir da situação, ofendido e com o rosto coberto, para bater a porta do seu quarto, como faz quando acontecem desencontros dessa natureza. A mulher, a mãe, agora faz menção de se levantar, para acudir o filho, talvez.

Deixa!

É o homem. Para mostrar quem manda ali, primeiro. E depois, por seu receio natural de questionar aquilo que não entende, ele, o cliente, defere o desenho do arquiteto projetista: *não se fala mais nisso.*

Assina uma vez. Duas. Três vias. Uma dele, outra da empresa e uma terceira sem destino claro. A televisão explica as explosões que aconteceram naquela tarde e: *boa noite, telespectadores.*

O marido, excitado pelos tempos incomuns, pensa na mulher pelada ali por perto e leva sua pica para a cama. Quase não se trata de uma pergunta o que ele faz: *você não vem dormir?*

O marido entende que a mulher devia entender que deve vir se deitar depressa e deve cumprir um tanto da sua obrigação, daquilo que foi combinado perante uns e outros, menos Santa Maria e mais Maria Madalena, mas a filha da puta regateia, desaparece, pede: *um segundo...*

A mãe vai ao quarto do menino e fecha a porta. O pai não está mais preocupado com esse assunto. Desliga a televisão, apaga a luz da sala e se põe na cama. A pica voltada para cima. A mulher volta — dá para ver muito bem a calcinha enfiada no meio da bunda através do tecido gasto da camisola curta. O homem põe a mão no pau. Ele reage buscando mais e mais ar, quer crescer, crescer, crescer sem ter lugar.

Deita aqui.

Ela o faz. E vira o rabo macio para o lado dele. Mas está ligada ao menino, mesmo quando ele encosta a vara dura nas suas nádegas: *ele reclama de dor.*

É uma criança delicada. Está crescendo.

Eu sei.

O pai não diz, mas poderia dizer que é como se o menino gostasse de ser fraco, até certo ponto; que o considera melodramático também; e que não dava maior crédito ao seu sofrimento. Segue esfregando a pica na esposa, arrumando a cabeça dura no meio das pernas dela. A mulher, com intimidade e experiência, ainda que distraída, se agita, se desloca e se abre sem precisar mexer em nada. Ali está a fruta distorcida, inchada por baixo do tecido de algodão. Como quem conhece muito bem o caminho, o marido repuxa a calcinha da esposa, para comê-la de lado, um tanto desleixado.

Assim...

Ele encosta a cabeça do caralho na portinhola da boceta e está escorregando para dentro quando o menino, no quarto dos fundos, começa a se queixar...

Mãe!

É sempre com ela, o homem pensa, mas é a mulher, a mãe, quem fala: *o menino reclama de dor no peito.*

Passa pomada de menta.

Já passei...

O menino se aquieta.

Deve ter dormido...

O homem aproveita e se retesa, finca a vara pela retaguarda na esposa, e erra, escapa pelo meio das coxas.

Espera...

Ela arruma a pica do marido e guarda-lhe a vara inteira. Ele vem. Ele vai. Ela vem. Ela vai.

Vou fazer ginástica. É barato.

O homem, o marido, está visitando os cômodos da frente da mulher. Eles estão alugados para o usufruto dele, a vara de pesca molhada de ficar guardada no barranco da calça já pode saltar à vontade, buscar a carne vermelha e encharcada de sangue. O marido usa a mão direita para empurrar e, ao mesmo tempo, a esquerda para puxar a mulher de lado, girando as ancas dela mais para perto de si, encaixando o pau no lugar justo e certo, em linha reta: *mããããããe!*

Agora o menino chora. Chora escandalosamente, embora quietinho, no seu quarto.

Que porra?

Está chamando a mamãe, a esposa, a mulher dele. E antes que o homem possa manejar a situação em benefício do seu desejo, se aliviar de qualquer jeito, a mulher dele é quem acaba encerrando o assunto, levantando, interrompendo naquele estado o que estavam fazendo.

Não posso.

Como "não"?

É sem apelação. Ela ignora o caralho exposto fora do lençol: *vou lá ver o que ele tem.*

É frescura deste filhinho da puta!

O homem grita por dentro de seu peito abandonado e de pau duro para o teto, na cama de casal. Não adianta. Nada vai trazer a satisfação de volta. O gosto amargo na boca vem de imediato e, antes que ele seja dominado por aquilo, ou pela preocupação com aquilo, ele vira de costas e dorme. O dono da casa ainda é capaz de dormir na hora nesta época — e o faz de uma vez. Um cansaço que nem é só desse dia.

27. Recorde de acessos na semana II:

A TEORIA DE que os cães são responsáveis pelo fim do nomadismo e pelo surgimento da civilização sedentária como a conhecemos; de que teria sido uma matilha de lobos evoluídos, emigrados do extremo oriente, os primeiros a fazerem isso; de que esses animais possuíam táticas de cerco e aprisionamento, destinadas a dirigir e constranger grupos de *sapiens* que ainda viviam de maneira errática, a pouco menos de doze mil anos atrás. Uma importante e desagradável descoberta arqueológica, datada do período neolítico, daria suporte à ideia de que estes "lobos/cachorros" primitivos usufruíam dos vales férteis dos rios Nilo, Tigre e Eufrates muito antes do homem. Ali, segundo especialistas em homens e cães entrevistados num filme documentário, em troca de vigilância, os animais obtinham comida e água sem os riscos de buscá-los na natureza selvagem. Com a invenção da agricultura e dos vilarejos, os cães passaram a oferecer segurança no perímetro das cidades e das plantações, além de adotar parte da dieta vegetariana, como estratégia de sua vinculação à nossa espécie. O uso do cão como meio de transporte teria transmitido a populações de lugares cada vez mais remotos a experiência de domínio do homem pelo animal. Enfim, foram os cachorros que nos domesticaram. E tal descoberta, assim que devidamente comprovada e aceita pela comunidade científica, terá o mesmo efeito repugnante e revolucionário que tiveram as ideias de Darwin e de Freud em seu tempo.

28. Dor no peito

ATÉ O CÉU ficou irritado com a fumaça preta que não parava de subir e, por fim, descontou com essa chuva ácida. É coisa deste ano. Um caldo grosso que ferve no asfalto, corrói o cimento da calçada, estraga a capota dos carros e a pele das crianças. Os limpadores de para-brisa se quebram como varetas. Esgota-se o estoque de autopeças. Quem tem pressa paga ágio de cinquenta por cento — e a pressa é tamanha que muitos realizam a manutenção necessária com seus veículos em movimento. O serviço dá errado. O ganho de tempo se frustra. Nada atinge seu objetivo.

Todo mundo queria estar noutro lugar...

O menino parece reagir mal a esse ambiente de tensão generalizada. Torna-se ainda mais estranho do que é, se fosse possível.

Deve ser a idade, pensam (sem comentar entre si) o homem e a mulher, que ainda lembram muito bem o quanto se pode ser infeliz naquela fase da vida. Acontece que logo o filho falta às refeições, a sessões de oração e jogos de futebol ao vivo na televisão, depois não responde aos chamados corriqueiros, se esgueira pelos cantos da casa, se esconde debaixo do cobertor como se fosse um procurado, ou morresse de preguiça.

Falar ele nunca falou direito mesmo, mas não deixa a gente tocar ou ver sem camisa...

Não pode ser normal, raciocina o homem, desconfiado de todos os comportamentos do filho. Ele que tem muita dificuldade em explicar o que pensa para si e para a mulher, mas entende que o menino deles é sim um tanto mais confuso e revirado do que os outros da mesma idade.

Deus o ajude.

Em seu benefício, justiça seja feita, o pai também acha que essa personalidade um tanto deformada do menino é por sua culpa, já que entende ser o medo e a inexperiência dele e da mulher com o trato do ser humano o que deixara o menino assustadiço daquela maneira.

Agora está feito.

E tudo poderia ficar por isso mesmo, mas os reclamos, os gemidos e as dores no peito do filho voltaram a atrapalhar a noite de sono da família.

É nada, assegura o marido, o pai, virando para o lado oposto, contra a sua própria mulher, a mãe, que gostaria de ir direto ao pronto-socorro e tirar de vez o assunto a limpo.

O pronto-socorro do convênio é na puta que o pariu.

Alguma coisa ele tem, pondera a mulher. O pai se cala para evitar o que chama de "mais confusão", acreditando que tudo vai ser como era se não falarem mais do assunto, que o filho deles se esqueceria do que está sentindo, a tal da dor no peito vai passar, ele vai deitar a cabecinha no travesseiro dele e dormir até o dia seguinte, como ontem, como antes, como antigamente...

Já!

Não é bem assim que as coisas acontecem. As dores se tornam insistentes; os ciclos de sono e de vigília cada vez mais curtos naquela casa. E até mesmo o cachorro anda mal dormido, latindo para tudo que atravessa o exíguo espaço aéreo do quintal, tendo pesadelos e ganindo enquanto dorme.

Passa pomada de menta.

Já passei.

Esquenta fralda e põe por cima.

Já esquentei e já pus.

Folha de fumo com urina.

Já coloquei.

Merda de galo de briga.

Já besuntei.

Pede a Deus uma intervenção, reza alguma coisa.

Já pedi e já paguei com um terço de oração!

Por fim, os calores, os unguentos e os tratamentos caseiros não surtem mais qualquer efeito na criança e o menino chora abertamente. Não quer voltar à escola.

Eu preciso ficar sozinho!

Tranca-se no quarto ao entardecer e só sai no dia seguinte, a muito custo, para o café da manhã. Numa noite acordou gritando que preferia morrer a continuar daquela maneira, angustiado, com um sentimento, uma doença, aquela pressão...

O meu coração, pulmão, o intestino... Ou o estômago, eu não sei. Alguma coisa está acontecendo aqui dentro.

Finalmente os pais procuraram um cardiologista do convênio. Começaram com bom humor e resignação, como começam todos, telefonando várias vezes para o número de uma central de agendamento, um número sempre ocupado, ou que, ao atender, o que era raro, deixava o cliente em suspensão eterna, pendurado numa linha telefônica por algumas horas, dias, semanas, talvez.

*Digite primeiro o número de seu documento de identidade, depois o da última declaração de renda, o de seu cartão de inscrição no convênio e o código da empresa em que trabalha. Para exames, tecle dois. Para consultas, tecle três. Emergência, tecle *. Para voltar ao menu principal digite # e aguarde...*

Demorou. Foram à sede da empresa de convênio, reclamaram nos órgãos de defesa do consumidor criados pelo governo, ameaçaram entrar com um processo no judiciário contra todo o sistema e ainda assim esperaram muito tempo (e deram duas notas de cem como gratificação) até que conseguiram um horário para o menino ser atendido no especialista.

Bom dia, doutor.

Bom dia por quê?

O menino poderia ter morrido, é claro. Mas sobreviveu até o dia da consulta.

Está tudo bem, agora, eu acho...

O menino expressa de maneira precária o que sente, mas nisso o pai ou a mãe não veem qualquer diferença.

Filho de peixe...

O médico, por seu lado, é antipático como os outros e assim a melhor abordagem clínica do caso do menino fica comprometida por essas picuinhas invisíveis entre os machos dessa espécie.

Mas que merda de dor é essa? Em que parte do corpo ela se situa, caralho? Ela migra de um lugar para outro, moleque? Hein? Muda de intensidade, cacete, cresce lentamente ou é um golpe lancinante? Está associada a qualquer esforço físico? Emocional? De que tipo? Hein? Fala que nem gente, porra!

Eu acho que não sei.

Tudo isso fica por responder, é respondido assim mesmo ou permanece um mal-entendido. E para se garantir com melhores informações científicas, fazer um bom diagnóstico e ao mesmo tempo receber cinco por cento de comissão sobre o valor gasto no laboratório de análises clínicas do convênio, o médico cardiologista solicita: *hemograma completo, ultrassom do abdome total, teste ergométrico, monitorização ambulatorial de pressão arterial, ecocardiograma transtorácico, ecocardiograma sob estresse farmacológico e físico, teste de inclinação ortostática, Holter, exame de urina (tipo I) e de fezes, ok?*

Os pedidos consomem um terço do bloco de receituário médico e ultrapassam de longe a cobertura máxima do plano para exames desse tipo. Alguém vai ter que pagar diferença do bolso...

O trouxa aqui.

Como é que é, cidadão?

Nada não, doutor...

O homem repara nisso, naquilo e no par de sapatos de verniz branco leitoso que o médico calça.

É grave, doutor?

Só exames detalhados vão dizer se o vosso filho é cardíaco ou não.

Deus do céu!

A mãe volta aos telefonemas infrutíferos, às ameaças judiciais e às filas de agendamento do convênio.

Senhor Jesus, intercedei!

O casal, marido e mulher alternadamente, busca guias e impressos em várias cores, assina e reconhece firmas em diversos cartórios, põe carimbos em todas as instâncias e compra sete selos de autenticação, até que fica autorizado o conjunto de procedimentos.

Graças a Deus!

Em poucas horas uma equipe de enfermeiras ataca o menino. Sem que ele possa opor qualquer resistência tiram-lhe fezes, sangue e urina; injetam líquidos de contraste em suas veias e o expõem a diversos níveis de radiação. O braço do menino parece o de um viciado. E ele vai mesmo ficando magro, descorado... Mas, diferente de uma pessoa comum, ele, o paciente, parece gostar muito do sofrimento que as enfermeiras, os químicos e as máquinas lhe impingem. A mãe, desatenta, não percebe nada: *como assim?*

Esquece...

Em sua própria opinião, só ele, o pai, consegue notar as expressões de prazer e gozo, desconhecidas em família, mas evidentes diante de toda a manipulação de que o menino era vítima: *virou o centro das atenções, o miseravelzinho.*

Não diga isso.

No período em que aguardaram o resultado dos exames solicitados pelo médico cardiologista, o menino foi dispensado das aulas de capoeira e de educação física.

Por via das dúvidas.

A situação fez bem a ele, que continuava indolente e escuso como sempre, mas agora tinha licença médica para manter-se alheio.

Conseguiu o que queria.

Você está perseguindo seu filho.

Eu quero mais é que ele se foda. E você também!

Claro que um pai não diz isso à mãe do filho dele, mas pensa, às vezes, cansado do que vive com os dois.

Desculpem...

Até que chega o resultado pelo correio, causando felicidade de um lado (o lado da mãe) e desconfiança do outro (o lado do pai): nada grave — está escrito. De acordo com o que os pais podem entender, os desvios que existem no filho deles se conformam dentro do que é esperado para pessoas daquela altura, idade, peso...

Cardíaco o menino não é, pelo menos.

Graças a Deus!

Quando conseguem reencontrar o médico do convênio e por uma nota de cem convencê-lo a ler tudo aquilo, o homem, o cliente, repara que a expressão do rosto do outro se ensombrece. Quando o cardiologista ergue os olhos do papel, não esconde sua repugnância; faz questão de se manter afastado do menino, seu paciente, que se encontra ali por perto. O homem repara nisso também, um tanto enojado com o comportamento alheio, mas não faz nada.

Alguma hipótese, doutor?

Gases. Acúmulo de gases, provavelmente, observa o médico do convênio, sem esconder a decepção com o próprio diagnóstico e o desafio pífio que esses casos representam em sua carreira de especialista.

Passar bem.

29. Testemunho

DEPOIMENTO PUBLICADO NO *Jornal Nacional das Igrejas*, sob o título "Senso Prático":

Durante muito tempo como pastor líder no Templo do Bairro Novo, eu insisti na virtude da compaixão, estimulando meus auxiliares e o nosso rebanho a se purificar dos desejos materiais, pregando com paciência sobre as vantagens de uma vida simples, sem tantos quereres, crediários e preocupações. Eu os estimulava a pensar no que possuíam, no que realmente precisavam e no tanto que sobrava para consumir; no que podiam e deviam partilhar, mas que ficava largado num prato, escondido num quarto ou guardado num banco, sem que as ovelhas mais crentes se servissem desta riqueza. Invoquei César e Abraão, Lázaro e João, Jó, José, Madalena, Jonas e até a família imperial do Brasil, tudo para comprovar a origem das minhas teses e dar peso histórico aos meus conselhos piedosos. Proferi sermões de grande complexidade psicológica, moral e filosófica. Abordei exaustivamente o exemplo de nosso Senhor Jesus Cristo, que tudo podia sendo filho de quem era, e nada guardava para si — porém o interesse que eu despertava na comunidade era quase nulo. O máximo que obtinha era um compromisso difuso, uma concordância de princípios, uma vaga promessa — e, desafortunadamente, baixíssima coleta de dízimos. As despesas do Templo se acumulavam: refeições de pastores e funcionários terceirizados; aluguel do imóvel, água, luz, gás, equipamento de som, material de limpeza, decoração. Crescia também a pressão do escritório central do ministério, que queria saber como as coisas iam tão mal em meio a tanto sofrimento... Cheguei perto de desistir. Cogitei fechar o Templo, largar o salão do Bairro Novo e ir pregar noutra freguesia, deixando aquele povo xucro nas mãos do aventureiro que o pegasse para guiar. Foi quando Deus me iluminou com a sua infinita sabedoria num sermão de terça-feira depois do almoço, e eu desembestei a explicar que a benevolência em nada mais consistia do que em doar aquilo que já não nos serve, que se tornou um estorvo dentro de nós mesmos ou de nossas casas; que deveríamos polir os nossos óculos, arejar as nossas mentes e prateleiras "dividindo" sim alguma coisa com os irmãos, mas que isso não era "algo que se perdia". Que, ao contrário (e aí está o golpe de mestre), "conferia ganhos" para o espírito, "somava" na nossa relação com Deus, "multiplicava" nossa visibilidade e participação como fiéis, "agregava valor" aos virtuais pedidos de perdão e assim por diante, de maneira que, ajustando meus argumentos ao senso prático daquela gente, logo obtive maravilhas — e uma substantiva melhora no resultado financeiro das obras, colocando o velho Templo do Bairro Novo entre os dez que mais lucraram no ano que passou. Glória ao Senhor!

30. Transtorno

É A MENOR engrenagem de uma caixa de transmissão automática. Um protótipo desenhado na França e nos Estados Unidos, produzido metade ali, metade na Malásia, metade em Moçambique, metade na Romênia, metade no Sri Lanka, metade no Chile e a outra metade na Colômbia. O homem, metalúrgico ferramenteiro, trabalha com o carro principal e com o auxiliar do torno ao mesmo tempo, muito cuidadosamente, para conseguir entrar e sair do material bruto no ponto exato, manter os veios alinhados, os dentes inclinados e, no instante preciso, afunilar com toda a força para o centro, parindo a peça de aço. O apoio da máquina é todo no ombro e no quadril. Também dói a perna apoiada no chão da fábrica, mas ele está prestando tanta atenção no que mandaram fazer que é necessário ser tocado no ombro para perceber que estão chamando.

Quem é, caralho?

Por trás da máscara de proteção riscada e suja ele vê o vulto estilhaçado de um guarda. É da guarda de segurança da recepção e, terceirizado, com um uniforme de inspiração militar, não integra a hierarquia conhecida de golas e aventais. O homem desliga a máquina. O giro da peça vai diminuindo e ela fica mal parada, pendurada nas sapatas, meio ferro virgem ainda, meio coisa pronta já...

Coitada.

O nosso ferramenteiro sai acompanhado pelo guarda, que está de má vontade porque não gosta de ser acordado e de sair de sua guarita na recepção. Lá é quente, tem um sofá, cobertores, fotos de mulher pelada e das famílias.

Quem gosta de ser importunado no serviço levante a mão!

Para o guarda da recepção é duas vezes ruim. Além de ter saído do bem-bom e vindo até aqui, agora ele ainda vai ter que voltar.

Saco.

O homem de que trata este relato está inquieto, um tanto encurralado pelos olhares predatórios dos operários da linha de produção, interessados em reconhecer o que um cidadão metalúrgico ferramenteiro tem de tão especial para deixar a seção daquele jeito, em plena tarde...

Filho da puta! Filho da puta! Filho da puta!

É o que eles gostariam de gritar, em coro. Mas trabalham obedientemente, todos, e mais esta altercação é assim: muda.

A vossa inveja é o combustível do meu desenvolvimento! Glória ao Senhor!

O pátio externo da fábrica é de paralelepípedo polido e o sapato do ferramenteiro está cheio de óleo. Escorregando, no equilíbrio precário de quem está prestes a cair, ele se vê obrigado a se apoiar no guarda. Isso é extremamente desagradável para os dois, que pretendiam se evitar neste caminho.

Ao chegar à recepção o guarda lhe aponta um telefone cinza encardido que está fora do gancho.

É da sua casa. Diz que é urgente. Você foi autorizado a atender.

O homem atende em pé. Só os seguranças têm direito ao sofá da portaria, e além do mais ele já está lotado. A guarda toda, profissionalmente, encara o nosso homem.

Dá licença.

Seja breve.

Tomar no seu cu, meganha!

O quê, parceiro?

Nada não, senhor.

É a mulher, a esposa, no telefone: *claro que é urgente! Você tem que vir: é sobre a piscina!*

O homem apressado dá meia dúzia de recados ao segurança que o buscou na ferramentaria: *faz favor?*

O segurança, já de má vontade, diz que *sim*, quando quer dizer *não*, e não anota nada e nem liga de esquecer o que o homem lhe pede, nem saberia onde anotar, nem quem avisar.

Não ganho pra isso.

O homem parte antes de poder ouvir o desaforo. Os seguranças acomodados no sofá da portaria dão de ombros em cumplicidade e se cobrem para cochilar.

Se a gente não se mexe para nada, não se mete em problemas.

Sob o sol, no estacionamento lotado, o carro parece represar todo o calor daquele dia. Quando o homem destranca a porta, a onda de calor o atinge. Com dificuldade, ele entra e parte. Só em meio ao fluxo dos movimentos do tráfego é que ele se dá conta de que ainda está com a capa cinzenta por cima da roupa. O homem sua lágrimas do cabelo, desce um rio quente e salgado por suas costas, até o rego da bunda. Vaza no banco do carro. O carro é pequeno, não há espaço para se livrar do excesso de roupa sem estacionar um instante.

Deus me livre!

Deus não intercede. O trânsito vai se espremendo, se esganando, e ele se aproxima com a característica dificuldade da região de sua casa. Aos poucos, dolorosa, tediosa e lentamente, anda-e-para, anda-e-para, o homem entende que a origem de toda a confusão do momento está no Bairro Novo...

Mas onde?

Anda-e-para, anda-e-para...

Não, Senhor! Não...

Anda-e-para, anda-e-para: *é por minha causa!*

Uma carreta com quarenta e dois metros de comprimento (total, mais o cavalo), carregando uma retroescavadeira de três toneladas, entalou na rua da entrada do Bairro Novo. Uma faixa amarrada na retroescavadeira indica: "Paraíso das Piscinas — Realizando mais um sonho". A rua da entrada é única, estreita, recurvada, há carros populares estacionados por todos os lados, o acesso também serve de saída e a região está paralisada desde cedo, pouco depois que o homem saiu para trabalhar.

Ninguém almoçou direito!

Uma falta de respeito com a comunidade!

O helicóptero da polícia passou duas vezes!

O homem desvia de alguns vizinhos reunidos numa manifestação contra os transtornos no bairro, dá a volta pelo outro lado, trafegando o dobro do necessário em linha reta, tentando escapar da incômoda e crescente desconsideração de que é vítima, mas apenas para se ver ainda mais confuso, fechado por uma rua sem saída. Ele se cansa e larga o carro de qualquer jeito, ali mesmo: *é mais fácil se mexer do que parar!*

Quando o homem firma o pé no chão para caminhar, no entanto, sente a fisgada no quadril, a dor no ombro e o reflexo no braço.

Preciso cuidar da saúde.

O estômago, que ainda estava cheio do almoço quando saiu correndo do serviço, transformou-se num embrulho desarrumado, tenso, incômodo: *difícil de engolir.*

Andando, ele se cansa mais do que trabalhando. Corre, para, descansa, corre, descansa, para. Não está acostumado com isso, usar o próprio corpo para se deslocar de um lugar ao outro. O coração até que acelera, perto do limite tolerável, mas falta pulmão para processar todo o ar que ele aspira.

É hoje que eu vou, meu Deus?

Não.

O homem encontra o motorista da carreta, o operador da retroescavadeira e um ajudante confabulando, sentados no estribo do cavalo. Nenhum deles parece ter consciência do crime de interferir no fluxo dos deslocamentos.

Lei federal número nove mil quinhentos e três, de vinte e três de setembro de um mil novecentos e noventa e sete. Infração gravíssima. Passível de multa, retenção do veículo e até perda da habilitação, em casos de reincidência abusiva.

Ao contrário dos outros motoristas e ajudantes ali perto, com suas cargas e paciências perecíveis dando sinais de estar apodrecendo, os três permanecem tranquilos com o atual estado de coisas.

Só podem ser horistas.

Aqui neste momento está um vento gelado, mas o trio debate solenemente, ao lado da retroescavadeira monstruosa, como se estivesse à sombra de árvores, num oásis do deserto.

É a minha casa!

Nossa! Acabe com isto!

O homem não tem mais como fugir dos vizinhos, os de frente e os dos lados, que se aproximam. Tentando se livrar do problema, ele se dirige ao motorista do caminhão e aponta a paisagem congestionada de fios e cabos, de antenas de televisão e de carros: *o senhor não pode parar aí!*

Nós somos da Paraíso das Piscinas... Realizamos um sonho...

Eu sei, mas saia daí!

Você é da polícia?

Não. Eu sou o cliente.

Uma sinfonia de buzinas. E aceleradores pisoteados com extremo esforço. Tudo inutilmente, exceto para turvar o ar e as expressões de todos eles: *temos más notícias.*

Hoje não era um bom dia para começar...

É que nós temos um prazo, o senhor sabe, mas, assim mesmo, vai atrasar.

Alguém precisa fazer alguma coisa.

Tomar alguma providência!

Quem vai?

Silêncio. Os vizinhos continuam se aproximando como se fossem entrar na casa dele, do homem, do proprietário do imóvel. Identificam desde logo e em definitivo o futuro proprietário da piscina como responsável por aquela confusão: *vamos sair daqui, rápido!*

Acontece que não é tão simples: com tantos obstáculos estacionados no meio da rua, fica complicado até andar para trás pelo mesmo caminho, com o que todos estão acostumados. O homem percebe que o debate entre aqueles três não está se encaminhando para uma boa síntese, na verdade está se esgotando, se esgarçando para o indizível e se encaminhando para um impasse insolúvel: *eu acho que é totalmente impossível chegar com a retroescavadeira na sua casa.*

Eu não acho.

Mas eu sou o motorista da carreta!

Deste caminhãozinho! Sou eu quem opera a retroescavadeira! São três toneladas de aço americano!

Você chamou de caminhãozinho a minha carreta sueca! São trinta e seis metros de carroceria e mais seis de cavalo!

Antes que perdessem o resto da compostura diante dos moradores, o homem, o cliente, o proprietário, intervém com energia: *Senhores: tirem este caminhão e esta retroescavadeira deste bairro!*

Ninguém esperava por isso. Nem o motorista da carreta, o primeiro responsável pela entrega, que reage de imediato, para não se comprometer com as consequências de quaisquer atos: *o senhor vai ter que assinar embaixo do que está dizendo.*

O ajudante tem uma prancheta nas mãos e, a um sinal quase imperceptível do motorista, ele a estende para o homem, o cliente.

Se o Senhor quiser...

O Senhor está no céu, porra!

Amém.

O papel timbrado da empresa Paraíso das Piscinas: um nadador, um guarda-chuva e um copo dentro do dístico. No formulário impresso com diversas alternativas, ele não encontra uma sequer que possa contar direito o que tinha acontecido, o que estava acontecendo... Então anota ao lado da opção "outros": *serviço não executado, o caminhão de entrega era maior do que as ruas do meu bairro.*

Acha que é bom e assina. Ao devolver a prancheta, o homem nota que o motorista da carreta aparentava maior tristeza e frustração do que o operador da retroescavadeira ou o ajudante, que até sorriam, desembaraçados: *é que eles têm registro em carteira, salário todo mês, mas eu sou terceirizado, ganho por entrega bem-sucedida...*

Lamento.

Lamenta o caralho!

Como, motorista?

Nada, senhor cliente, nós já vamos embora...

O ajudante informa que a empresa Paraíso das Piscinas mandaria uma nova equipe, já que a deles tinha fracassado: *vão ter que cavar com a mão...*

Lamento, arremata o motorista, rindo com sarcasmo, e logo se explica: *é bem mais caro, senhor proprietário!*

Acontece que o nosso homem, neste instante, tem um rei na barriga, acha-se capaz de grandes realizações com a sua piscina, e ao mesmo tempo está no centro do seu território, acreditando-se protegido de qualquer acaso: *fazer o quê? Se for necessário, eu pago, senhor empregado.*

Isto encerrava a questão, desconfortável para todos, todos prejudicados (à exceção do operador da retroescavadeira e do ajudante) de alguma maneira: muitos porque perderam compromissos importantes, uns porque deixavam de ganhar, mesmo atendendo ao compromisso, e finalmente outros porque deixavam de receber o que pediram, e pagariam ainda mais caro para ter aquilo que desejam...

É assim.

Deus abençoe.

Os vizinhos, com o nome do Senhor mencionado aqui e ali, logo se dissipam, pacíficos, ordeiros, para suas casas.

Durmam com Deus!

Para finalizar, a sorte deste homem foi tamanha que, naquele final de tarde, tantos foram os atentados a delegacias de polícia, coordenados para causar o maior estrago e número de vítimas possível, que a "ocorrência de trânsito indevidamente paralisado no Bairro Novo" (matéria de televisão com imagens captadas por helicópteros da polícia e pelos celulares dos moradores e dos motoristas irritados) caiu no corte final da primeira edição do telejornal noturno; não apareceu na segunda edição, e aí já não interessava mais. No dia seguinte era como se nada tivesse acontecido.

31. Com respeito ao medo

Eu tenho um medo sim. Isso é claro. Não vou negar que já gritei e me sujei por causa dele. Nasci com medo. Sempre tive e continuo tendo medo, cada vez mais medo, acumulando o medo do medo que herdamos dos nossos pais. E o nosso medo, o medo da minha gente, não é daquele corajoso, lúcido, previdente, que joga com a vida, que ajuda a escapar ileso disso e daquilo pra contar a história. Nosso jeito não é desse. O meu medo, por exemplo, é cego e burro e eu sei que não tem o menor sentido, mas eu tenho muito. Eu sinto. Aqui, agora mesmo. E devo até ter medo pra não ter outro sentimento pior do que este. Porque tem. Eu continuo tendo medo de ficar pequeno depois de crescer, de ficar gordo depois de parar de comer, medo de ficar com a voz do Pato Donald, de ter um olho de vidro, um pino na perna... Eu tenho menos medo do relâmpago e do trovão, separados, do que eu tenho medo do tempo que se passa entre o relâmpago e o trovão. É aquele tempo. Um clarão súbito. Depois o escuro e o silêncio. Parece rápido, assim falando, mas é longo, e monstruoso o que se pensa nesse instante... Até que vem o barulho e acaba com tudo. Eu tenho medo de esquecer o que é importante e de ficar só lembrando aquilo que não me interessa: medo de tesoura aberta na gaveta, de faca esquecida em cima da pia, de enfiar uma farpa na mão, de cair de costas, de grudar numa parede pintada, numa tomada em curto... É um medo de sair e se quebrar e um medo de ficar, ficar e ficar bobo. Um medo do que quer que seja mesmo depois que se desvenda o desconhecido. O que a gente aprende não serve para nada com estes fantasmas esquisitos. Eles voltam. Apesar de ser um medo besta, é persistente. Um ar que se respira entre nós, os da nossa idade. Amém.

32. Ferro-velho

O BAIRRO É feio por todos os lados, tudo parece de costas na paisagem, mas o lar do pai do homem de que trata este relato tem um jardim bem-cuidado, com grama cobrindo parte da terra, pedras pintadas de branco e pequenos arbustos intercalados por roseiras. As plantas estão floridas. Há uma calçada que avança e serpenteia pelo mato, formando um caminho de passeio. Um casal de patos de gesso com meia dúzia de filhos amarelos fica à beira de um lago. Está seco. É de cimento. Ainda há musgo vivo, no fundo.

Da última chuva de março.

O jardim é cercado por grades enferrujadas, com desenhos de flores e arabescos que parecem dizer algo, mas os desenhos são interrompidos por ângulos retos, cortados por linhas e flechas que obrigam quem chega a olhar para o centro do emaranhado de formas, onde existe um portão e, soldado nele, o símbolo do sindicato dos metalúrgicos.

O velho, o pai do homem de que trata este relato, já está ali, pendurado. O filho, o homem, se sente mal em vê-lo naquele estado. O velho se agarra às barras de ferro do portão como se fosse um bicho.

Filho?

O velho é franzino, mas quando balança o corpo a grade oscila para dentro e para fora.

Calma.

O homem toca a campainha. É estridente, para ser ouvida em toda a casa. A casa é grande, por trás das grades, além do jardim.

Você veio me buscar?

Demora. E ele não tem como escapar da pergunta do pai, que fica no ar, sem resposta.

Eu...

Uma mulher de uniforme branco vem até o portão, balançando uma chave pendurada num pedaço de cabo de vassoura. Quando ela chega perto, dá para ver o símbolo do sindicato dos metalúrgicos bordado no bolso do uniforme. O portão tem um sistema de gaiola. A mulher espanta o velho, que se encontra no primeiro estágio do portão: *sai daqui!*

Como o velho não se move, ela puxa as mãos dele, os dedos se destacam um a um da grade: *passa, diabo!*

Até que o velho se solta: *pra dentro!*

O velho vencido já é outro, e obedece. Volta direto para casa, rápido, como se o jardim desse choque. O homem, o filho, chama: *pai!*

A mulher de uniforme entende o que os dois têm em comum: *desculpe, eu não sabia...*

Não faz mal.

Se a gente descuida...

A senhora está apenas fazendo o seu trabalho.

Ainda bem que o senhor tem cabeça pra entender.

Claro que eu entendo, sua vaca!

Pois não, senhor?

Nada. Com licença.

O homem, o filho, atravessa os dois estágios da gaiola de entrada. No capacho está inscrito: *Casa de Repouso — STM.*

Pensa, à sua maneira, que os nomes das mesmas coisas têm mudado muitas vezes.

Obrigado.

De nada.

O filho avança ao largo do jardim antigo e muito bem cercado por barras de ferro, tentando manter a mente longe dos problemas do passado, mas a mulher, querendo ajudar, só piora as coisas: *é que ele nunca recebe visita.*

O velho, o pai, desapareceu no escuro, para dentro de casa. O homem, o filho, avança em seu encalço. De passagem ele sente o fedor de pele morta, de calçado gasto, de partes baixas e dobras úmidas que não são lavadas com frequência, de fraldas usadas, de meias suadas e de cobertores que não veem a luz do sol há muito tempo. É tudo quase forte e ele começa a passar mal. A tontura que o quer para baixo. O estômago revoltado com tanta promiscuidade, como se fosse...

Não! Aqui não, pelo amor de Deus!

Não é mesmo um lugar a que ele gosta de voltar. Ainda mais agora, que enfrenta novos desafios, outros tempos, a necessidade de exemplos de energia, e não aquilo que está acabado, que causa prejuízo ao Estado e ao sindicato.

Pai! Sou eu!

No quarto sem janelas, dividido com outros sete metalúrgicos aposentados, o odor químico de limpeza e do hálito da velhice fechado no cômodo desde cedo: azedo, incontornável.

Pai! Sou eu!

A mulher de uniforme se transforma em muitas outras, todas de branco, do sindicato. Todas muito eficientes: um velho desdentado é deixado nu, limpo com um pano úmido e vestido com o pijama padrão em trinta e sete segundos.

Agora o senhor gosta de televisão?

O velho, o pai, na verdade estava dormindo. Em sono profundo, mas acorda de imediato e diz: *o que eu posso fazer aqui, com este monte de velho esclerosado*?

O homem, o filho, ri, como se todos ali fossem responsáveis pelo que dissessem, pelo próprio humor, até... Mas infelizmente...

(...)

O filho percebe que não é engraçado: *não vamos falar disso...*

Você é igual à sua mãe.

Agora é uma velha que está grudada na grade, lá fora, bem onde estava o seu pai. Outra desfia um lençol com duas varetas, enquanto tenta fazer tricô. Alguém olha um pedregulho feito uma peça preciosa. Outro velho faz o sinal da cruz. E daquele também nem é bom falar, mas passeia com uma bolsa de urina como se fosse um animal de estimação. Os funcionários ficam esperando a sua morte, por várias razões: *pai, o senhor tem dormido bem?*

Pra quê?

O pai, o velho, fala para dentro, e com as palavras ao contrário, de um modo que é difícil para o filho entender a sua língua...

O quê?

E de repente: *cadê o menino? Por que não veio?*

O homem diz uma mentira: *está na escola.*

Mas hoje é domingo!

O senhor tem consciência disso?

Você pensa que eu sou esclerosado que nem eles? Domingo é o maldito dia de descanso do Senhor...

E canta:

Segura na mão de Deus...

Segura na mão de Deus...

Segura na mão de Deus e vaaai... Você ainda é ferramenteiro?

Claro, pai, o homem diz quase com um sorriso de vaidade, fruto destes tempos e de suas conquistas — nesse ponto muito maiores do que sonharia o outro, o velho, se ainda tivesse raciocínio para compreender o atual valor das coisas.

Não te falei pra escolher uma profissão que deixasse as suas mãos limpas?!

O senhor foi metalúrgico por trinta e cinco anos.

Eu não sou exemplo para ninguém...

O velho, neste momento, possui plena consciência do que acontece. E, com medo do que ainda possa lhe acontecer, desiste de pensar, enlouquece de uma vez: *a sua mãe disse que ia vir me buscar e até agora não deu as caras dela, a vaca...*

Papai, a mamãe morreu.

O velho, o marido, o amante chora de novo como se fosse a primeira vez: *eu não sei fazer nada sem ela! A sua mãe eram as minhas pernas. A sua mãe eram os meus olhos, a minha boca e o meu nariz. O que vai ser de mim? Diga, moleque dos infernos! O que vai ser de mim?*

Eu tenho que ir...

O filho espreme uma das muitas campainhas distribuídas pela sala (penduradas no teto, escorrendo das paredes). E logo aparece outra mulher de uniforme branco. Ela aponta o pai do homem entre os velhos: *ficou agitado, de repente...*

E o filho só não vai embora correndo porque tem que passar na tesouraria, pagar a mensalidade (mensalidade paga por fora do Estatuto Oficial, aqui chamada de "ajuda de custo") à Associação Casa de Repouso do Sindicato dos Trabalhadores Metalúrgicos, sem o que não é possível reservar, conseguir e manter uma vaga gratuita no asil... Isto é: na Casa de Repouso.

Abutres filhos da puta!

Como disse, associado?

Muito obrigado por tudo isso.

De nada. Estamos apenas fazendo nosso trabalho.

33. Cultura de banheiro III

NA GUERRA DO ensino, os recursos de pressão mais direta e aguda estão nas mãos dos alunos, sem dúvida: são facas, tesouras, estiletes e o descompromisso da classe como um todo, porretes, pés de mesa com pregos, desprezo por qualquer conhecimento não religioso e até revólveres de baixo calibre, com o que ameaçam, quando não agridem, os professores, muitas vezes aos bandos, provocando reações igualmente fortes e destemperadas do corpo docente, em escaramuças nas quais perdem a vida uma média de vinte e cinco pessoas por ano letivo, somando-se ambos os lados da contenda.

Nós só temos um pequeno salário e um pequeno poder...

É o que alegam os professores e seu sindicato, cuja principal defesa em face dessa abordagem cada vez mais violenta é covarde, porém eficiente: o uso persecutório do Diário de Classe, um simples pedaço de papel, mas com a resistência e a durabilidade do melhor aço inoxidável austenítico!

Nós precisamos nos proteger de todos aqueles que querem se proteger de nós!

O Diário de Classe é um documento quase desconhecido da população civil, mas obrigatório, de propriedade e uso restrito do Estado de direito através do Ministério da Educação, que fica sob a guarda transitória das escolas públicas e particulares. Inclui o Histórico Escolar, e foi criado para registrar o aprendizado de cada aluno e o avanço progressivo dos conteúdos das aulas dentro do currículo geral, mas, com o esgotamento do interesse de ensinar e da vontade de aprender, serve atualmente para o professor ameaçar e registrar com mil tons de verdades ou mentiras (dependendo do caráter e do grau de pressão) a atitude e o desempenho escolar do aluno dia a dia, mês a mês e ano a ano, constando deste histórico tudo o que ele faz de muito ruim, apenas desagradável ou passível de punição; a descrição detalhada das punições em si, além de tudo aquilo que ele precisava fazer de bom e não fez, e a maldade específica que ele fez no lugar disso.

É uma boa arma de fogo, pois podemos fulminar o futuro de um jovem de quem não gostamos por qualquer razão.

Enquanto o governo não autoriza o isolamento do professor numa caixa padrão de vidro blindado, conforme solicita o sindicato, é o Diário de Classe, e sua ação dissuasiva, o que tem permitido aos professores entrarem e saírem vivos deste mercado de trabalho.

Se você fizer isto de novo, te ponho no livro!

Pode pôr, sua vaca!

Como é, querido?

Nada não, professora.

O receio de ter o prontuário educacional manchado por uma nota ou observação desabonadora e não arrumar um emprego qualquer ao sair do período escolar ainda freia muitos impulsos assassinos dos jovens.

Como hoje é o dia do ano que paga a contribuição sindical, não vai ter aula. Estão dispensados. Boa noite.

É o início da tarde, mas a professora se vai agora, escoltada pelo inspetor de segurança. Resta aos alunos passarem o tempo que lhes sobra no banheiro, que, como já visto, guarda e reproduz o que há de mais emocionante na experiência de ensino-aprendizagem desta geração.

Nós calculamos e desenhamos atrás das portas. Peitos, pintos, cus, bocetas. Versões canhestras de poesias oficiais. Cortamos cabelo. Cuspimos à distância. Fazemos educação física.

À bem da verdade científica, é ali realmente que a sua cultura viceja; onde reina a mente preguiçosa e criativa que se impõe à restrição das circunstâncias e ao rigor da academia; as experiências são livres e feitas de qualquer jeito, em condições inadequadas, mas são vitais, descritas ou desenvolvidas e analisadas em grupos, sem preconceito, jovens estúpidos e carentes que não têm nada a perder.

Brigamos também. Saímos na porrada quase sempre.

É a tradição do debate. E se orgulham dela: *espeto esta faca entre os dedos da mão com os olhos vendados: cobro dez por minuto de apresentação. Furo orelha com arame de caderno, um e cinquenta por lóbulo. Tatuagem com agulha hipodérmica e caneta esferográfica, por apenas três e setenta o centímetro quadrado. Vendo cadastro de contribuintes do imposto de renda e dos funcionários concursados da Polícia Civil, dez cada. Por três eu quebro pedra com os dentes! Bebo um copo de urina por cinco! Escrevo no chão o teu nome com merda, por sete. Por dez eu recito a legislação antidrogas e os benefícios do estatuto da juventude. E eu as capitais do país, de trás para a frente, em ordem alfabética, e só cobro quinze! Por vinte aquele lá...*

O menino não tem dinheiro, religião definida ou amigos, nem esperanças de tê-los.

Ainda mais agora...

Esfrega o peito. Ali dentro, a dor e essa raiva ao mesmo tempo. A raiva é indistinta. Não é só daquilo. Nasceu com ele, mas não o leva a lugar nenhum. Ele tapa o nariz e se afasta para um dos reservados.

Cinquenta centavos, irmão.

O menino paga sem discutir. É isso ou conseguir se meter num reservado daqueles correndo de repente, ou driblando e entrando de lado, ou de frente na base da força, que o menino não tem, é claro.

Todo mundo paga: aula de democracia, cidadão.

O menino tranca a porta e abre a blusa. Um lado do peito dele está inchado e pontudo, voltado para cima, como meia taça, ou meia pera, o mamilo intumescido, uma visão dolorosa sob um aspecto, mas curiosa, também, porque o filho do homem de que trata este relato, a criança, tem um líquido branco escorrendo ali de dentro...

Mas o que está acontecendo comigo?

É quando os outros meninos, e algumas meninas que pagam para entrar no banheiro dos homens, abrem a porta, colhendo o menino de surpresa, ele próprio num estado de admiração estupefaciente com o que pode estar acontecendo.

O peitinho dele!

Travesti!

Joga merda nela!

Uns chutes!

O menino, humilhado e confuso, sai correndo, pula o muro e segue direto para casa. No caminho ele sente as bordoadas dos amigos latejarem na cabeça, os socos nas costelas e no baixo-ventre, e logo o tênis fazendo plof-plof se enchendo de sangue, porque caiu de pé num caco de vidro virado para o céu na calçada e seu tênis nacional é tão ruim que a sola se dividiu num talho. Ele pisa firme e forte, para sofrer com isso e se esquecer da dor no peito, porque é como se a pele dali fosse estourar, o bico do peito fosse rachar, e esse leite nojento que sai de dentro, do meio disso...

Vou tomar banho!

No banheiro de casa, este sim privado, de uso exclusivo da família de que trata este relato, o filho tira o tênis com todo o cuidado, deslizando o pé para fora junto com um caldo grosso. Ele joga o tênis num balde. A água fica turva. Ele limpa o ferimento com os dedos.

Ai, meu pé, caralho!

O que foi, meu filho?

Nada não, mãe.

O corte nem é tão profundo, pensando bem, mas está empoçado, e a sujeira do tênis que ficou em contato com a ferida aberta não ajuda a sarar, mas a infeccionar. Até o menino sabe disso. Ele ouviu em algum lugar o sermão de que o melhor é manter a carne limpa, tornada pura com bastante água e sabão, esfregando bem... Ele entra no chuveiro para acabar o serviço, mas a água — quente, morna ou fria — batendo no seu peito incomoda muito mais e ele logo desliga o registro. Continua meio malcheiroso, agora entre o asseio aqui em cima e o encardido mais embaixo, sua, treme de frio e de calor, se enxuga, se abana e sai.

Isso é castigo, Senhor?

Ninguém responde. O menino só espera chegar incógnito ao seu quarto, sem dar explicações, mas ali está seu pai e, de passagem, ele vê alguns hematomas nas costelas e certo inchaço no olho do filho:

Mas o que foi isso?

O menino cobre o rosto com uma mão, o peito com a toalha de banho, abaixa a cabeça como um touro tímido, mas louco, e avança chifrando casa adentro. É mais uma vez assim que trata o que não entende: *eu caí na rua, tu caíste na rua, ele caiu na rua; nós caímos na rua, vós caístes na rua, eles caíram na rua.*

Ah, bom.

34. Notícias da hora

Tempo bom. Trinta e sete graus. Umidade relativa do ar, vinte e quatro por cento. Acidente grave na avenida marginal, sentido interior, envolve moto, carro e caminhão; deixa vítima fatal estirada na pista expressa, além de viúva jovem e dois órfãos profundamente abalados, em sua residência, há vinte e cinco quilômetros de congestionamento. A pista local, tomada pelos motoristas curiosos, deixou de ser uma alternativa para os indiferentes que têm pressa. Devido ao aumento do número de chamadas feitas e recebidas nesta área, as operadoras de telefonia celular alertam para a possibilidade de queda no sistema. Estado de atenção para concentração de poluentes em dezesseis das vinte e sete regiões da cidade. O tráfego aéreo segue intenso — no horário.

35. Não existe almoço grátis

É SEMPRE BOM — e aterrador — relembrar procedimentos desta cultura, ainda que no âmbito inútil da ficção: a comida servida na empresa nacional de engenharia em que trabalha o homem de que trata este relato é oferecida em parte pelo governo (através de renúncia fiscal), em parte pelos proprietários (cessão das instalações da cozinha e do refeitório) e em parte pelos próprios funcionários consumidores (desconto em folha de pagamento) — e, embora seja repetitiva e insossa (salgado/doce ou amargo/picante), é linda de se ver como comida de cinema!

Verdade! O nosso arroz brilha fulgurantemente, um grão deste feijão negro é do tamanho de um chouriço argentino recém-frito, lindo! Nosso macarrão italiano com molho de tomate feito aí em casa aparece como um quadro expressionista numa exposição, a couve-de-bruxelas como porcelana chinesa, e o repolho português traz filigranas internas e estruturas de múltiplos verde-brancos, feito cristal! São produtos muito vivos, vivos demais talvez, como se fossem empalhados e envernizados — até as carnes: branquíssimas, se brancas;

vermelhíssimas, se vermelhas; roxíssimas, se roxas, e assim por diante. Sem falar no extremo pictórico que atingem com as suas frutas, os sucos e gelatinas artificiais...

O café solúvel é verde-petróleo. E da mesma consistência.

Quem vai querer comprar banana?

Isto se deve à má educação dos empregados e ao salitre, utilizado em grandes quantidades na alimentação de operários e estudantes de escolas públicas e privadas: *com vistas a proteger os cidadãos do botulismo.*

É o que asseguram as autoridades, as diretrizes e os assessores dos ministérios do trabalho, da saúde e da educação, mas a população ignorante e com tendência à obesidade desconfia como sempre de que se trata de um projeto político do Estado, algo destinado a diminuir a libido dos casais, a agressividade dos estudantes secundários, e aumentar a fermentação dos intestinos dos trabalhadores, incapacitando-os para funções de liderança, restringindo o tempo e a vontade de protestar, domesticando (quimicamente) os seus instintos, como fazemos com os nossos animais de estimação.

Com salitre se faz pólvora!

Também provoca calvície...

Com medo das dolorosíssimas cólicas que os acometem, de tornarem-se mais covardes e impotentes do que os outros trabalhadores, criou-se — especialmente entre os operários metalúrgicos — uma vasta cultura médica (um tanto científica, um tanto religiosa), com benzeduras, plantas e infusões, tudo para se livrarem dos potenciais efeitos nocivos do alimento industrial que ingerem o tempo todo.

Comer grama, por exemplo.

Cem por cento seguro, graças a Deus!

Como acontece neste ambiente, espalhou-se entre aqueles de pior escolaridade a crença de que as fibras vegetais absorvem os excessos de salitre presentes na comida da empresa; por isso, é comum verem-se trabalhadores (de várias idades, num espetáculo pitoresco) deitados nos jardins e nos canteiros das indústrias metalúrgicas, sozinhos ou em grupo, brincando de arrancar ervas daninhas do solo, ou fingindo limpar os dentes com gravetos, quando estão, na verdade, comendo a vegetação em torno.

É mais um exemplo daquele algo a mais que teríamos aprendido com os cães, num passado remoto.

Sobe aquele desgosto na boca do estômago do homem, o ferramenteiro que acompanhamos. Ele está ali, o que se pode fazer?

Chato e necessário ficar. Ruim e impossível partir.

O almoço corrido acabou faz pouco, o primeiro sinal tocou e eles estão sob o sol tropical a pino, incidindo direto no crânio dos funcionários.

Estamos acostumados. O couro cabeludo é reforçado.

O pessoal do escritório não perde tempo. Mais bem educados, temendo desmaios e o socorro dos médicos da empresa, eles correm tão rápido quanto comem para voltar ao prédio da administração e aproveitar a brisa final do ar-condicionado, desligado entre as doze e as catorze horas, para fins de economia e ecologia, nessa ordem.

Nossos aparelhos são de última geração, totalmente livres de clorofluorcarbonetos.

De onde eu venho tem sempre alguém querendo foder alguém. O que vai ser dessa vez?

Os operários da linha de produção, sem essa alternativa (no interior da fábrica a temperatura chega a ser quinze graus mais alta do que ao ar livre), cambaleiam desidratados pelas vielas de asfalto e pelos pátios de cimento, cujo piso, para embelezar a edificação e piorar a situação dos operários, se parece com um espelho: reflete inteira a claridade agressiva desta parte da cidade para dentro dos olhos de quem passa.

Dá vontade de ficar cego.

E o que eu ia deixar de ver que eu já não vi?

Alguém...

Nosso homem está ali.

Ei, alguém!

As sombras são escassas e, no estacionamento, teimam em se esconder embaixo dos carros populares.

Alguém aí gosta de cachorro?

Silêncio. Mas é sempre assim. Os veteranos se utilizam dos óculos de proteção — o que vai contra as normas da empresa, pois só a diretoria pode usar óculos escuros na região do estacionamento e da portaria.

Por motivo de segurança.

Cheios de medos, estes filhos da puta!

O que disse, colaborador?

Nada não, doutor.

Os empregados mesmo, os que consomem a comida do refeitório, todos eles procuram jardins e canteiros, vasos e floreiras — cada vez mais dilapidados —, vasculham por arbustos de que possam colher um galho, mastigar uma folhagem, engolir tudo — "adiar a morte", conforme acreditam piamente.

Alguém aqui quer um cachorro?

Há bem uns vinte operários naquele pedaço de terreno, ruminando-ruminando-ruminando sem parar — *rinc-rinc-rinc* —, esperando pelo último sinal possível para voltar a trabalhar. Sob a capa, o homem parece cozinhar, então nota que está de capa e pensa que pode ser confundido com um engenheiro. Tira a capa. A camisa empapada.

Vejam — eu sou igual a vocês.

Do bolso da capa ele tira uma foto do cachorro: *Thor é um animal simpático, não é?*

A foto é velha. Omite os graves efeitos da passagem do tempo num cão doente: *por que você está dando o cachorro?*

Da piscina o homem não fala: *é problema de tempo, de espaço, eu acho...*

É seu?

Sim... E não mais.

É filhote?

Não.

Branco?

Não. Nem filhote nem branco, mas é simpático.

Ora, vá se foder!

Como é, companheiro?

Nada não, irmão.

O homem pensa-pensa-pensa no que tem de melhor para oferecer aos seus, por sua confiança:

Eu posso dar dinheiro.

O homem saca notas da carteira. Muitos olhos crescem neste instante. Juntam-se até formar uma sombra única.

No começo, pelo menos. Dinheiro pra ração, pra comprar uma casinha, e um cobertor — ele adora cobertor...

Mas o dinheiro só pode ser gasto com o cachorro?

E do dinheiro gasto com o cachorro eu quero uma prestação de contas, é claro, e ver o cachorro vivo, é claro, passando bem na nova casa, é claro, consumindo o material comprado, é claro... Vou precisar checar, é claro.

As condições impostas pelo homem de que trata este relato (sem capa ele é apenas um paisano), proprietário do animal e do dinheiro, inibem os últimos impulsos dos que haviam se aprestado para resolver o problema.

Enfia essas notas no cu, seu...

O que disse, parceiro?

Boa sorte, meu amigo. Eu disse boa sorte.

E nem esperam o terceiro sinal para voltar ao calor exaustivo e ao tédio do trabalho, tudo travestido de esperança no futuro.

36. Em obras

Finalmente!

É com sentimento de júbilo na cabeça, um súbito acelerar no coração e ameaça de refluxo na garganta que o homem de que trata este relato acorda, ouvindo os primeiros movimentos e barulhos de motores e funcionários: *são eles!*

A mulher abandona o marido no leito e na mesma hora sai do jeito que está. Ele prefere parar no banheiro. Demora-se a lavar o rosto, a observar-se nu e vestir-se lentamente, como a sorver desde logo aquele "sabor de senhor" que o tal início das obras lhe traz.

Eu sou especial mesmo.

Quando o homem, o marido, chega à sala, ela, a sua mulher, ainda espia pela janela a própria garagem, sem coragem de abrir a porta: *tem alguma coisa errada.*

Não era para ter nada errado, e o homem nem toma o café com leite e pão que o aguarda, apenas para enfrentar um novo problema quanto à sua piscina, que ele tem e não tem.

Eu queria mergulhar e desaparecer.

Muitos querem. O sol é para todos.

Democraticamente.

Mas não as piscinas, nem a legislação do governo que subsidia reformas em habitações populares...

Isso é diferente.

Diante de sua casa estão três homens estranhos que aguardam sentados no degrau do portão. Eles impedem a saída do homem, do proprietário, e o proprietário precisa pigarrear até doer a garganta para que eles se retirem.

Com licença.

O homem passa depressa e sem dar maior atenção aos três, que, ato contínuo, voltam a sentar no mesmo degrau. O vizinho de baixo está sofrendo para tirar o carro de sua casa: esterça tudo para um lado, acelera um passo, depois esterça tudo para o lado oposto, acelera mais um passo, em seguida manobra o seu carro em zigue-zagues menores, mas desconfortáveis, várias vezes, até conseguir escapar — e, de passagem, dizer ao vizinho: *eu amaldiçoo a sua obra!*

Tenha um bom dia!

Agora o homem se dirige à cabine do caminhão estacionado à porta de sua garagem: *bom dia.*

Sem qualquer resposta. E ali está outro homem como ele, curvado sobre o volante de um caminhão de entregas. Na porta o adesivo conhecido e reconhecido: *Paraíso das Piscinas — realizando mais um sonho...*

Não é o mesmo caminhão da outra vez. Este é menor (dezoito metros com a cabine), do tipo baú, e transporta duas toneladas e meia, "tecnicamente". Carrega um tanto mais que isso nesta manhã, pelo que se vê da suspensão rebaixada, dos pneus espremidos contra o asfalto ralo das vielas do Bairro Novo.

Desrespeitam a pobre máquina...

São muitos os sacos de cimento e de areia, dúzias e dúzias de caixas de azulejo, dezenas de feixes de ferragem, centenas de rolos de fios de cobre, treliças de aço, torneiras de alumínio, bomba de sucção, ralos e equipamentos de filtragem, escadas de alumínio, mesas e cadeiras de plástico, holofotes e lâmpadas de vidro, entre outras coisas menores, como se sabe.

Uma luxúria de materiais.

Muitas coisas ele reconhece ter comprado, outras não. E fica com raiva, pensa em protestar, depois tem medo, depois tem preguiça, nessa ordem.

Enfim...

Mal ou bem era toda a sua piscina de concreto que ali estava. Estava dispersa ainda, mas esperava apenas pela graça divina da mão hábil dos homens para se realizar.

Agora eu tenho fé no que eu estou fazendo! O homem diz para si mesmo, e logo depois o gosto amargo, a tontura...

Este material é meu.

Está aí, diz o motorista, indicando a carga às suas costas, como quem está certo de ter feito a sua parte.

E quem vai retirar daí?

Não sei.

Mandaram ajudante?

Não.

Eu vou reclamar!

Faça isso.

O homem realmente esperava outra solução e, enquanto pega o telefone, aperta uma tecla e já está pensando no que dizer, o motorista o detém, fazendo um comentário desnecessário e desalentador: *se conseguir falar com eles, eu também quero reclamar: onde já se viu motorista profissional categoria C carregar peso?!*

Eu sei.

O homem entende as razões do motorista. Ninguém gosta de fazer aquilo para o que não foi pago, ainda mais se o que houver a fazer for pesado, ou sujo. Ele usa o telefone. Liga. A chamada não vai a lugar nenhum e emudece. Ele tenta mais uma vez, e agora dá ocupado. Na outra, chama, chama e ninguém atende. Nunca. Ele faz o que pode para encontrar alguém de qualquer nível que possa responder pela empresa Paraíso das Piscinas naquele momento, mas não há ninguém.

Nem a maldita telefonista?

É cedo. Tudo indica que só há pessoal desimportante disponível naquele momento. E ninguém quer falar, para ser identificado e se comprometer.

Eu posso argumentar que você não entregou a mercadoria!

O homem volta a sua ira contra o motorista, outra vez; tenta inculpá-lo daquilo tudo, chantageando-o com este seu desgosto de cliente/proprietário, buscando inspirar-lhe receio com o suposto trabalho malfeito.

Foda-se.

Acontece que o outro, o funcionário da empresa Paraíso das Piscinas, não abandona a ideia de que tem a razão, toda, e com uma calma digna de registro indica os três homens estranhos, e fortes, que olham à distância, apoiados no muro da casa dele, do cliente, esperando a sua vez para se apresentar — uma coisa depois da outra: *eles são testemunhas de que eu estive aqui e o senhor não quis receber, de novo.*

Não se trata disso, nem foi assim da outra vez!

É o senhor quem precisa de ajuda, não eu.

Por mais que o nosso homem, o cliente, queira se apoiar em seus direitos de consumidor para não fazer nada e esperar que advogados façam algo por ele, o fato é que nada pode ocorrer em curto prazo que não seja às expensas dele próprio, o único juridicamente capaz, dono de recursos necessários para dar alento ou desfecho à questão.

Vou precisar de algum semelhante outra vez. É bastante desagradável para mim, Senhor...

Agora o homem se volta e repara nos três homens estranhos e fortes no degrau do portão de sua casa. Eles têm as ferramentas e os equipamentos de escavação perto de si, aos seus próprios pés.

Nós somos profissionais.

O homem repara nisso, e se aproxima sem jeito, como se não fosse digno. Avança alguns passos e percebe que apenas dois daqueles homens são fortes. O terceiro homem que se ergue é apenas gordo, e velho, tem um pequeno problema na pele do rosto, como se fosse de escamas, e outro mais sério no joelho, que apoia com uma das mãos enquanto anda de maneira desajeitada. Manca desgraçadamente e fuma sem parar.

Eu sou o mestre desta obra, o velho gordo se apresenta.

Eu sou o dono do imóvel, e da futura piscina...

O homem de que trata este relato, que estendeu a mão num impulso, quase queima a mão no cigarro do velho, que oscila para cima e para baixo: *os nossos parabéns.*

O mestre abre os braços para incluir os dois jovens fortes que estão ao seu lado, mas precisa empurrá-los para chamar atenção. Distraídos e assustados, eles se levantam e se empertigam em sinal de respeito. Pela primeira vez o homem repara que o velho não é apenas um mestre de obras de construção civil para aqueles dois jovens, mas alguém que tem autoridade sobre eles, que lhes serve de guia, de pai...

Obrigado, senhor.

O homem cumprimenta o velho com reverência.

O Senhor está no céu.

Verdade. Glória a Deus! Tenho um problema: preciso de ajuda para carregar o material de construção para dentro do meu terreno.

Às vezes o mistério do Senhor provê a solução. Quem sabe?

O homem, um pouco como se fosse um mal-entendido sobre quem é o "Senhor" ao qual se refere o mestre de obras, um pouco para se aproveitar do que tem à mão, torna a pegar a carteira de dinheiro para resolver uma situação da vida. Abre. Há uma nota de cinquenta e três de vinte ali dentro. E logo o homem volta a ser mesquinho — se arrepende de deixar os outros verem o quanto de dinheiro tem.

É pouco, mas é suado. E vai faltar, pelo jeito...

Sente um frio na espinha, o amargor deste lado. Lembra das contas que chegaram, das que chegam hoje e das que chegarão amanhã cedo, e depois...

Isto é certo como dois e dois são quatro.

O nosso homem prefere, neste momento, esquecer a verdade matemática da prudência. E oferece uma nota de vinte para cada um dos dois homens, os fortes, e, ao chefe obeso e combalido, a nota de cinquenta, como a dizer: *eu te reverencio.*

Os dois homens mais jovens, no auge de suas forças e perspectivas, entreolham-se por um instante e pegam o dinheiro com extrema avidez, convencidos de que têm bastante com o que gastar neste momento histórico de prosperidade.

O velho, no entanto, recusa de forma peremptória a nota. Cheio de placidez ele se volta para os dois assistentes — seus discípulos, por assim dizer —, dando-lhes o seguinte ensinamento espiritual, ao estilo dos grandes mestres do pensamento cristão em todos os tempos: *nós vamos "fazer um favor" para este homem, e isto não se paga. Vocês entendem o que eu digo, rapazes?*

Tocados pela sabedoria desse mestre de construção, e ao mesmo tempo cheios de ódio — pois dinheiro é o que mais lhes faz falta na vida, mais do que amor, mais do que saúde ou amizade —, eles, os assistentes, recolocam as notas na mão do homem.

Velho de merda.

Como é, filho?

Nada, senhor.

Obrigado!

O cliente fica muito satisfeito de saber que há *aquele tipo de funcionário* entre eles. E insiste: *podem ficar...*

Mas o velho impõe a sua vontade: *cada um conforme a sua obrigação, mas, antes de tudo, a dignidade!*

Deus o abençoe.

Em seguida, num gesto interpretado pelo nosso homem como "exemplo de humildade e resignação", o mestre reúne os documentos dele aos de sua equipe e os oferece ao cliente, ao proprietário: *para o senhor dar busca na polícia, se achar necessário. Afinal, nós vamos ficar entrando e saindo da sua casa, de hoje em diante...*

Eu jamais imaginaria!

O homem de que trata este relato está satisfeito. E atrasado. Os assistentes entendem agora que vão ter que trabalhar pela diária oficial da empresa, e começam a descarregar as mercadorias, contrariados. O homem nota. E ajuda algum tempo, carregando o que há de mais pesado. Mas é pouco. E poucas vezes. Logo ele está tossindo, sem fôlego para um saco de cimento, sujo dessa poeira contagiante e a cada segundo mais e mais preocupado com o seu próprio emprego...

Com licença, eu tenho trabalho, eu tenho trabalho...

Não é uma frase feliz de se repetir diante daqueles homens que já estão, a bem dizer, a sua maneira, se desdobrando (trabalhando) na construção de sua piscina... Aliás, os humilha.

Cria diferença entre uma coisa e outra coisa.

Desgraçado!

Desculpe?

Eu disse que o dia está lindo.

Na rua as pessoas recém-amanhecidas passam com pressa, já desarrumadas, desleixadas, despenteadas, atrasadas também, e perscrutam com inveja e raiva aqueles que ainda estão em casa, cuidando de reforma...

De uma piscina?!

Frescura do caralho!

Os vizinhos e suas mulheres e seus filhos e seus cachorros e seus carros atrás das garagens atrás das cortinas atrás das janelas atrás das portas pelos fundos do quintal...

Eu também tenho direito, porra!

O homem brada para dentro de si mesmo. É um brado cavernoso. E inócuo para se defender desses maus-olhados, eles sim sinais claros, poderosos, ostensivos... E se avolumando a cada etapa do trabalho.

Assistem de camarote! Invejosos de merda.

Mas o que esse filho da puta vai fazer no quintal dele?

Não sei, eu também quero.

Os cachorros em geral latem por ignorância, mas este cachorro magro e doente em particular, que late inconsolável no fundo do quintal, entende o que vai acontecer.

Tempo parado é dinheiro queimado!

Assim que os ajudantes livram o acesso de sua garagem, o homem proprietário se sente livre para entrar em seu carro financiado, abandonar o seu bairro planejado à maior velocidade possível e rumar para o outro lado da cidade, para a indústria metalúrgica que ele também chama de "sua", mas apenas como é de hábito nesta cultura: eufemisticamente.

Podem ligar a minha máquina que eu já estou chegando!

37. Medicina social II

SEM ALTERNATIVA EM sua própria casa ou na escola paga para diminuir as dores físicas, mentais e emocionais, preferindo sempre o conselho de estranhos àqueles dos seus, resta ao menino, ao aluno, provavelmente futuro operário, resta a ele uma consulta no posto de saúde da sub-região do Bairro Novo.

TV de boa marca!

Produto de licitação polêmica, os diversos televisores de plasma distribuídos pelos postos de saúde da cidade deram novo alento às campanhas do governo, atraindo grande público. São muitos os pagadores de impostos que vão até lá para assistir jogos de futebol ao vivo, programas de auditório e de telejornalismo.

Trezentos e doze... Trezentos e doze... Trezentos e doze!

Há males para todos os maus gostos, como se vê nas salas de espera e no estacionamento lotado de carros: *identidade, comprovante de endereço, quitação do imposto de renda...*

Esta é a vez do menino, como havia sido, dias antes, da mãe, que ia ali buscar seu estoque de antidepressivos e observar gente em pior estado do que ela.

Trezentos e noventa e cinco... Trezentos e noventa e cinco...

Os funcionários são os mesmos três ou quatro, com os mesmos salários e poucas regalias — pelo menos, há também pouca fiscalização e equipamentos disponíveis para vigiá-los e eles mal olham para os documentos exigidos por lei: *atrás da faixa amarela!*

Os pacientes em melhor estado cochicham com as mãos colocadas diante dos lábios, como se tentassem calar a si próprios, os rostos tomados de ódio e de reverência, de irritação e de covardia, mas que ainda conseguem ouvir e conter os reclamos uns dos outros, iguais, sempre. Os piores nem têm condições de explicar o que sentem.

Quatrocentos e oitenta e seis sou eu!

O menino, o paciente, exibe a caixa torácica inchada para o médico, com um lado masculino e outro lado feminino. Do lado masculino o músculo peitoral é desenvolvido, a aréola rosada de quinze milímetros de diâmetro tem um mamilo mole cravado no centro, pediculado, com quatro milímetros de altura, se tanto.

Ginecomastia clássica.

Do lado feminino a mama salta redonda da pele jovem e resistente com o bico entumecido, a aréola vermelha: *o que me significa isso, doutor?*

O médico sorri como quem sabe do que fala: *Desequilíbrio. É a marca de um desequilíbrio natural entre os hormônios masculinos e femininos, ou equilíbrio excessivo, que seja, já que você é mais um homem, um rapaz, um menino, eu acho, não tenho certeza...*

Nem eu, doutor.

Tem um crucifixo para olhar e se consolar na parede. Sujo, empoeirado. O menino e o médico olham para o Cristo crucificado e não entendem por quê Ele foi o escolhido em meio a tanto sacrifício.

Na sua idade, menino, rapaz, o que acontece com o corpo é uma terrível dádiva do Senhor...

Tem uma foto do presidente para olhar e se consolar na parede. Sujo, empoeirado. O menino e o médico olham para o presidente fotografado e não entendem por que ele foi o eleito em meio a tanto sacrifício.

Nada se cria aqui. Tudo vai se transformar noutra coisa, não necessariamente melhor do que isto que você vê agora — perceberás quando cresceres e fores trabalhar...

A vida de uma pessoa normal já é difícil entre nós, doutor...

O seio regride num semestre.

E se nada acontecer comigo?

Temos, eu e a medicina, alternativas cirúrgicas.

O menino, cabisbaixo como de hábito, lembrou vivamente — num átimo, mas em ricas imagens — das condições de segurança, de saúde e de higiene dos hospitais públicos e privados. Temendo por sua piora, indicando a si mesmo: *o que eu posso fazer para evitar uma coisa como essa?*

Tomar um comprimido de dez miligramas de tamoxifeno todo dia, mas eu não tenho e o laboratório parou de fabricar. Use isto...

O médico (cabisbaixo, envergonhado ele também) entrega ao menino, ao paciente, uma cartela do antidepressivo de patente quebrada pelo último governo, aquele produto químico pelo qual os médicos do Estado recebem atualmente um extra (oficial, em folha) para receitar: *tomar metade de um comprimido às sete horas da manhã, você vai ficar mais ou menos calmo o dia inteiro.*

E esta dor, doutor, esta sensibilidade no peito?

Paciência. Passa. Um semestre voa. O remédio do governo vai ajudar, eu prometo, eu confio. E com isto o médico arranca a cartela de antidepressivos da mão do menino, pega dois comprimidos, enfia na boca dele próprio e engole sem água, dando a consulta por encerrada.

Quatrocentos e oitenta e sete... Quatrocentos e oitenta e sete... Quatrocentos e oitenta e sete, estão me ouvindo?!

38. Segredo velho

O QUE VOCÊ não sabe é que eu me casei nua dos pés pra baixo. Que eu estava descalça diante do pastor no dia da cerimônia. Da nossa cerimônia. Não era capricho meu, ou pobreza, ainda que um sapato daqueles custasse mais caro, e valesse um tanto mais naquela época, eu acho... Não tenho saudade daquilo. Nem faz tanto tempo assim. Era ruim e demorado, também. Mas eu tinha um sapato muito bom quando consegui sair da casa do meu pai para me casar com você, sim, senhor! Era um sapato de salto. Alto. "Do tipo agulha" — estava escrito na caixa. Eu era capaz de desfilar de salto agulha naquela época: vinte, trinta centímetros, meio metro por cima do chão, flutuando nas calçadas, nas passarelas imaginárias, nas estrelas do céu noturno, no espaço infinito! Era "o nosso dia"! — estava escrito no convite. Lembra disso? "Ele e ela convidam para o enlace diante de Deus..." Era o convite do teu, do nosso casamento. Agora me falta equilíbrio pra sapato de salto, me acaba com as pernas, mas diante do templo do Senhor, naquele nosso dia, quando eu desci do carro e tentei firmar o corpo na praça de paralelepípedos da Vila

Prudente, o pé de apoio, o direito, ele me escorregou dentro do sapato e o sapato desgovernado acabou caindo no intervalo entre as pedras. Que azar, meu Deus!, eu gritava aqui dentro. Não sei o que eles punham no meio daquelas pedras. Eram todas muito bem cortadas e alinhadas sobre a terra... Isso não pode estar acontecendo comigo, pensei desconsolada, e orei. Depois pensei que não adiantava ficar pensando no meu azar específico. Então virei, puxei, esperei um pouco pra esfriar, virei e puxei de novo, forcei com jeito e com ódio. E sempre orando, e sempre pedindo: "Meu Deus do céu, me tira daqui, meu Deus do céu, me tira daqui!" E nada de pai nem de filho me acudirem. Não havia um santo homem que me tirasse daquela situação e eu tirei o pé direito do sapato preso. Depois tirei o outro do outro. E chutei o sapato preso. Ele cedeu, coitado. Quebrou. O salto ficou enterrado. Não podia calçar os sapatos de novo, voltar atrás, manca eu não ia me casar e ponto final. Não podia ser bom, não é mesmo? Era lusco-fusco de sábado e tinha as luzes de mercúrio dos postes e alguém soltou fogos de artifício e achavam que eu estava nervosa, andando de um lado pra outro, quando eu só queria me livrar dos sapatos e me casar. Chutei um sapato e depois outro na direção da sarjeta — então foi como se Deus obrasse, e a boca de lobo, negra, engoliu logo o par. O salto morto deve estar entre as pedras até hoje. Passei por toda a nossa cerimônia sentindo um frio me subindo pelas pernas. O chão do templo era gelado, a pedra do piso me queimava a sola dos pés. Casei mexendo o corpo de um lado pro outro, de um lado pro outro, como se ninasse uma criança invisível. Pensaram que eu fosse doente, mas era só pra me esquentar. Eu tremia de frio e de medo, com isso e aquilo, porque eu sabia que alguma coisa minha estava se perdendo, morrendo inteira, e agora, depois do gozo da concepção, eu ia conhecer o sofrimento de inchar, de parir, de amamentar, ensinar a andar, a falar, a limpar a bunda... — tem que aprender tudo isso, meu Deus?!, eu perguntava desesperada. Lembra? E outra vez nada de alguém me responder. Nem você. A gente é muito ignorante quando casa... Naquele nosso dia, noite, eu já havia pisado na sujeira da praça, do templo, da rua e do carro, quando voltamos pra casa. Depois eu ainda sujei os pés andando por dentro de casa, andei de cima a baixo, porque era a minha casa também. Quando eu me deitei com você naquela noite, eu tinha sujeira pelos joelhos e você nem viu.

Vaca porca puta!

Como disse?

Eu disse "amanhã vai ser outro dia".

Eu sei...

E o menino?

Não tenho a menor ideia.

Nem eu.

Fica com Deus.

39. Propaganda enganosa

ANIMAL: CACHORRO.

Categoria: sem raça definida.

Subcategoria: macho.

Olá, amigos! O meu nome é Thor! Vejam a minha força! Adoro brincar, sou muito carinhoso e bem-comportado: faço minhas necessidades em areia, jornais e não fico pulando ou me esfregando na perna das pessoas. Meu jeito é manso, dócil e fofo. Vacinado, vermifugado e castrado, me dou muito bem com crianças, idosos e outros animais. Tenho porte médio e por alguns pequenos problemas aqui em casa preciso de um novo lar, com quintal grande e cercado, onde possa correr solto e gastar minha energia positiva, sem ficar exposto aos perigos da rua. Prometo ser amigo e cuidar da sua casa enquanto viver, se você me quiser! Você gostou de mim? Não quer ser meu dono? Por que não me adota? Venha me buscar, me dê um lugar maior e melhor: o seu lugar!

O carro anda e para — ele cola. Anda e para e cola, anda e para de novo — ele cola (as pernas doem/as mãos ardem).

Olá, amigos! O meu nome é Thor! Vejam a minha força...

A foto do cachorro na mão do homem, vista no capítulo trinta e cinco, foi tirada pela mulher há três anos, na festa de aniversário do menino. Ele estava no quintal dos fundos, as patas e a coluna eram menos arqueadas, tinha mais pelos nas costas e menos feridas na pele, por baixo, no pênis e na barriga, então — mas é no olhar que a evidência do passado mais remoto ficou registrada. Ali ainda tinha o olho claro, aquele globo cristalino de animal que tem saúde, e não este embaçado e leitoso do jeito que está agora, como se a vida não tivesse vergonha de se esvair da cara dele, na nossa cara.

Se não pensar até que não é feio.

Se não pensar fosse simples. Se o tempo tivesse parado naquilo. Cuidado: nada é o que parece nas fotografias...

Nem o tempo.

Por falar nisso, foi a pretexto de chegar depressa à repetição de todo dia que o nosso homem tirou o carro financiado da garagem (neste momento a prestação já está trinta dias atrasada), e apenas para ficar no mesmo lugar.

O meu nome é Thor! Vejam a minha força...

Ele quer seguir com seus cartazes e suas necessidades Bairro Novo adentro, mas é cedo e todos os moradores querem mais é sair dali o quanto antes.

Eu vou, eu vou — trabalhar agora eu vou — eu vou eu vou eu vou — fugir daqui eu vou! Cantam os habitantes como se fosse um hino religioso (sempre por dentro de suas caixas torácicas), enquanto o dono da piscina que se avizinha e do cachorro que perde espaço circula obrigatória e pacientemente ao contrário do relógio biológico local, com sérias dificuldades de movimento, engolido pelo excesso de veículos iguais ao seu do outro lado, obrigado a fazer uma série de manobras cansativas, fora da ordem das coisas. Ainda agora são inúmeros os motoristas moradores atrasados que estão retirando seus veículos idênticos das garagens, muitos dos idênticos portões ainda estão sendo fechados pelas esposas (ou por algum empregado que ali esteja), os motores — 1.000 ou 1.400 cilindradas — acelerados ao mesmo tempo, e indo, como sempre, em direção ao mesmo lugar distante e afunilado, provocando barulho e caos urbano, desde ali, desde casa...

Sai da frente, retardado!

O que disse, vizinho?

Eu disse dá licença, meu caro!

O carro anda e para — ele cola. Anda e para e ele cola, anda e para de novo — ele cola (as pernas doem/as mãos ardem). As pernas doem de apertar o acelerador e o freio um poste atrás do outro, as mãos ardem porque estão carcomidas pela ação química da cola, mas o homem não desiste de afixar tudo muito bem e à altura do olhar dos que passeiam solitários ou com cachorros, ou dos que estão de cabeça erguida simplesmente, e sejam capazes de ler um anúncio. Os postes mais sujos de urina são os preferidos, ali o homem cola o drama do seu cachorro, na esperança de que os outros se compadeçam dele.

O carro anda e para — ele cola. Anda e para e ele cola, anda e para de novo — ele cola (as pernas doem/as mãos ardem). Como os postes que se sucedem, é incrível a semelhança do que se vê em todas as casas: os uniformes (macacões e capas) fantasmagóricos revirados pelo vento no fundo dos quintais, os mesmos eletrodomésticos enfileirados nas pias de aglomerado de mármore, as bíblias abertas nos mesmos salmos (entre dezenove e vinte e três), a churrasqueira coberta e suja da última vez, o freezer desligado por falta de manutenção, os mesmos programas de rádio e de televisão e de computador, os velhos brinquedos inteligentes jogados na garagem, atropelados mais de uma vez.

Vejam a minha força...

Vejam a minha força...

Vejam a minha força...

O senhor me dá licença de colar este cartaz aqui no seu estabelecimento?

O homem, o interessado, é todo bons modos quando entra no bar da região, frequentado por todo tipo de gente, dali e de fora. Trouxe a fita adesiva, aquela com o cortador embutido, para facilitar. As mãos em carne viva agradecem o cuidado. O comerciante, os marginais e os clientes amargurados dos dois lados do balcão, curvados sobre os copos de café com cachaça superadoçados, pães fritos supergordurosos e salgados, dão de ombros. O homem de que trata este relato, obediente, cola o cartaz na parede. Demora uma eternidade, observado por todos os que ainda enxergam.

E nada...

Exceto por um deles, que não disfarça a pinga que bebe com café preto: *beberia veneno pior, se destilassem.*

Gostaria de cachorro?

Não.

O homem põe um sorriso amarelo no rosto, tenta dividir a sua hipocrisia com os demais: *mas todo mundo gosta de cachorro!*

Se assim é, por que o amigo está oferecendo o seu animal no pior lugar do Bairro Novo, aos vizinhos desempregados, desenganados e aos marginais que sobram aqui desde cedo?

Fale por si, bêbado desgraçado! Soa uma voz na escuridão. O sorriso postiço do nosso homem se solta, cai no chão, espatifa-se. Quando ele abaixa para pegar, vê um revólver na cintura daquele a quem todos os outros alcoolizados chamam de bêbado. O lugar é mal frequentado, ele sabe. Por isso e por aquilo, o nosso homem, o dono e responsável, em última instância pela vida do cachorro, conta outra de suas mentiras covardes: *é de um parente. O senhor não quer ficar com ele, para companhia?*

Minha mulher me abandonou por causa de um labrador de pelo negro. Ele dava tudo que ela necessitava para viver. Até aquilo, entende?

Deus a perdoe!

Meu cão me traiu. Eu odeio todos eles.

Você não passa de um velho corno, essa é que é a verdade. Bêbado e corno e bêbado de novo.

Como?

Eu disse: lamento, senhor.

Escute bem: é mais fácil doar uma pessoa do que um cão nestes nossos tempos.

Ao contrário do que seria recomendável na situação de quem precisa da generosidade dos outros, com medo do que possa acontecer entre os homens alcoolizados, o bêbado e sua arma, o homem, o proprietário do animal, não deixa crescer mais nada dessa conversa e, assustado (sem dar as costas), sai catando os cacos do sorriso espatifado que ainda estavam pelo chão.

Com licença! Bons dias! Preciso ir trabalhar! Desculpem! Obrigado pela atenção!

E por menos que ele queira, à porta, o homem de que trata este relato ainda ouve o bêbado (não é um conselho, é um vaticínio): *esqueça-se do mundo como você o conhecia, irmão. Os cães são mais importantes do que os donos agora.*

40. Todos os quintais são iguais

O CÃO ROSNA para a sombra ameaçadora da marreta, em pé, na parede dos fundos. Tem cheiro triste (óleo quarenta, suor, areia de mangue), que não se pode lamber, parece. Coisa de lugar distante. De pessoa estranha à casa da família: *meu quintal vai acabar, os velhos cheiros familiares vão acabar, haverá novos cheiros estranhos e outras familiaridades.*

O bicho está sentado no colo do menino. Um transfere as suas próprias feridas para o corpo do outro. O menino rosna para o quintal vazio: *meu quintal vai acabar, minha tolerância vai acabar, e acabar a minha juventude. O que é que vai sobrar?*

A mulher rosna para a geladeira e o fogão virados de costas, postos de castigo por causa da obra, e para a máquina de lavar, desabrigada do puxadinho do quintal, deslocada ali dentro da cozinha: *coitada.*

Isso vai me atrapalhar, vai me cansar, vai foder a minha vida! Perdão, Senhor.

A diarista rosna para o que vai se quebrar, para a destruição que a construção vai trazer e para o serviço que vai sobrar: *claro que é comigo!* A diarista imagina a sujeira em suspensão no ar. O seu repouso: a sujeira que fica depositada nos vãos e intervalos das coisas. Tudo se impregnando daquela crosta. Uma casca dura e grossa que envolve os móveis, as comidas na pia e as roupas dentro dos guarda-roupas. E todo um conjunto de problemas que vai se instalar: montes de areia, pilhas de tijolos, caçambas de entulho. Daquele dia até o fim dos tempos. E os piores dias de todos os tempos, sempre no seu dia de diarista.

Por que só acontece comigo, Senhor? O que eu tenho de tão especial? Que dívida eu estou pagando? De que encarnação?

O Senhor não responde. A imaginação — muito pior do que a realidade — cai no vazio de sua ignorância. Ela está de volta ao tempo presente. E ao que ainda precisa limpar até ir embora de novo, hoje mesmo, agora à tarde. E rosna outra vez. E guincha, arrepiada, mas tudo muito sutilmente, para não perder a oportunidade do emprego.

Uma piscina, hein, sua vaca?!

O que disse, retardada?

Senhora?

Nada. Eu falei: "nada".

O mestre de obras, lá fora, rosna para a planta baixa do arquiteto projetista: *que merda é essa, meu Deus?*

Ninguém responde ao mestre da obra, muito menos os ajudantes, jovens e fortes, rosnando para o sol por cima das suas cabeças, e que vai queimar o couro dos trabalhadores o dia inteiro, já que está livre e desimpedido pelos muros baixos das casas dos vizinhos.

Pra mim podia escurecer agora, levar um bom pé-d'água na cabeça!

O mestre dá uma bofetada e uma lição ao assistente mais velho e preguiçoso: *não seja burro: se chover demora mais para entregar o serviço, idiota, e tudo pelo mesmo dinheiro que vocês, trouxas, vão receber só quando acabar...*

Os dois rapazes fortes entendem de imediato a lógica deste assunto e reconhecem a sabedoria do velho. A tática psicológica empregada pelo mestre da obra — agora se entende — é eficaz: os jovens, inexperientes, conduzidos, voltam-se — com felicidade até, e alguma raiva, mas volúpia também — contra o quintal aos seus pés. As marretas são tomadas das paredes e erguidas para fazer sombra nos olhos deles, para que os trabalhadores possam enxergar melhor o que acertar.

Agora é com vocês, entendido?

Sim, senhor.

A um sinal do mestre, os seus homens as deixam cair. Batem e voltam. Tornam a erguer e a bater. Batem muito e com gosto. Agridem sem piedade a membrana do terreno. A vontade de quebrar é tamanha e bastante represada naqueles dois, que, fortes como são, incisivos quando querem, marretam com a inteligência que têm — a dos músculos, atacando sincopadamente o chão num jogo teatral, harmônico, de perfeita parceria, feito máquinas de arrasar, trincando, rachando e fragmentando o chão sem pausa. Nuvens e nuvens de poeira tóxica se formam e logo vem a chuva de estilhaços, aguda, ácida, sobre os moradores e os vizinhos que bisbilhotam a mesma cena.

Rinc! Rinc! Rinc!

Ai! Ai! Ai!

Mas ninguém se mexe.

Se a gente se mexe, acontece alguma coisa...

Verdade, mas para o menino que está ali sentado e quieto, contrariado por não saber ou ter o que fazer, tudo está ficando ruim — e tende a piorar, sem aquele chão de cimento seguro para percorrer com os brinquedos, com o cachorro, com o medo de crescer e se responsabilizar por aquilo que fizer...

Ficar pequeno é uma bosta; crescer é uma merda ainda maior: eis a questão.

Para os ajudantes, no entanto, aquele não é um momento de dúvida, mas de alívio, e consolo.

Mete a marreta!

Os estilhaços dessa pancadaria, atingindo um aqui, outro lá, fazem cócegas quando batem na pele das pessoas. O menino mal-encarado se coça e ri. Sua mãe ri porque se contamina com o riso do filho, apesar do seu desconsolo e do remédio, e ri a diarista, apesar do que pressente, enquanto o mestre se protege e ri do mesmo jeito que um velho, sacudindo o corpo gordo e precário, apoiado no joelho quebrado, lacrimejando e tossindo ao mesmo tempo, numa confusão de memórias e sentimentos...

Se eu tivesse quarenta anos a menos...

Os ajudantes, que o acompanham em quase tudo, batem e arremetem com fúria, gargalham enquanto eclodem os estilhaços em cascatas prateadas à luz do sol, que pinicam e fazem rir de novo, num círculo perfeito.

Thor, amor!

Até mesmo o cachorro da família, de destino ainda incerto neste momento, gosta dessa folia concentrada e, apesar de ver seu espaço tragado por um buraco violento, ri com o rabo e late entusiasmado como há muito não fazia.

Quieto, agora!

Todos obedecem à ordem dada para o cachorro. Ao cair da tarde no quintal destruído, eles se comovem.

Chega a ser bonito.

Foi vencida a película de cimento. Tudo está devidamente massacrado e revolvido. À superfície, entre as pedras do entulho, brota a terra que esteve escondida. É uma terra roxa, misturada com lixo, úmida e escura como beterraba, mais escura do que se espera de um punhado de terra na mão...

E fede! Deus, como fede! O que o senhor fez aqui?

O cachorro coloca o focinho no chão, engasga e espirra. A diarista avança no meio de todos e se abaixa para ver. Na hora em que consegue pegar, o que é difícil, a terra, escorregadia, escapa entre os seus dedos, como pasta.

Cor de sangue pisado.

O menino volta a se lembrar de que sua vida é infeliz (é mesmo, com toda a ignorância e a inexperiência), que ele ainda não tem a menor ideia do que fazer para melhorar, e vira o rosto para o outro lado. O que ele vê: em toda a redondeza, nos quintais, nos carros financiados estacionados nas ruas de cima e de baixo, nas janelas dos quartos e das salas, nas portas das casas e da cozinha, em toda parte, as famílias financiadas de vizinhos estão de olhos bem abertos para qualquer incoerência, incomodados com a agitação que emana da casa do homem de que trata este relato, com o barulho e com aquele cheiro que a obra exala, mas um tanto mais atentos e perturbados pelas diferenças que podem surgir entre as casas do conjunto, feitas para serem incômodas para todos, indistintamente.

Quem estes aí pensam que não são?

Por fim, como o sacrifício de um bicho ultrapassado, as quatro patas do velho puxadinho (cobertura da máquina de lavar cuja prestação também não está mais em dia) são derrubadas a golpes de machado.

Playboys estúpidos!

Eu também quero!

O quintal original já não existe para todos os curiosos e invejosos que querem ver: *bem que eles disseram: "a sua vida nunca mais será a mesma".*

O menino, saudoso, beija o cão. O cão, assustado, agradece o conforto daquilo e lambe de volta a boca do menino. Os vizinhos voltam para casa, cheios de inveja e repugnância. A marreta torna-se inútil, comprimindo a terra fofa. A diarista desaparece dentro da sala (dos móveis: lustrar). A mulher desaparece dentro do quarto (dos remédios: dormir). Os trabalhadores dentro do trabalho (de ratos: escavar). O menino vai para a escola sombria: *bem feito, estudar!*

41. Aviso de saúde

SENHORES RESPONSÁVEIS: FOI constatada ocorrência de piolho num integrante da sétima série do ensino fundamental e por isso pedimos a colaboração de todos os amigos da educação, no sentido de manter estes seres longe de nossas casas e das cabeças de nossos jovens. O educando em questão, flagrado numa inspeção de rotina, já se encontra afastado das atividades escolares e sob tratamento especializado, orientado pelo governo. Os pediculus humanus capitis *passam de uma pessoa a outra sem maiores restrições (através de bonés e toucas emprestadas, cumprimentos efusivos etc.) e afligem crianças e adultos sem distinção de raça, cor ou credo. Esses parasitas sugadores pertencem à ordem dos* phthiraptera anoplura *e se encastelam no couro cabeludo, contra o qual investem na busca de capilares subcutâneos, alimentando-se de nosso próprio sangue. Provocam coceira, incomunicabilidade e esse permanente déficit de atenção no corpo discente. Tal contágio, no entanto, só pode ser combatido na intimidade dos lares. É urgente examinar com extremo rigor a cabeça de nossos filhos e filhas. Notando algo estranho em seu comportamento, tome-lhes cada fio de cabelo em separado, para identificar-lhes a possível presença de lêndeas (ovas frescas que se grudam à raiz do cabelo), que devem ser espremidas com as unhas até o completo esmagamento. Se a praga for detectada, proceda de acordo com o protocolo do SNS — Serviço Nacional de Saúde: unte muito bem o cabelo contaminado com produto de consistência pastosa ou oleaginosa (banha de porco, vaselina, bálsamo condicionador, óleo de soja, ou azeite de oliva), visando a restringir as rotas de fuga e os movimentos do animal, bem como impedir-lhe a respiração pela obstrução dos espiráculos. O pente-fino é considerado a principal ferramenta no combate à pediculose e a nossa indústria farmacêutica tem desenvolvido uma vasta gama de modelos e padrões de dentição. Para F. Maulder (1958), "o bom uso do pente invariavelmente provoca a perda de uma pata do inseto, o que lhe é fatal". Enquanto que para C. Gray (1983), a penteação, "mesmo com pentes comuns", é a melhor medida profilática contra a moléstia. Os pentes em forma de ancinho permitem um menor tempo médio de penteação e maior efetividade no arrasto de ovas, ninfas e espécimes maduros. S. Pollack e seus colaboradores, no entanto, nos lembram (2013) que a eficiência da penteação dependerá sempre da textura do cabelo, da técnica e do tempo empregados neste processo. Por tudo isso, penteie com rigor e método, utilizando de maneira firme e incisiva as hastes do pente, por toda a extensão do cabelo. Depois que o cabelo tiver sido tratado, o resto de lubrificante poderá ser removido, mediante xampu ou sabonete. Outro agente físico importante no controle de piolhos é o calor. Para os adultos e as ninfas, a temperatura dos secadores de cabelo disponíveis no mercado costuma ser letal, mas nos ovos a morte pode não ocorrer, provocando, ao contrário, sua eclosão antecipada e virulenta. Assim, todo cuidado é pouco e toda diligência necessária. Cientes do incômodo provocado pela presença de piolhos entre nós e da facilidade de sua disseminação no ambiente escolar, contamos com a sua eterna vigilância e pronta ação. Fio por fio, mecha por mecha, cabeça por cabeça! Até a destruição total! Pela atenção, obrigado.*

42. Contrapropaganda

O ALUNO, O menino, foi convidado a se retirar da escola após uma ocorrência de caráter disciplinar pouco (ou mal) explicada no banheiro das meninas — usualmente menos promíscuo e violento que o banheiro masculino: *sou homem, não sou, meu Deus?*

Deus não responde, coitado. Na rua, a criança parece um tanto aliviada, como quem sai com indulto de uma prisão, mas, por outro lado, sabe que vai ter que voltar para lá no outro dia, e no seguinte; que agora ainda é cedo e, no entanto, o dia já está acabado.

Saco.

O menino, o filho, o rapaz, ele dá várias voltas num mesmo quarteirão, como um ponteiro de relógio, como os eixos de um torno. Ele caminha *tic-tac* em zigue-zague pelas mesmas ruas só para aumentar o tempo que fica longe de casa. Como se sabe: na fábrica o relógio anda para trás, na escola o relógio não anda e em casa o relógio anda para o lado.

Deus me livre!

Esta invocação em nada muda a vida do menino neste instante. O país está crente de que vai dormir mais rico do que ontem, e que amanhã...

Eu sei: "amanhã é melhor nem pensar".

O menino vê vitrines vazias, empresas de financiamento e crediário lotadas, olhares com um olho satisfeito e o outro cheio de vontade, esperanças meio tristes meio geladas estampadas nos rostos, o consolo depositado em ventiladores e fornos de micro-ondas.

É aquilo um homem?

Era. Mas o menino, o aluno, o prisioneiro desta merda toda também está preocupado com o seu crânio em transformação, com a sua voz em transformação, com as suas glândulas em transformação, timbres graves, sensações e inchaços aqui e ali, enfim... Não é fácil.

Deve ter um remédio pra isso.

Nada muda na escola, mas a vizinhança, estagnada, envelhece, a cidade descasca e apodrece, o país próspero como nunca esteve antes trabalha bastante e de cabeça baixa, não precisa enxergar o que se passa.

Deus é fiel, e nacional!

A máxima filosófica característica desta época será aquela da indústria química: nada se cria, tudo se transforma.

O lugar da infância já não existe e o da idade adulta ainda não se conformou.

Foda-se!

Quanto ao menino, ao rapaz, ao aluno, este permanente exercício de observação não leva a qualquer *insight*, experiência ou sabedoria, mas a uma compreensão de que não tem a menor ideia do que está acontecendo, um estado de nulidade verdadeiramente consciente. De cima a baixo. Vertical.

Eu sei que nada sei.

A ciência religiosa e de vocação moralista praticada nas escolas públicas e privadas não lhe chamou a atenção para os traços inteligíveis, belos e mágicos da natureza; a história e a geografia vendidas nos livros do governo não ganharam seu interesse para a causa da civilização e da realidade; a língua pátria, reformada para reforçar o intraduzível, se orgulha daquilo que já não pode, não quer ou consegue dizer, e o mais curioso disso tudo é a matemática, que ele decorou e não se mostra útil para nada, pois na cultura dos banheiros escolares a matemática tende a ser obscura, metafísica, maçônica, traidora, golpista, os números racionais desaparecem rapidamente dos cálculos, acovardados e humilhados com os resultados imorais a que chegam: *sempre sobra esse resto... Esse sentimento...*

A CET — Companhia de Engenharia de Trânsito — não dá conta de retirar as carcaças de ônibus incendiadas noite após noite, quando falta energia: *temos medo do escuro, eu acho...*

Ficam ali fumegantes, mutiladas: *chega a ser bonito.*

Os cheiros familiares e sufocantes vão tornando-se cada vez mais conhecidos à medida que ele, o menino, o filho, se aproxima de casa.

Pólvora, suor, gasolina, plástico bolha, papelão...

E quanto mais ele se aproxima de casa, mais desconfiado de ameaças e agressões ele fica: *os inimigos a gente conhece, os amigos...*

É no final desta tarde em que foi tangido da escola para a rua que o aluno pode ler e reconhecer a letra e o telefone do seu pai nos cartazes afixados pelos postes e no comércio do Bairro Novo. O menino, o filho rebelde, em represália, os arranca, os cartazes, um a um — surpreendendo até mesmo os comerciantes e consumidores que mais amam os cachorros com a rapidez com que encontraram um novo lar: *eu vi o seu pai e ele nem me falou nada...*

Meu pai é um cuzão.

Como disse, menino?

Eu disse: "obrigado, senhor, mas o Thor já tem onde ficar".

Ah, bom.

43. Primeira advertência

O HOMEM SENTADO espera.

O gerente pediu para esperar esperar esperar.

Outra vez a esta hora do caralho, escolhida a dedo pra me foder a volta pra casa, é uma merda.

Pois não?

Eu disse que aguardo.

O homem espera sentado e, sem alternativa, observa. Espera, observa, espera. Observa até que pensa: *não queria pensar. Queria ir embora agora.*

O homem sentado espera sem querer e assim ele se lembra de velhos castigos em lugares do tipo — entende por um momento que a área administrativa da empresa metalúrgica em que trabalha é vazia de pessoas, distante de qualquer ideia de beleza (preferindo a funcionalidade da engenharia) e triste como os corredores da diretoria de uma escola, pública ou privada, religiosa ou laica, clássica ou profissionalizante...

O que se há de fazer?

É algo diante do qual ele decide que se rende.

Deus nos perdoe: são forças mais fortes do que a gente.

As semelhanças são sempre maiores do que as diferenças nestes prédios deformados pelo uso. E o barulho permanente que reproduzem como um disco riscado — o da produção produção produção ao longe, por exemplo — é como uma contínua algazarra de crianças ignorantes, querendo ir embora para a rua, se livrar daquilo!

Eu também quero!

O mesmo pra mim!

Rinc! Rinc! Rinc!

Essa balbúrdia controlada é tão conhecida dele que os seus ouvidos adultos e de ferramenteiro expostos a altos níveis de ruído simplesmente apagam esse traço, transformam o que é irritante num burburinho suportável. Fica este zumbido, é claro, que também é o zunido continuado da cidade.

Quase me passa por silêncio!

Rinc! Rinc! Rinc!

As paredes de cores claras e ultrabrilhantes (as cores claras para ver a sujeira/as tintas plásticas são as mais baratas de limpar) refletem uma poderosa e ameaçadora luz natural, como sempre. O homem, atingido em cheio por aquilo, sofre outra vez: *não, tudo bem, eu estou acostumado.*

Por falar em limpar...

Para piorar, o cheiro antisséptico dos produtos químicos aspergidos em quantidade pelo chão: *tudo é limpo, muito limpo, limpo limpo limpo — dá até medo!*

Penduradas por ali, caixas de vidro organizadas por "departamento", com avisos colados ou grampeados de acordo com a ordem de importância. De um lado para o outro, de cima para baixo. Os mais importantes: avisos da administração, colados ao fundo, com toda a força. Os outros (campanhas educativas e publicitárias do governo, tabelas de imposto de renda e das taxas de juros para o crédito subsidiado) foram grampeados, e mal, têm grossas e pontudas orelhas. Vão cair ainda este mês, antes de precisarem ser retirados. O homem tem dificuldade para ler e decorar os documentos necessários para isso e aquilo.

Não é por nada.

Quando se abaixa, sente um cheiro ruim. Vem do corpo dele próprio, mas não combina com o lugar. Ele se sente fraco diante da limpeza e da ordem.

Não há o que temer, talvez.

Saiu direto da sua máquina preferida para atender ao chamado de Recursos Humanos e agora ele espera um gerentinho por tão enorme tempo que poderia ter deixado seu posto em ordem, zerado a máquina, lavado as ferramentas e o rosto, por exemplo, tomado um bom banho, podia ter feito a barba, quem sabe, otimizado seu tempo, se perfumado um pouco, por que não, e partido logo, se adiantando aos outros semelhantes, todos cansados demais (àquela altura ainda aprisionados em seus carros, por certo), mas voltando para casa, pelo menos.

Porr...

Querendo por tudo daquele mundo voltar ao lar, o homem de que trata este relato ainda acredita que a casa do Bairro Novo é, pelo momento, a melhor representação da segurança do trabalhador nacional. Ele, a mulher, o menino e a casa são o melhor lugar para investir o que tem.

Graças a Deus.

Mas ali, como ele sabe melhor do que ninguém, o nosso homem está em outro mundo, com hábitos, cultura e manias próprias, de regulamentos para sapatos, meias, camisas, ternos e gravatas, cujos significados das combinações de cores, tamanhos e dobraduras permanecia uma língua estrangeira para um simples operário (mesmo qualificado como um ferramenteiro sênior), condicionado às regras hierárquicas (por golas, macacões e capas) da linha de produção, todas muito simples e com a clareza objetiva do chão da fábrica.

O que significa isso?

Nada se mexe. Nem o vento concede com as cortinas. Nem o ar-condicionado refresca aquele lado do edifício, queimado a tarde inteira pelo sol.

Não passo nada bem, mas não posso passar mal.

O homem sente de novo o mau agouro daquele gosto amargo na boca do estômago, ergue um pouco o pescoço que permanecia curvado sobre o peito, naquela posição submissa de quem quer se mostrar confortável. Cheira-se de novo. Na porta do outro lado do corredor, apenas as letras R e H. A hora marcada já passou há muito.

Foi o seu próprio gerente que me chamou!

Ele pediu para esperar esperar esperar.

Outra vez, como se o meu tempo fosse bosta?

Pois não?

Eu disse que aguardo.

Demora. Muito. Ainda demora de novo mais e mais. Tudo parece empenhado em mostrar que o tempo é mesmo curto, precioso, e que os seus verdadeiros donos são outros: *quem são estes filhos da puta, realmente?*

Como disse?

É muito agradável aqui, foi o que eu disse.

Em nome da saúde psicológica que ele acredita que lhe resta e da religião que o aconselha desde sempre, o homem se resigna: *se a gente for ficar nervoso por tudo quanto é humilhado, não é mesmo?*

E só quando ele se distrai a ponto de se espreguiçar que a porta a sua frente se abre. Ele se retesa, assustado como antes. Pinça um nervo: *doem minhas costas.*

Para isso nós temos o serviço médico, com o que o senhor colabora.

É certo, mas não é amistoso. O homem se ergue e a funcionária lhe dá passagem. Não é para ser amistoso. Nada os atrai. Ele e ela leem os nomes um do outro nos crachás de cores e tamanhos diferentes.

O meu gerente vai te receber agora.

A funcionária diz o que diz com firmeza — ou empáfia, quem sabe —, sem esconder que é daquele ambiente, que está informada sobre aquilo de que se trata, e mais do que isso, que o homem deste relato jamais estaria ali sem ser chamado por "eles" (ela e ele, seu gerente, e todo o pessoal administrativo), que ele, o operário (mesmo com sua capa cinzenta), não pode tudo naquele mundo, que tal mundo ali dentro, apesar de tudo o que lhe disseram lá fora, funciona melhor para uns, mas não funciona direito para os demais.

Não é justo!

Como?

Nada, desculpe.

O operário, uniformizado, é conduzido pela funcionária à paisana (mas de vestido, não de calça, como outras que passam), em meio aos escritórios em que paredes não chegam ao teto e a rede dos equipamentos não chega às janelas, tudo para evitar a dispersão dos empregados daquela área.

Temos que nos manter alerta, em observação constante.

Graças a Deus! Senão...

No final do corredor de paredes grossas, por trás de mais uma secretária, atrás de uma porta com três fechaduras, num escritório de vidro com uma placa inscrita "gerente", um homem com crachá de gerente o recebe sentado.

Não vou levantar por um desses.

Como disse, senhor gerente?

Sente-se. Eu disse: sente-se.

A parte de cima dos arquivos de metal está tomada pela fúria das plantas. As plantas estão cheias de folhas, as folhas borbulham em vidros de azeitona desinfetados, escorrem pelos lados dos arquivos de metal e pelas paredes de vidro até o chão. Não são plantas medicinais. São plantas raquíticas, duras e retorcidas. Mal servem de enfeite. O homem repara que o gerente usa mangas curtas e folgadas, com um relógio agarrado no pulso e a gravata muito bem apertada no pescoço.

Um bosta...

O gerente se volta para o lado e, sem vergonha de mostrar que aquele era apenas mais um assunto entre tantos outros, abre e fecha uma a uma as gavetas dos arquivos de metal, mexe aqui e ali em cada uma das gavetas da sua própria mesa, e só então, representando agora "lembrar de algo", ele se ergue outra vez e vai de novo a um arquivo morto que já havia vasculhado, sem sucesso. Dali o gerente tira um envelope aberto. Olha dentro com desprezo (o desprezo da autoridade que cumpre ordens), depois manifesta felicidade sádica e logo entrega o envelope para o nosso homem: é uma carta de advertência.

Mas por que, meu Deus?

Um empregado com o seu tempo de casa já devia saber que abandono do serviço é falta grave!

O homem abre o envelope, olha o papel dentro e puxa pela memória, puxa, puxa, puxa pela memória... *Quem, quando? Eu sei! Não, não sei... Sei!*

Neste segundo, no cineminha de sua cabeça, ele revê a cena em que, displicentemente, confia na má vontade do vigia da portaria, no dia em que o caminhão da Paraíso das Piscinas ficou entalado na entrada do Bairro Novo, por sua causa (conforme capítulo trinta).

Eu tive um problema!

Para resolver deixar a empresa deve ter sido grave, muito grave...

Bem grave, grave mesmo! Responde o nosso homem apressadamente, como se estivesse num jogral em plena área administrativa. E no entanto, com a insegurança de quem trilha erráticos caminhos, mas sempre a via do inferno pessoal e da autodestruição, o operário ferramenteiro, o super-herói deste relato, orgulhoso daquele crachá com seu nome de batismo, mas também invejoso da gravata apertada a esmagar o pescoço do outro, do outro lado, ele, atraído pelo mal mais do que pelo bem, a dizer que tinha saído para solucionar a confusão de tráfego provocada por sua própria piscina, preferiu inventar uma mentira difícil de provar como verdadeira: *foi um problema de saúde do meu filho: ele sofre do coração.*

O homem, o pai da família, ele não diz que já sabe que o seu filho não é cardíaco (ainda que não tenha um diagnóstico fechado para o caso do peito do menino). Até o gerente do R.H. considera saúde de filho um assunto grave na cultura deles, mas insiste: *o senhor tem registrado atrasos, pela manhã. Mais de uma vez.*

Duas!

Duas ou três... Ou seis, eu acho.

Dedo-duro desgraçado.

Como disse?

Disse: senhor está certo, senhor.

O Senhor está no céu.

Amém.

Em seguida, o gerente, de mangas e ideias curtas, acreditando naquilo que ouve de forma ingênua, sem dúvida, torna a pegar o envelope com a tal da advertência (seria a primeira) das mãos do herói de capa cinzenta e lhe dá outra chance de se explicar, que seja. Ele rasga, com empáfia de mandante, o documento da empresa de engenharia que ele mesmo redigiu. Neste momento o homem também entende o que já sabia: que as diferenças permanecem muito grandes entre os homens de terno e gravata como aquele e os uniformizados, como ele próprio.

Traga o atestado médico a que tem direito.

Fica combinado que um documento comprobatório fará tudo aquilo ser esquecido. Este arranjo, embora pareça favorável ao pai do menino, é impossível de ser honrado, pois, de acordo com o presente relato, seu filho ficara doente noutro dia...

Eu converso com o médico, deixa comigo — disse o nosso homem com a mão sobre a carteira de dinheiro (mais uma vez!).

Tenha um bom dia.

O senhor também.

Não era nada disso que queriam dizer um ao outro, é claro, mas logo o homem pode sair e dirigir, ir para sua casa e esquecer, como sempre.

Neste dia ainda por cima atrapalhou um pouco o fato de o veículo oficial de um juiz de direito ter sido explodido diante do fórum, no centro da cidade, e, embora as ferragens ocupassem apenas uma faixa de rolamento, toda a avenida radial fora interrompida por ambulâncias, carros da polícia e de bombeiros. No início da noite o calor ainda emanava fumaça negra da explosão. O ar ficara ainda pior do que se espera naquela hora. Por fim a região entrou em alerta vermelho. Houve demora exasperante para o restabelecimento do tráfego.

44. Balança de pagamentos

A ESCOLA PÚBLICA frequentada pelo homem em seu tempo tinha poucos professores, já eram desvalorizados e preguiçosos (embora ainda fossem insolentes) e era de péssima qualidade como um todo, de maneira que os cálculos matemáticos e financeiros que ele fez com os dados da obra (metragem linear e cúbica X faturas de cartão de crédito e boletos bancários), e que logo lhe soaram muito errados, estavam, na verdade, quase certos: sem que nada de concreto tenha se realizado no terreno dos fundos da casa (o local agora exposto ao ataque do sol e ao ar reprovador dos vizinhos, exalando a fedentina da terra revolvida, a pasta negra e pútrida), sem ter havido o menor usufruto do fundo do quintal por parte da família desde que as obras começaram (pior: apenas transtornos, para a mãe, para o filho, para o cão e até para a diarista — "*pegadas pegadas pegadas*"), embora o devedor não tenha visto qualquer nuance da cor do dinheiro, sua persona (física e jurídica, para todos os efeitos) está devendo exatos cento e vinte por cento a mais do que o saldo original financiado em contrato.

Esta fatura o cão dos infernos não quis engolir?

Não é mágica. Nem milagre. É negócio oficial. Por ter subsídios do governo, o contrato não é mais com a empresa Paraíso das Piscinas em si. O crédito foi transferido para uma companhia financiadora do mercado, devidamente autorizada e fiscalizada pelo governo, que produz empréstimos e cobra em dinheiro, público ou privado, em parcerias em que nada perde, para o socorro dos cidadãos nacionais em dificuldades.

O nosso dinheiro até que é barato, os juros é que são caros...

O diagnóstico é claro para quem tem patrimônio e investimentos, mas não faz sentido para os pobres que investem o que ganham nas prestações dos empréstimos.

Não entendi...

Há mesmo neste relato uma relação perversa e inversamente proporcional entre a dívida do homem, o proprietário da piscina, que cresce rápido, e o aprofundamento — lento, tedioso, insuportável — do leito da construção.

Há vários tipos de solo, que opõem diversas formas de resistência à ação da máquina, ou dos nossos homens, argumenta o mestre da obra — senhor da construção —, que prossegue com sabedoria: *se for do tipo degradado, o trabalho será fácil, como se o chão fosse manteiga derretida, mas se for do tipo rígido, então será um tanto mais difícil de penetrar, como se fosse... Algo duro, aquilo que precisa ser rompido com firmeza. A senhora entende?*

Sim, senhor.

Mas me entende mesmo?

O paradoxo é aparente: quanto mais se afundam no chão, pouco a pouco, com cuidado, mais os dois homens jovens, em plena posse de sua constituição física, aumentam hora a hora, dia a dia a montanha de entulho, de embalagens sujas descartadas e de faturas de cartão de crédito do proprietário, tantas, tão urgentemente impressas, e indigestas, que nem o cão mais faminto do Bairro Novo daria conta de comê-las todas.

Haveremos de vencer as barreiras!

Com a graça de Deus.

Grão por grão, pazada por pazada, caminhão por caminhão. A obra come. O homem trabalha. Enquanto o homem trabalha, a cada segundo do minuto mais inútil dentro da "sua" fábrica corresponde um tanto de terra que é tirada de sua casa pelos funcionários que ele paga.

Eu trabalho para eles aqui e eles lá trabalham para mim.

Grão por grão, pazada por pazada, caminhão por caminhão. O homem não esconde a satisfação de mandar mandar mandar.

Eu sou especial, não?

Sim: aos olhos do governo, por exemplo, o imóvel já se valorizara o suficiente. Em mais uma conta dobrada e espetada às pressas por baixo da porta, lê-se em sombrias letras negras, engarrafadas, que o imposto foi aumentado em trinta e sete por cento, subitamente. A família nem pode desfrutar da piscina pronta, mas paga a piscina potencial, contida nas sacas de areia e de cimento, nas escadas de alumínio, na bomba d'água desmontada, nos azulejos, nos ralos, torneiras e tudo o mais que está guardado nas caixas espalhadas por toda a casa.

O caos parece menos confuso, às vezes.

A mulher fala, mas é o homem quem paga o buraco e o trabalho dos homens que cavam e do mestre que assiste a tudo apoiado no joelho. Ele oscila como um velho marinheiro nesta tarde (é uma dessas tardes nesta parte do mundo em que do nada se forma uma tempestade torrencial).

Trabalhem! Um, dois, três, quatro! — ordena o velho no quintal do Bairro Novo, e do outro lado da cidade (a trinta e cinco quilômetros de uma distância que não se percorre em menos de três horas nos horários de pico) está um homem cansado, mas orgulhoso, o nosso homem, debruçado sobre o "seu" torno Dardino, operando a máquina com as mãos, com os pés, o lombo, a cabeça...

Não passamos de vermes encalhados.

Cavem! Cavem!

45. Primeira advertência II

O CORREDOR É longo, o tédio é profundo e o silêncio assombroso, em nome da funcionalidade. A limpeza recobre todas as coisas, tenta (em vão) transformá-las. O cheiro é o mesmo que tem na casa às vezes (quando vai a diarista); o mesmo do banheiro e da área administrativa da fábrica, da nave do Templo, do asilo do sindicato. Em cima do crucifixo e bem aos olhos de Jesus martirizado, o relógio digital parou.

Eu não tenho esse tempo.

O homem deixou para trás mais um pão mordido com raiva e o café com leite pela metade por causa da pontualidade exigida pela esposa — ela também — e agora ele espera espera espera além da hora marcada...

Mas é a educação do seu filho!

A empresa não quer saber.

O homem também duvida das escolas. Duvida do que fizeram dele, no passado. Duvida que o presente possa ser explicado, de qualquer maneira. E sobre o futuro...

É melhor nem pensar.

Camuflada por trabalhos protocolares, preguiçosos e mal-feitos de alunos de várias séries e idades, uma porta se abre de súbito e dá passagem a uma cabeça que fica pendurada no batente, pelo pescoço: *eu sou a coordenadora pedagógica. Bom dia.*

Tem o colar de pedras enrolado no cordão do crachá e um par de óculos enfiado no cabelo. As pedras batem no crachá e umas nas outras, ficam tilintando com o movimento que ela faz.

Irritante.

O homem também repara que a gola da roupa dela tem uma cor diferente do resto do traje, e responde: *bom dia.*

A mulher indica, no meio do corredor, a porta camuflada: *entrem.*

A porta escondida se amplia numa sala com estantes de enciclopédias ultrapassadas, de livros que nunca foram lidos e que vão morrer burros, com as folhas virgens, coladas. E de arquivos de metal como os dos escritórios da fábrica, com pastas de papelão suspensas em arames, talvez uma pasta para cada aluno matriculado naquele momento, com os relatórios atualizados pelos professores e funcionários, como se aquilo fosse mesmo um arame esticado no pescoço dos jovens: o futuro.

Água gelada?

O pai e a mãe do menino se sentam diante de uma mesa sob cujo tampo de vidro há mais desenhos horríveis, idênticos às ilustrações dos trabalhos no corredor, e citações de poesias modernistas oficiais e letras de música popular contemporânea e gravuras com o ciclo de parasitas: *ou preferem café bem quente?*

Eu quero tudo, os dois. Ela eu não sei...

Nada, estou cheia, obrigada.

A coordenadora pedagógica serve o homem em copos de plástico (100 ml/água; 25 ml/café) do mesmo fornecedor da indústria metalúrgica em que ele trabalha e que, quando necessário (aniversários do menino), compram em sua casa. Isso dá ao nosso homem aquela segurança e empáfia para abordar o que quer que seja sobre a vida escolar do filho. Por fim a coordenadora pedagógica também senta, do lado oposto da mesa, e arremata: *o seu filho... Ele...*

(...)

A coordenadora tem ares de intelectual, mas é lenta de raciocínio. O homem, o pai, o marido, ele fica exasperado de ver seu dia de trabalho se esvair sem que esteja plantado em cima de "sua" máquina.

Mas o que ele fez, meu Deus?

Praticou... Um ato obsceno.

O que se quer dizer com isso?

Ele abaixou a calça no banheiro das meninas, na frente delas, em plena hora do recreio. Exibiu o... o pênis, senhor.

Deus do céu! Mas é o meu filho?

Mesmo sem duvidar da autoridade da coordenadora pedagógica na escola, a mulher, a mãe, ela realmente não imaginava que o aluno, seu filho (*o meu menino é inocente*), fosse capaz daquilo. O homem, ao contrário do que esperavam as outras duas, respira aliviado de ser chamado às falas por isto. Ele esperava algo pior, mais humilhante, por certo.

Então é isto...

As mulheres não entendem, mas aquele homem está quase contente de obter uma pequena prova de vigor e até, por que não dizer, de masculinidade do menino, sempre tão pobre neste aspecto, e escuso, normalmente.

O que é que tem?

Como coordenadora pedagógica, me cabe dizer que esta atitude não pode ser aceita, ou incentivada por quem quer que seja.

A sacanagem está na sua cabeça, sua vaca coordenadora.

Como disse, papai?

Eu disse que ele é só um menino...

Aos doze anos, senhor, os rapazes não são mais crianças.

A coordenadora pedagógica preferia que aquela conversa não existisse, se nota. O homem, que pensava assim antes de entrar naquela sala, tinha mudado de ideia a respeito: *pois acho que foi apenas uma brincadeira; uma aposta com os amiguinhos, eu tenho certeza.*

Seu filho não tem amigos.

Como assim? Ele vive cercado de pessoas! É a mãe quem mente; nem tanto para defender a cria, mas porque sente culpa por as coisas serem estranhas com os seus.

No meio ambiente escolar ele sempre foi fechado.

Depois a coordenadora pedagógica recorda (sem esconder o pesar e o prazer) uma série de histórias anotadas na pasta de prontuário do menino. Ele começara como aluno aplicado, cumpridor de suas obrigações e obediente, dentro e fora da sala de aula, mas parece ter se cansado disso e, lá pelo meio do sexto ano, se tornara "complexo", "problemático", "diferente"; sem que se soubesse onde, como, ou por quê...

Filha da puta!

Como disse, mamãe?

Não disse nada, coordenadora.

A mãe fica quieta porque sabe que o menino precisa ser lembrado e quase empurrado para todas as suas obrigações, cercado de múltiplos cuidados — e vigilância — para realizar as menores lições de casa. O pai, enquanto isso: *ele tem apenas doze anos. Doze anos! Doze anos é uma idade terrível!*

O pai procura desesperadamente por uma gota de água no copo grande ou de café no copo pequeno, mas já bebeu tudo e a coordenadora não oferece mais. Ele protesta: *as pessoas deviam ser proibidas de fazer doze anos!* Depois ri. A coordenadora pedagógica não.

Lá fora o sinal da escola é o mesmo do refeitório da fábrica, é o mesmo do asilo. Depois os gritos, as quedas, as acusações e as lágrimas: *nosso menino é especial. Ele vive as coisas mais intensamente do que as outras crianças da mesma idade*, a mulher, a mãe pondera, agora sim, em benefício do filho, mal conseguindo vencer a inércia da angústia com que duvida das habilidades desse menino viver por si próprio.

Talvez ele precise de um psicólogo, sugere a coordenadora da escola, a se notar: cansada de enfrentar aquele tipo de situação sozinha. O pai do menino tem este serviço incluído no convênio médico, com até três sessões de terapia, mas sabe que agendar e conseguir cumprir um horário do convênio médico é quase impossível neste momento de prosperidade: *ele não precisa de nada disso, coordenadora pedagógica!*

O homem grita sua resposta, reagindo muito mal (*é o meu estômago, ou será minha cabeça?*), deseducado e deselegante naquelas circunstâncias, e com uma violência gestual desnecessária, sob todos os pontos de vista. Ele bate na mesa, e guincha indignado como se tivessem chamado o seu filho, e ele próprio, de débeis mentais: *não usamos mais estas palavras na nossa escola.*

O homem, o pai, ferido em seu orgulho, faz menção de se levantar e desaparecer, mas a esposa o retém, segurando seu braço: *calma.*

Eu estou atrasado.

O senhor tem que assinar.

A coordenadora pedagógica passa então a executar uma série de tarefas burocráticas, abrindo pastas e gavetas, consultando fichas e agendas, examinando, anotando, digitando dados num computador saturado de programas e opções, examinando de novo, alimentando a impressora com uma folha de papel timbrado da escola. Depois outra. E mais uma... Tudo "infernalmente lento", na opinião do homem que este relato acompanha: *é só pra me enervar, sua puta?*

Pois não?

Nada nada nada.

O homem responde incisivamente, lembrando que a coordenadora pedagógica também alimenta o prontuário do seu filho, e que pode alimentá-lo mal, predispondo-o ao fracasso. Ela, a funcionária da escola, agora tira o papel timbrado coberto de letras coloridas da impressora e o estende para o cliente, o pai, assinar.

Tem caneta?

A mulher não queria emprestar. O homem, o pai, assina em duas vias, uma para cada lado. Quando a coordenadora pedagógica pega a parte dela, avisa: *esta é a primeira advertência; mais duas e o seu filho será expulso, conforme os estatutos. Tenha um bom dia.*

A senhora também.

Também é sensível que nada disso queriam dizer um ao outro, o pai e a coordenadora, mas logo, pelo menos, o nosso homem, o ferramenteiro, pode sair mais uma vez de uma situação desagradável, para dirigir, trabalhar, trabalhar e esquecer um tanto disso, daquilo, do filho, da mulher...

Valha-me Deus!

Ao cair da tarde deste dia difícil em que a frustração, a desesperança e o ódio generalizados alteram o que é dito e feito, e ainda sob o sol quente que indispõe à ponderação, a mãe recebe o filho no portão de casa com um tapa no rosto, depois um soco na cabeça — não, dois, de um lado e de outro —, em seguida chuta e o empurra pelas costas, para atravessar a garagem, depressa, depressa, na direção da porta da sala — *logo, vamos logo*. Logo atrás vem ela, e de passagem a mulher, a esposa, repara no chão a marca de óleo do motor do carro, que deve estar vazando, pensa no marido: *preciso avisar.* E só então pensa em si mesma: *sou eu que vou acabar limpando isso... Com o que mesmo?* Sua cabeça se dirige à despensa à procura de uma solução para a mancha negra, mas de repente ela desvia e vai mais longe, além da realidade imediata, e visita um lugar em que não precisa fazer nada disso: deita na espreguiçadeira, lê uma revista de moda, molha os pés numa piscina refrescante, se maquia no reflexo dos óculos escuros e bebe uma taça de vinho gelado.

Perdão, Senhor!

Cai de volta ao instante, à própria raiva, à própria casa, à própria sala... Aquele é o seu dia, ela sabe, e joga o filho no sofá, arranca-lhe a bolsa das costas, derruba muito bem o que tem dentro: são os livros usados e cadernos amassados e o resto do material escolar roído, rachado ou riscado, revistas em quadrinhos manchadas de refrigerante, doces abandonados, migalhas de biscoitos, pedaços de brinquedo, conchas, pedras, uma caixa de fósforos.

O que deu em você?

O cachorro pressente algo no ar viciado e come um pedaço de cobertor, para se acalmar. A sua calma momentânea vai lhe custar cólicas intestinais. A obra finge que não para, mas segue em ritmo lento, para os operários ouvirem o que se passa. O mesmo com os vizinhos, que se colam como musgos, ou parasitas, nas paredes da cozinha e do quintal, para ouvir uma inconfidência como as deles próprios, que seja. Ali, nas coxas, eles redigem sua sentença comunitária: *a bagunça desta gente não é admissível.*

A mulher quer saber por que o menino fez o que fez no banheiro das meninas: *mostrar o...!*

O menino finge que não ouve. Indica o fone no ouvido parafusado na cabeça. A mãe arranca-lhe os fios das orelhas, desatarraxa os ferros espetados do crânio e pergunta de novo: *porque você fez aquilo no banheiro das meninas?*

O menino ainda acha que pode evitar o assunto, fingindo-se de bobo e de surdo ao mesmo tempo, fazendo gestos estranhos com as mãos, balbuciando uma canção como se fosse autista, fugindo da fúria da mãe na direção do quintal, dos homens que ouviam e de repente começam a cavar como se nada tivesse acontecido, do cachorro que uiva e pula em meio à poeira da terra escura, lá fora, onde a mãe logo aparece gritando: *por que você mostrou este pintinho de merda no banheiro das meninas?*

As famílias inteiras dos vizinhos dos quatro lados já estão reunidas nos muitos pontos de observação de suas casas, algumas sem vergonha de exibir a sua curiosidade olhando direto por cima do muro. Ouvem até mesmo o que é sussurrado.

Porra! Que gente lasciva, Senhor!

É o que pensa que todos vão pensar dela própria, a mulher do homem de que trata este relato, a mãe do menino, mas nem ela nem os demais vizinhos dividem pensamentos. Todos ali preferem se calar, parar de pensar, não fazer para não aparecer, com vergonha ou medo do que são desde que nasceram.

Foi por dinheiro... Uma aposta.

Era mentira. O menino fez aquilo no banheiro das meninas porque quis, ou porque precisava, já que se sentia incomodado com a transformação da cidade, da escola, das amizades, do seu corpo...

A mãe não sabe se continua espancando o filho na frente dos outros ou se apela para o juízo do homem, o seu marido, quando ele chegar do trabalho, mais tarde...

Dá-me uma luz, Senhor?

(...)

Outra vez não há manifestação inteligível do divino que a oriente neste momento de desequilíbrio emocional. E como a mulher, a mãe, também prefere o caminho mais fácil nesta vida, o de menor sofrimento e atrito, ela começa a chorar e, afetando recato onde se sabe haver apenas burrice e vergonha, volta correndo para dentro de casa.

Boa noite.

O menino aproveita para se trancar no quarto dele, ficar no elemento solitário, como sempre. Liga o computador, para se distrair de estar neste lugar e tempo.

Enter password please.

Right Now!

Os funcionários da piscina aproveitam para encerrar o expediente mais cedo e partem dali para ônibus menos lotados.

Em meia hora tudo muda para pior.

Quando o homem, o ferramenteiro pai de família, chega em casa, os braços repletos de notas fiscais, duplicatas e faturas, ninguém está disponível para sua recepção e para distraí-lo desses problemas.

Jantar?

Não tem. É culpa do menino — alega a mulher, a mãe, desde o quarto, em sua defesa.

Ele precisa sofrer para endireitar.

É uma ideia ruim, é bom que se diga. A única verdade do sofrimento é a dor. E dor não endireita, entorta. A mãe deitada no quarto cobre os olhos com os braços, em contrição, porque sabe (*Winnicott*) que perdeu a razão ao agredir a criança: *tive tanta vontade de bater, meu Deus! E foi tão gostoso! — perdão...*

Para o homem, o chefe da família, com o dever cumprido por mais aquele dia em todo o sempre, ficar sem comida quente no prato não faz sentido, parece bastante injusto até, rói na cabeça e no estômago: *mas eu não tenho nada a ver com isso!*

Foda-se. Não sou escrava de ninguém.

Como disse, vaca folgada, querida?

Estou com dor de cabeça, amor, desculpe.

A mulher, a esposa, toma dois antidepressivos distribuídos gratuitamente nos postos de saúde e dorme.

46. Oração para guardar a casa

MINHA CASA É o meu refúgio; guardai o meu lar, Senhor. Que sempre dela estejam afastados os maus espíritos e os ladrões, os inimigos dissimulados e os invejosos, os de más palavras e os de mau proceder, os que trazem más notícias e exultam com a dor alheia. Colocai na minha porta um anjo guardião, cercai os limites de minha casa com Vossos santos seres e afastai os maus que daqui se aproximem. Minha casa é um reino fortificado, pois o Senhor zela por ela.

47. Patrões e empregados II

MENOS UM SEGUNDO, menos dois minutos, menos três horas, menos quatro dias, menos cinco anos de vida. O tempo do trabalho não mudou de lado. Está do mesmo outro lado do empregado de sempre, e continua andando para trás desde que inventaram (e começaram a produzir em série) o relógio de ponto que eles usam nessas empresas nacionais...

"Relógios de ponto (analógicos e digitais)" é o item de maior valor agregado de nossa pauta de exportações, você sabia?

Menos um ponto, menos dez pontos, um ponto vermelho e um ponto final — como a redação de um prontuário, uma mancha num diário de classe. É mesmo estranho um relógio como este: ladrão do tempo e do espaço de sossego, mas na cultura deles é assim: não é questão de inteligência, é de adaptação.

Sobrevivem os mais teimosos.

Todos ali estão morrendo como burros de carga, mais do que os outros inocentes úteis.

Mas nem todos aqui são iguais perante o relógio...

É hora do almoço e há muita verdade nisso. De fato nem todos estão submetidos às mesmas leis da natureza, embora se pressinta a fome rugir no ar parado e no estômago agitado da indústria metalúrgica inteira, a poucos minutos do sinal do meio-dia (e para a infantil corrida até o refeitório, de que todas as áreas participam — inclusive a administrativa, supostamente mais esclarecida). O trabalhador acompanhado por este relato, por exemplo, ele mesmo já não trabalha apenas sobre um mandril de aço-carbono que tem nas mãos, mas está pensando num outro nível: *hoje vou trocar o meu bife de fígado (quebradiço, oloroso, queimado), ou minha salsicha de chester que seja (malpassada, rósea, indigesta), por um prato cheio de arroz e feijão, eu acho... Com que água lavam aquela salada, Senhor? Nunca será possível evitar o salitre, meu Deus?*

Deus, por exemplo, não responde — mas diz-se que Ele não se dá por coisas tolas como estas. Nisso, a porta da ferramentaria se abre, dando passagem ao bafo denso da linha de produção ao meio-dia e a dois homens apressados apontando os dedos para o peito do nosso homem como se fossem revólveres — ele o criminoso a ser abatido. O ferramenteiro de capa cinzenta, risonha mas instintivamente (*sobrevivem os mais teimosos*), ergue os braços. E baixa, logo depois.

Estava brincando.

Cagão.

Como disse?

Ele disse que o senhor vai ter que nos acompanhar.

Os dois homens não têm vontade de rir, é claro. São ambos seguranças, se vê. E o funcionário conhece muito bem a hierarquia das golas, capas, ternos e gravatas para saber que cada um deles atendia a mundos muito diferentes dentro daquela empresa de engenharia: um segurança usava quepe de papelão forrado de *courvin* e um revólver 38, calça de poliéster importado preta e camisa de algodão nacional branca (segurança interna); o outro, sem chapéu, de terno azul-marinho de algodão nacional, camisa branca de poliéster e colete à prova de balas e pistola 765 (segurança administrativa) — os dois eram uniformes nacionais, à sua maneira: quentes, quase impermeabilizados, de baixa qualidade e desconfortáveis.

Pelo menos são gratuitos!

Também é verdade. E com isso, alentam-se os empregados mais combativos e cala-se até um sindicato!

Deus meu!

Ele é de todos, companheiro.

Os guardas de segurança das áreas interna e administrativa ajudam nisso e naquilo, mas hoje eles vêm buscar o operário qualificado e o levam escoltado linha de produção afora: *se eu estou com os senhores, o que pode estar contra mim?*

É o que ele pensa. Quanto ao que acontece, é simbólico, mas dói, como sempre: pelo tempo em que passa atravessando o galpão da produção, o homem se sente alvejado nas costas e no topo da nuca pelas pontas geladas das facas e da língua repartida de inveja dos pobres-diabos.

Fodam-se!

Como disse?

Eu disse: "aonde os senhores estão me levando"?

Ele quer vê-lo.

"Ele" quem, "Deus"?

"Deus" está no céu, babaca!

Como disse?

Ele disse que "Ele", não Deus, mas o engenheiro-chefe, o acionista majoritário desta empresa, ele mandou trazê-lo à sua sala.

Jesus!

O senhor deveria evitar o pecado constante de ficar chamando Nosso Senhor Deus ou Jesus Cristo em vão a todo momento. Ele tem mais a fazer.

Os senhores têm razão. Desculpem.

Peça desculpas para "Ele".

"Ele" quem?

A partir deste ponto o segurança da área interna (de quepe), que conduzia o diálogo com o homem, não está autorizado a transitar.

Bundão.

Como disse?

Boa tarde. Eu disse: "tenha uma boa tarde, irmão".

Duas portas e um saguão adiante e até mesmo o segurança de terno, por força de sua posição dentro da empresa, é obrigado a ficar para trás.

Eu sou mais especial...

O senhor? Quá-quá-quá!

Em seguida é o olhar irônico de uma recepcionista, depois o esgar de nojo de um contínuo; depois do contínuo é uma secretária indiferente que vem, quase mal-educada, depois desta mal-educada, a última secretária (bilíngue).

What the fuck are you doing here?

Eu... Ai não ispiqui ínglichi, senhora, desculpe.

Um momento, please.

A mulher, a secretária bilíngue, frustrada porque gostaria de praticar seu inglês durante o expediente, desprezando a falta de cultura de um homem malcheiroso que não passa de sua própria língua, vai sair, está quase saindo, mas para à porta: *por favor, não mexa em nada.*

Esta última secretária entre ele (o empregado) e "Ele" (o proprietário, o patrão) desconfia, mas, sem alternativa, sai pela suntuosa porta às suas costas: é uma porta com duas folhas altas, uma engrenagem de câmbio de VW entalhada em cada uma, a parte de cima arredondada.

É feito um templo, meu Deus!

Exatamente, filho.

O nosso homem lembra-se do seu pai alquebrado e sem juízo na casa de repouso do sindicato dos metalúrgicos (*alguns chamam de hospício...*), mas logo tenta esquecer aquilo, apagar da mente a imagem surrada de sua antiga família. Afinal está ali diante dele, ao que parece saudável e produtivo, ele, o velho (porém rejuvenescido) engenheiro-chefe: o seu patrão.

Sim, senhor.

Pode me chamar de "você".

Desculpe, senhor, é impossível.

Tudo bem. Sente-se.

Uma poltrona de couro branco puro.

Prefiro ficar em pé.

O proprietário da cadeira branca, das cortinas de veludo atrás dele, da sala e da empresa, não entende a preocupação do funcionário, e não gosta de ser desobedecido, nunca gostou, desde criança: *faça o que eu mando!*

Claro.

De imediato, num pulo felino, o homem, o empregado, suspende a capa cinzenta e encardida e só coloca os fundilhos da calça limpa sobre a poltrona branca. O patrão, por sua vez, olha insistentemente por uma nesga da cortina de veludo atrás de si, então a fecha excitado e se volta para o homem.

Dê uma olhada nisso: é segredo nosso por enquanto.

O engenheiro-chefe vira a tela de seu computador para que o empregado veja. O empregado não ganha para consultorias, mas não tem a menor ideia do que faz ali — as escolas de aprendizagem industrial evitam este assunto —, assim como os assuntos "horas extras" e "férias". A sala é do tamanho de um apartamento de dois quartos, sala e cozinha, com uma varanda que podia muito bem ser um quintal dos fundos. Tudo a exatos vinte e cinco graus centígrados, para cá das cortinas diáfanas.

Eu exijo. Como a cabine de um avião. É preciso pensar alto.

Sim, senhor.

Você é o meu melhor homem, sabia?

Obrigado, senhor.

Preciso da sua opinião.

Pois não, senhor.

Você nem quer tentar me chamar de você?

Impossível, senhor.

Muito bem...

O engenheiro-chefe aciona uma tecla do computador. Na tela trabalha uma máquina verde-escura e prateada, do tamanho de uma locomotiva, ou de um canhão do exército nacional. É também uma máquina tímida, ou recatada, se vê, coberta com uma saia de lata por todos os lados.

O que você diria de uma máquina capaz de selecionar no almoxarifado o melhor material bruto para um projeto e cortar apenas o estritamente necessário?

Perda zero?

Zero à esquerda.

O fim do cavaco?

Eternamente sem aquela poeira de ferro!

Eu diria que é muito bom para a saúde da pele dos operários e para o excesso de trabalho dos faxineiros.

Neste momento toca o sinal do almoço. O homem faz menção de pular da cadeira e correr para o refeitório, como todos os outros funcionários. Ele mal consegue se conter.

Você imaginaria uma máquina com um magazine de duzentas e vinte ferramentas de cortar, furar, fresar, tornear, mandrilar, aplainar, rebarbar, polir, embalar...

Uma trabalhando em conjunto com a outra?

Tudo ao mesmo tempo.

É como um milagre da multiplicação das peças!

O que você me diz de uma máquina automática, controlada por um computador que reduz ao mínimo a intervenção do operador?

Isso seria bom. Errar é do humano, não das máquinas.

As máquinas obedecem com maior precisão e frequência.

Sim, senhor.

Na tela do computador, entra um operário/ator que começa a despir a máquina, desencaixando e retirando as porções de sua saia de lata, dando para a câmera ver o que ela está fazendo ali dentro: uma peça cilíndrica, afiada numa ponta, cega na outra e multichanfrada no centro.

Veja o que ela é capaz de fazer com um pedaço de aço-carbono...

Num único ataque, a máquina executa a peça toda. É como se ela a fundisse, a criasse do nada líquido, e não que a usinasse por ação das ferramentas embutidas.

É mágica, meu Deus!

É técnica, companheiro! Está à venda e eu comprei uma delas para a nossa empresa.

Parabéns.

Para mim e para você.

Mentiroso do caralho.

Como disse?

Eu disse que esta fábrica nunca mais será a mesma, senhor.

Vamos brindar.

O velho engenheiro-chefe abre a primeira gaveta da mesa e retira dali a garrafa de um velho uísque irlandês e dois copos. Serve-se antes a si, depois serve o empregado. Para o empregado ele serve metade do que serve para si próprio: *é muito forte, você precisa se acostumar com a pureza.*

Sim, senhor.

De fato, o nosso homem está sem comer desde o café-com-leite-pão de hoje cedo, e bebendo esta dose de álcool importado, puro, e mais duas outras que o homem serve em seguida, logo fica embriagado, com dificuldade de articular algumas palavras, como se a língua — comprida — enroscasse nos seus dentes da frente.

Um brind... De ao fut... Uro!

O futuro a Deus pertence.

S... Sim, s... Senhor.

Pouco antes do nosso homem, do empregado ser dispensado deste encontro com o engenheiro-chefe, o seu patrão, toca lá fora o velho terceiro sinal, e se sabe: a porta do refeitório é trancada imediatamente.

Pronto, fodeu de novo: fiquei sem o almoço de hoje para sempre...

O que disse?

Eu disse bom almoço e uma boa tarde para o senhor.

Obrigado e bom trabalho.

48. Apneia

OUTRA VEZ TEM alguém morto no caminho, ou são os muito vivos que se concentram em protesto, bloqueando alguns outros que querem ir e vir. É um direito que este homem tem, pensa, ou pelo menos lembra que está escrito em algum lugar. A memória não é boa. Nem há muito que lembrar. A fumaça não ajuda. O óleo fervendo, o fluido de freio, a borracha queimada. Um caminhão passa do lado. Acelera. Tosse. Buzina. Ameaça chover. A nuvem negra. Baixa.

Graças a Deus!

Exultam os que acreditam que o ar vai ficar limpo. Mas é apenas a mesma chuva preta que conhecemos até hoje. A poeira acumulada que as alturas regurgitam. E numa inversão de valores dos infernos, não é que chova do lado de fora dos carros, como é natural acontecer, mas por dentro deles. A água impura cai dos tetos estofados, escorre pelas portas e colunas de ferro, pelo painel de plástico, para empoçar no chão, de aço, embaixo dos assentos de couro, aos pés do homem. Ele olha para o sapato submerso no escuro, na chuva negra empoçada no tapete de borracha. Não há sinal de melhora. A chuva que empoça, sem ter para onde ir, sobe pelas pernas do homem. Não é diferente com os outros motoristas. Alguns mais desesperados esmurram os próprios vidros, implorando pelo socorro dos outros iguais a eles. Caem para trás. Desaparecem. O homem, o motorista, desliga o rádio: *para não tomar choque*. É um pensamento torto, sem dúvida. Ele sabe que há algo errado, mas ao menos é com todos.

Justiça...

Ele balbucia, porque é atrapalhado pelas águas que lhe subiram à altura dos ombros, mas querem pular para as suas narinas. Só agora ele, o afobado, se dá conta de que deve ir embora. Força a porta, está emperrada. A água faz pressão contrária, esgota o pouco ar que resta. Ele mexe os braços e as pernas, mas fica sentado sem sair do lugar, insistindo que pode se ver livre, ou empurrar para longe a enchente que se forma no interior do carro.

É brincadeira...

Nada dentro da cápsula. A pasta d'água turva. Tudo que ele espalha volta de encontro a ele. Os pedaços de enxurrada acertam a sua nuca, a sua cara. Várias vezes, antes de desaparecerem num redemoinho, perto da alavanca de câmbio. O homem então se apoia no banco, e mete os pés no para-brisa. Uma, duas, três vezes, até que finalmente a água vaza, violenta.

Ele desperta com um buraco doloroso no peito. Os pulmões esgarçados com a última gota da falta de ar. Um ronco feio, e ele urra em desespero, asfixiado por dentro. O homem parou de respirar dormindo e, acordado, não sabe recomeçar. Até mesmo quando a mulher o acode, ele a rechaça, porque acha que vai morrer afogado se não colocar toda a sua concentração em respirar, respirar, respirar... Ajoelha-se, mas não é uma prece. Deita-se, por não aguentar mais o peso do próprio corpo. Rola sobre o tapete empoeirado, numa mistura de barulhos corporais (pulmão + estômago), difíceis de descrever neste relato. Ali caído, de qualquer maneira, o homem se recupera. Ainda respira aos trancos e catarros um bom tempo, feto engasgado e retorcido no tapete, até que possa voltar a subir na cama do seu matrimônio e encarar a esposa, que o observa, desconfiada: *foi só um pesadelo.*

49. O cultivo do ódio

O HOMEM, O pai, acreditou que bastava colar um cartaz pela vizinhança, nos postes e no comércio do Bairro Novo (capítulo trinta e nove) para que alguém aparecesse e resolvesse, amorosa e gratuitamente, o seu problema de espaço/tempo com o cachorro da família.

Olá, amigos! O meu nome é Thor! Vejam a minha força!

O problema dele e do cão era um só, e um tanto maior do que o homem imaginava desde o início: *eles são mais importantes do que os donos agora.*

Quem tenta, mesmo em épocas recentes, concretizar uma iniciativa como essa, "a doação", mesmo quando se trata de um animal de raça mais procurada, em menor idade e melhor estado de saúde do que o cachorro em questão, sente de imediato o rancor e o desprezo que a decisão provoca na comunidade: *canalha!*

Piranha!

Maldito!

Por que não pensou antes? — perguntam-se pensando nos bichos, como se os homens, vítimas e algozes da realidade a um só tempo, não soubessem que simplesmente não podem prever certos incidentes e oportunidades da vida — por exemplo, a prosperidade daquele país, que naufragava em derrotismo e abandono! A oferta de crédito, o pleno emprego ainda que precário, a possibilidade efetiva de se ter uma piscina; os juros baixos, subsidiados, a família dele...

É a porra de um sonho que se realiza, caralho!

Como disse?

Quem podia imaginar uma coisa dessas? Ainda mais quando ele e a mulher resolveram pegar o cachorro para criar (a título experimental, para verem como se sairiam, ambos) tantos e tantos anos antes.

Éramos outros: talvez piores do que isso que somos, mas...

Isso faz muito tempo, mas não desculpa nem elimina o problema do cachorro, ou da piscina, que seja. O homem aqui retratado é só a primeira de uma nova geração de proprietários que surge da parte de baixo do mercado, vem com esta capacidade de investir pouco que seja, melhorar um tantinho só aquilo que os outros nem tiveram, usufruir o que pode financiar para sempre, pagar em dia, quando possível, ou atrasar um pouco, tudo isso é até previsto nas leis sociais do governo, mas livrar-se de um animal de estimação, hoje em dia...

Sub-raça! Carrascos que agem à sombra.

Covardes! Abandonar quem só te amou!

Porcos! Não! Ratos! Ratos!

Insetos! Nem insetos estes seres limitados!

Já não temos palavras no dicionário do ódio para retratar esta desumanidade, temos?

Os ataques podem ser graves, quanto mais anônimos e impessoais eles se apresentam. O anonimato sempre deu coragem aos linchadores e o ato de linchamento está muito bem consignado entre os hábitos mais comezinhos desta cultura.

Mata! Pula! Atira! Pula! Mata!

Naquelas localidades mais atrasadas, de vocação religiosa primitiva, em que os animais são considerados entes sagrados, submetidos a uma série de rituais e tratamentos de beleza, o indivíduo que manifesta o desejo de doar um cachorro ou um gato, por exemplo, corre risco de morte obscura, pois em geral os donos de *petshops*, curandeiros profissionais e agentes de polícia professam a mesma fé dos criadores fundamentalistas. Eles se sentem pessoal e intimamente denegados quando alguém rejeita aquilo que consideram determinante para a boa ideia que fazem de si: a sua capacidade de educar os animais como a si mesmos.

Vem que eu vou matar você com as minhas próprias garras! Eu vou te morder, te envenenar, te engolir! Uma patada dessas e não te sobra lembrança na cabeça!

Há toda uma psicologia dos bichos circulando por mensagens apócrifas, panfletos de autoria desconhecida e livros de autoajuda que humanizam os animais domésticos e selvagens e transforma os seres humanos de todas as raças nos únicos monstros dessa História: *Deus me livre!*

50. Terra de gigantes

NUM DIA COMO hoje, a mulher torna a esperar que tudo esteja deserto e quieto, ou o mais perto disso quanto possível (contra o fluxo exasperado do tráfego de trabalhadores e de veículos escolares que se esvaem), depois que todos os outros tenham desaparecido do bairro triste e ressecado, e diante da realidade de sua casa quase vazia — as pás e picaretas tinindo lá fora, como um relógio de ponteiros enroscados: *rinc! Rinc! Rinc!*

Aprofundando a batida do tempo e o espaço do buraco da piscina na direção do centro da terra, e talvez por desejar uma vertigem melhor do que essa — *quem sabe, eu não sei* —, ela toma um... Toma dois... Toma três comprimidos de três miligramas do antidepressivo genérico oferecido nos postos de saúde do governo e deita para ver — o certo a bem dizer é: para não ver o que acontece.

Meu Deus! Assim é melhor!

E milagrosamente, etérea e excitada como Alice num país de maravilhas, ela começa a encolher, encolher e pensar, encolher e pensar, ou assim ela pensa que pensa: *o pequeno se adapta, se conforma, é razoável, maleável, portátil...*

A mãe, a esposa, a mulher vai pensando e diminuindo, diminuindo e pensando e diminuindo: *o pequeno não incomoda. Sim! É mais fácil proteger o que é pequeno. Só o pequeno sabe fazer durar o que é mínimo!*

Diminuindo, diminuindo até ficar muito pequena: *o pequeno não chama atenção. O pequeno passa por baixo. As ambições menos problemáticas são pequenas. Para perseverar é preciso ser pequeno. Querer pouco. Querer cada vez menos. Apequenar-se!*

Minúscula e quase feliz, a mulher desce da cama de casal em rapel, usando as pontas dos lençóis revirados, vence a enorme distância que agora se estende até a porta do quarto, depois até a sala, dali para a cozinha e aos fundos do terreno, onde o buraco neste instante se parece ao Grand Canyon norte-americano num filme de cinema europeu, com as ameaçadoras e malcheirosas montanhas de entulho úmido de um lado e o vale negro e enlameado de outro. O céu que se abre sobre a terra não é mais claro do que o resto.

Chega a ser bonito.

Também é um filme de aventura este (lento e de roteiro errático, é claro — foram ingeridos nove miligramas de antidepressivos), e, com um medo novo dos perigos do relevo e do clima em seu gigantesco quintal, ela corre desembestada à procura de segurança e proteção, o que só encontra, àquela altura, numa casa de cachorro: *com licença, Thor...*

Lá fora os muros tornaram-se infinitos e os vizinhos monstruosos. Quando a mulher entra no abrigo do animal, no entanto, não é o cachorro de estimação ou o seu amado cobertor que ela vê, mas uma verdadeira casa em miniatura, arrumada e mobiliada de alto a baixo, com dois quartos, sala, cozinha e banheiro e até um quintalzinho nos fundos.

É um sonho que se realiza!

A bula do antidepressivo alerta para dificuldades de dirigir automóveis, raciocinar, para perturbações variadas do sentido da visão, e a mulher realmente não enxerga muito bem. A mobília, o material de arte e decoração e os eletrodomésticos, por exemplo, tudo é falso, de plástico extrusado, e, mesmo considerando que são apenas reproduções e miniaturas de brinquedo, a qualidade técnica da fabricação e o nível do acabamento deixam muito a desejar, com bolhas de ar e imperfeições nos objetos, falhas de desenho, forte olor tóxico em todos os cômodos, bem como a pintura borrada, as sobras e rebarbas.

O que este lugar precisa é de uma faxina!

Em seu repouso, fantasia ou delírio, constata-se: na mulher, na esposa, na mãe, a diminuição da estatura e sua entrada num mundo mágico (mesmo aquele criado quimicamente) não é acompanhado de uma verdadeira expansão do seu imaginário até outro campo da vida, pois, em vez de vagar, explorar ou mesmo continuar se admirando com o aparente despropósito daquilo que está se passando com ela, a mulher arregaça as mangas do seu penhoarzinho e passa a realizar as tarefas que se esperam dela, de certa maneira...

Os celulares e os computadores estão diminuindo. Os apartamentos, os motores, os instrumentos e as pilhas. Só o pequeno sabe fazer durar o que é mínimo.

Apesar da lentidão, da secura na boca, da sonolência que a faz bocejar a cada minuto, ela faxina esta casinha por horas e horas e com uma determinação que não já não possui em sua vida diária, na casa da família — lavando e passando, esfregando e espanando, raspando e varrendo, encerando e polindo com grande empenho, até a exaustão física e mental.

As primeiras formas de vida foram pequenas. Os vírus são pequenos até hoje. Os dinossauros morreram porque não eram pequenos. Tudo o que se expande se destrói. Apequenar-se!

E aqui se descreveu um pesadelo horrível.

51. Fezes

AGORA TEM ESSA névoa que se expande a partir do buraco da piscina e permanece ao redor da casa da família, como uma ferida seca mas purulenta no corpo do Bairro Novo.

Vermes, eles.

A poeira não assenta no chão, paira meio metro acima, aerada, e, quando venta, voa em cascata por cima dos muros dos quatro lados, invade a calçada na frente, escorre para a rua, inunda cômodos estranhos e fundos de quintais idênticos ao que era este do homem antigamente. Essa sujeira suspensa é crocante na boca das crianças, agride a lataria dos homens que passam e as pernas das suas mulheres como cavacos arremessados de um torno mecânico.

Cavem, palhaços!

Enquanto isso o mestre da obra também provê os seus assistentes de ensinamentos sobre o mercado de trabalho.

Nunca parar de cavar!

O velho retirava dos seus dois funcionários água fresca e a comida miserável que traziam de casa. Os horários de descanso se reduziam ao mínimo e a carga de tarefas só aumentava.

Cavar cada vez mais! Cavar sem parar!

Velho pedófilo escroto!

Explorador filho da puta!

O que disseram, meninos?

Ele pergunta ao senhor mestre: o que estamos aprendendo neste momento?

Aquilo em que a escravidão se tornou.

O trabalho duro e honesto?

Sim, senhores.

Então é isso...

Ademais eu os escravizo melhor porque os conheço bem. Trabalhando comigo são menos infelizes.

Obrigado, senhor.

Cavem, palhaços!

Sim, senhor.

Cafezinho?

Só para mim, senhora.

O mestre não permite que os discípulos tomem dos copos de café doce. Afasta aqueles destes. Os dois cavadores estão cheios de ódio assassino pelo mestre e de olhares lúbricos para a mulher do homem deste relato, a patroa, por assim dizer (a perna branca, forte, definida, com pelos duros nas canelas e boas manchas nas coxas, uma gota de suor corre do pescoço e vai para dentro do decote, as sardas prenunciam os mamilos), mas eles não se rebelam contra o tratamento do velho mestre, nem se oferecem um tanto mais à mulher, por medo de perderem o pouco que têm.

Covardes!

Com licença, senhores: preciso tomar remédio...

Nem começa e a mulher já está cansada (*toma um, toma dois, toma três*), o material para a construção da piscina se espalha muitíssimo mal incorporado às diversas rotinas da casa e, na medida do impossível, se vê, vai sendo transformado em simulacros degradados de móveis e utensílios domésticos: caixas de azulejo se juntaram em sofás, camas e poltronas; sacos de cinquenta quilos se transformaram em almofadas e mesas de centro; latas de tinta e de material impermeabilizante são criados-mudos, bancos e descansos para os pés.

É só uma questão de tempo...

É o que o homem diz, mas algo se levanta contra isso, sente-se no ar viciado algo que em parte é um mistério, como se previsse um azar muito específico do homem neste relato. Em parte também é uma clara decisão que ele tomou — de se perder, se endividar até apodrecer, de se afundar num buraco negro no fundo do quintal.

As contas a pagar, por exemplo...

Não quero falar disso!

É um hábito antigo entre eles, uma crença mágica de sua cultura: se algo for muito afirmado, pode vir a ser; assim como, se algo for denegado com toda a firmeza, pode sumir, quem sabe?

As contas a pagar, por exemplo?

O bom senso, os melhores preços e o clima recomendam a construção de piscinas durante o inverno, quando a ansiedade por resultados imediatos é menor, há menos chuvas, maior oferta de areia, azulejos, cimento, e a equipe de construção pode envidar seus melhores esforços naquilo que interessa: *a piscina adequada aos interesses do banhista* — é o que diz, ainda, a propaganda.

Acontece que aqui também se trata de algo que não se diz com as fotografias compradas e as palavras baratas da propaganda: o que se fala é desta impressão quase cultural, senão genética, de que não haverá refresco em nada disso que ele ou qualquer um deles possa fazer.

O melhor é nem pensar.

O homem de que trata este relato ganharia bom dinheiro se pudesse ensinar um negócio desses aos outros, ou pelo menos a outro que fosse capaz de fazer dinheiro, já que o nosso homem só faz gastá-lo, gastá-lo e gastá-lo: não com a prudência de um bom operário, mas com o despudor de um engenheiro, e não um engenheiro qualquer, talvez até mais do que o engenheiro-chefe dele, quem é que pode dizer?

Devo, não nego, pago quando quiser... Acho.

Acontece que já não é mais tão fácil honrar um contrato que andou a toda a velocidade para cima em termos de acréscimos e moras e para o lado oposto do contratante em termos de solidariedade e capacidade de pagamento — isto se verá a seu tempo. No presente momento o sol é para todos: *pior para nós que trabalhamos fora...*

Para os dois jovens que cavam na claridade acachapante do quintal prateado, com uma sensação térmica de quarenta graus à sombra, por exemplo, é sempre a mesma terra misturada e enfiada sob as casas, o mesmo monturo fermentado por baixo do cimento, os alicerces metidos nisso, o mesmo cheiro de merda que esta terra exala quando revolvida pelas pás e picaretas dos rapazes: *o solo da pátria!*

Diz um deles, com dois dedos espremendo a ponta do nariz para não sentir demais o que sobe daquilo lá embaixo. O mestre, conservador, reage de imediato, e bate com uma colher de pedreiro no rosto do discípulo mais jovem e bem-informado.

Cavar. Não falar. Cavar.

Cortou o supercílio de um e o outro ficou quieto. E tudo acabaria assim, com o trabalho duro, honesto e silencioso no afundamento necessário do buraco estourando o prazo alguns dias; algumas travessas de madeira já tinham sido postas, por via das dúvidas, para a escora do muro do vizinho dos fundos, cuja base caramelada está à vista de todos (pelos desníveis do relevo do Bairro Novo) — menos do próprio vizinho dos fundos, ele que olha feio e ignorante desde a sua casa, com a mulher e o filho iguais, como se o muro pelado deste lado fosse a sua gengiva arreganhada.

Não passam de vermes encalhados, eles todos.

Eu não tenho nada a ver com isso — teria dito o mestre, se soubesse o que pensam dele e dos discípulos, incluídos com a família de que trata este relato como parte interessada na irritação generalizada que ali se instala há algum tempo.

Cavem! Cavem!

O mestre tem a sabedoria de não olhar para os lados neste momento, ignorando os vizinhos mal-encarados. Ele olha para cima, e vê um prenúncio de tempestade. Apoia-se no joelho e disfarça. O joelho, no entanto, está fraquejando. Um dia após o outro ele fica ainda mais velho e prejudicado, não há o que fazer, nem hospitais para todos que querem se cuidar. Os dois jovens respondem aos comandos com tanto esforço destruidor que é mais como se quisessem humilhar o velho mestre, mostrar a ele quem é que está acabado e impotente até mesmo para andar como um bípede...

Cavar até morrer dentro do buraco.

E se enterrar!

Exuberantes na musculatura e na mais-valia, eles cavam — em parceria — até que se deparam com uma teia de obstáculos aos seus esforços.

O que é isto?

Cavar. Não pensar. Cavar.

Com o ódio e a frustração represados em diversas obras deste tipo, resignados ao fracasso pessoal que os abateu desde a família quando eram crianças, abusados por quem deve protegê-los, os rapazes estão em seu próprio elemento enquanto metem a pá e a picareta sucessivamente sobre o que se opõe à sua vontade: canos e manilhas são decepados a golpes rápidos, alternados entre ambos os cavadores, que, de fato, se entendem melhor nesta linguagem.

Uma porrada sua bem dada aqui, uma porrada minha lá; mais uma porrada sua, outra porrada minha bem dada ali e assim por diante.

O velho mestre já havia comparado os subterrâneos daquela cidade ao corpo humano: *há rins e fígados filtrando, estômagos e pulmões se alimentando de nutrientes e de ar, intestinos e corações pulsando enquanto aqui em cima vivemos e cavamos, cavamos, cavamos...*

Na obediência cega, o que acontece é um acidente, por assim dizer: os dois ajudantes, em sua fúria que aumentava a produtividade à custa da prudência, destruíram uma série de conexões importantes de água e esgoto das casas dos vizinhos, provocando um enorme derramamento de dejetos indescritíveis, capaz de encher até a boca o buraco. E com pior cheiro. Mau cheiro sobre mau cheiro. Estão acostumados.

Eu não tenho nada a ver com isso...

Para todos os efeitos legais, a constituição federal e o contrato de financiamento subsidiado da obra que o homem assinou sem ler isentam terceiros de culpa na grande maioria dos casos, e tornam o contratante o principal responsável pelo que acontece no seu terreno, mesmo que provocado pela inépcia ou volúpia dos outros.

Fodeu.

Como disse, vizinho?

Os vizinhos agora tinham se juntado com chaves de roda e de fenda e cercado o nosso homem na porta de sua casa, ao chegarem cansados do trabalho.

Eu disse que vou resolver, senhoras e senhores. Tenham paciência.

Até quando?

Pouco tempo.

Mentira, claro. E se alguém o conhecesse melhor (os vizinhos mal se conhecem no Bairro Novo) pressentiria ali que já não há mais aquela força vital que suas palavras tinham no início, a convicção que demonstrava sobre o que fazia em casa, na família, a piscina — embora logo cedo no dia seguinte, perdendo mais um dia de trabalho, ele pague uma pequena fortuna para o caminhão limpa-fossas, com motorista e operador assistente, que drenarão muito bem toda a matéria pútrida do seu terreno e a levarão embora para lugar desconhecido, pior do que aquele por certo.

Duvido que exista na face da Terra!

O menino tem lá as suas razões para pensar como pensa: *a escola, por exemplo...*

Nesta semana, ao promover uma revista surpresa nas salas de aula, nas carteiras e nos armários, nas mochilas e nos corpos dos alunos, a coordenadora pedagógica encontrou uma boa quantidade de armas brancas e de fogo — com o que, ela e a diretoria acreditam, deve diminuir um tanto a violência no ensino. Mas o que interessa a este relato é que, ao observar as costas do aluno, nesta ocasião, ela, a coordenadora pedagógica, nota os vergões e cortes em variados estados de cicatrização que ali se encontram, e pede que aquilo seja explicado: *quem fez isso, menino?*

Aquilo de fato era devido aos recentes espancamentos a que o aluno, o filho do homem deste relato, fora submetido (por parte dos coleguinhas de escola e de sua mãe), mas não é isso que ele fala, como de hábito: *eu escorrego e caio, tu escorregas e cais, ele escorrega e cai; nós escorregamos e caímos, vós escorregastes e caístes, eles escorregam e caem. Nada mais.*

Ah, bom. À classe, agora!

Pior pra mim...

O que disse?

Não vejo a hora, coordenadora!

52. Cinofilia

Não se sabe se os cachorros adotam feições humanas ou se os homens estão parecidos com os animais de estimação. O dono de um buldogue adquire os traços de um buldogue, anda como um buldogue, come como um buldogue, tem problemas respiratórios congênitos como um buldogue e faz sexo como um buldogue. Uma garota pode ficar altiva e sedutora como uma cadela da raça collie no primeiro cio, tatuar-se como um dálmata, usar roupas largas como se fosse um pequinês, e logo um baixote é irritadiço como um chihuahua. E o buldogue passa a agir conforme seu proprietário; a cadela altiva como uma senhora ponderada, e ainda há esse cachorro pequeno, que muitas vezes tem alcance para entender que não é mais uma criança, que se põe a imitar as manhas de um bebê.

Os cães vão evoluir depressa e dominar o mundo em que vivemos!

Os homens e as mulheres, proprietários de animais domésticos, ainda dançam com eles, levam-nos à escola, fazem compras, investimentos e tratamentos estéticos, apresentam-se nus, comem à mesa e dormem na mesma cama com seus cachorros e cadelas, levam-nos aos locais de trabalho e os doutrinam em diversas tarefas simples (através de protocolos pavlovianos — sem castigo), rezam com eles e por eles, e eles reparam. Os pastores-alemães reconhecem rituais judeus e luteranos, os belgas são católicos, normalmente. Border collies podem ser anglicanos, os vira-latas apostólicos romanos ou evangélicos e presbiterianos, tudo conforme a fé de seus donos. O cão reconhece endereços pelo olfato. O homem também abaixa o rabo quando está deprimido ou é humilhado. As cadelas têm ninhadas numerosas. A fertilização *in vitro* tornou isto possível para as mulheres. O cão guia cegos em meio ao tráfego e resgata corpos de escombros. O homem age, por instinto, em bandos de solitários. Os cães já se utilizam de roupas e toalhas umidificadas. Os homens urinam no asfalto. As regras de trânsito em particular e muitos hábitos de segurança em geral podem ser ensinados aos cães, estima-se. O investimento na saúde dos animais domésticos já supera o das crianças nas regiões mais carentes das grandes cidades. Estuda-se a criação de um serviço público de saúde para animais de estimação até um metro de altura e cinquenta quilos de peso. Grandes porções de pelos pubianos, debaixo dos braços e no ânus voltaram à moda. Testes desenvolvidos em laboratórios científicos constataram que os cães, de fato, adquirem comportamentos e hábitos humanos por repetição e reforço, como sabemos, mas também por outras influências sutis de natureza psicológica. Nos casos mais extremos, os animais são capazes de apresentar as mesmas doenças autoimunes de seus cuidadores, repetem alguns de seus raciocínios básicos e latem com a mesma cadência de fala.

Toc tic toc tic toc tic são os passos do homem e do cachorro nas calçadas desertas do Bairro Novo. Todos estão entocados em suas casas alienadas, com medo uns dos outros e preguiça de sair para o ar livre. No calor e na umidade se reproduzem melhor. Vagando em seu ambiente, o nosso homem tem medo do barulho que faz ao se mover, respirar, existir... Faz o menor ruído necessário. Quer desaparecer no ar insalubre que o frio da noite baixa do céu. As lâmpadas dos postes estão apagadas, ainda por cima, e, sobre essa escuridão em camadas que se abate sobre todos eles, as estrelas estão apagadas também. Esta noite de papelão realmente não inspira qualquer sentimento, nem melancolia. Muitos aviões vão embora, se vê o movimento na direção do aeroporto. Ninguém chega. Aqui, dos dois lados da rua, a luz dos televisores por trás das cortinas continua num padrão que se repete uma casa depois da outra, um muro depois do outro, um carro (dois ou três modelos iguais) depois do outro nas garagens iguais.

Todos eles, a mesma merda.

O homem sente um conforto com isso que se repete na casa dos outros, pelo menos. É um momento de alívio depois que as mudanças começaram a acontecer em sua casa, e é inútil também.

Pelo que eu estou pagando, meu Deus?

Toc tic toc tic toc tic, não há mistério, só ignorância. O homem, seus patrões e empregados, o seu buraco ornamentado, as contas a pagar que chegam em quantidade e frequência (mesmo durante a noite, trazidas por empresas particulares). Os envelopes de cobrança agora só não ficam mais intactos porque os mensageiros espremem tudo com força para caber na caixa de correio da família.

Eu devia ter comprado aquela caixa de correio maior...

São muitos e muitos lembretes, comunicados e alguns protestos já, mas o nosso homem conta com o caos e a desinformação do sistema financeiro.

Quer saber?

Irresponsável de tudo, ele amassa as cartas de cobrança e as mete no lixo aberto de um vizinho, querendo acreditar que aquilo se transferiu para outro, infantilmente.

Tem algo errado comigo ou com tudo isso, eu sei.

Qualquer clareza que ele, o marido, o pai, o homem, tivesse agora não muda mais o rumo deste relato. Tudo anda muito rápido nesta história. O volume das dívidas do nosso homem, por exemplo, é reajustado diariamente — parte numa cesta de moedas estrangeiras e parte com base no índice nacional da construção civil. O cachorro vira-lata, na outra ponta da coleira, alheio aos traumas e limites humanos e econômicos, quer apenas pular, correr, cheirar a maior diversidade de cheiros que houver para sorver, avançar, correr, inocente de que é parte substantiva do problema. O homem acuado pela ansiedade do cachorro. Preocupado em não perder o controle da coleira e de sua própria condição e manter as aparências, pelo menos... Ele puxa o enforcador, aterrorizado: *não me apresse, não tem mais jeito!*

Uma colher de bile dentro da boca. Mastiga a gelatina daquilo. Ele se dobra. Um desequilíbrio. A cada movimento um risco de adernar. O estômago queimando com ácido. A vertigem que o faz virar, girar, voar, cair! O homem se agarra ao primeiro poste que aparece. O cachorro força pelo outro lado. Cachorro e homem se enroscam e se amarram. O homem os desenrola, tenta alcançar o cachorro com um chute. Erra. Tropeça na coleira e cai. Volta ao poste que o ampara. Ele vai se recompor, mas ainda oscila muito, e nessa hora passa uma vizinha.

Bêbado imundo!

O que disse, senhora?

Boa noite. Eu disse: boa noite, cavalheiro.

O cachorro não desiste. Agora quer ir atrás da mulher, da vizinha, que já sumiu no ermo. O homem, o proprietário do cão, para todos os efeitos, tem o animal na coleira. E puxa para mostrar quem manda: *sou eu, desgraçado!*

O homem continua puxando. O cachorro se estica na ponta das patas. As unhas se arriscam no cimento com um apelo sofrido: *rinc! Rinc! Rinc!*

O homem continua puxando até que ergue o cachorro do chão. O enforcador junta num só e bom aperto a garganta do animal. Com as quatro patas no ar, ele contorce o corpo em arco, faz o pêndulo. Na tentativa de se ver livre, só aumenta o próprio martírio: *bicho burro do caralho.*

O homem continua puxando até ficar com a fuça na fuça do cachorro, encará-lo a poucos centímetros, medi-lo de cabo a rabo.

E agora?

As patas ficam inertes. Os dedos ficam roxos. Os olhos embaçados. As unhas brancas. A língua caramelada. O braço do homem treme com o peso da coleira, mas a força não o abandona. Ao contrário: em boa forma para aquilo, ele ainda chacoalha muito bem para confirmar quem manda; de novo: *sou eu, sou eu, desgraçado!*

O que o senhor está fazendo?!

O homem, o ferramenteiro, o cidadão acuado em seu próprio território, volta-se e baixa a coleira um tanto, até que o seu cachorro toque o chão. O animal ainda permanece na ponta das patas, ofegante.

Mas o que é isso?

Ali adiante outro homem e seu cachorro, ambos maiores e mais jovens do que aqueles de que trata este relato. O rapaz é forte. O cachorro é da raça dobermann. A diferença entre uns e outros é a diferença entre o predador consumado e sua refeição.

É um exercício.

Como disse?

Para as colunas. Minha e dele.

O nosso homem afrouxa a coleira e permite que o seu cachorro repouse nas quatro patas. Seu braço trêmulo fica inutilizado para trabalhos de precisão esta semana.

Achei que o senhor estivesse enforcando este animal!

Eu seria incapaz: é como se fosse meu filho.

Com o instinto de sobrevivência bem treinado, mas obsoleto, o nosso homem, o menos preparado para uma disputa, ele observa o quanto o outro cachorro, o dobermann, e o homem, o rapaz, o quanto, ao contrário dele próprio e do vira-lata, eles estão plenamente aptos e capazes, cheios de perspectivas e possibilidades de vitória sobre a caça e na perpetuação de suas espécies. O homem de que trata este relato já havia feito a sua parte quanto a isso, pensava. Agora, de toda maneira, já é tarde. Aqui fora o tempo não para. Não anda para trás. Só para a frente, para a frente: *rinc! Rinc! Rinc!*

A calçada é estreita. O rapaz e seu cachorro dobermann têm as cabeças e os ombros largos, mas diz-se, no caso da cabeça do cachorro dobermann, que o seu cérebro fica constrangido pelos ossos do crânio, e um bicho como este, é claro, pode se irritar e se tornar instável.

Com licença...

A voz do homem é tímida, aguda, feminina e afetada. A calçada é estreita, e, quando precisa ser dividida por todos os quatro bichos, bem, os animais e os homens param. Nessa ordem. De um lado o homem e seu cachorro vira-lata, em vias de doação, ou coisa pior. De outro, o rapaz com seu dobermann reprodutor. O rapaz não precisa puxar a coleira para o cachorro parar. O homem tem que usar o enforcador para evitar que o seu cachorro fuja em sentido contrário. A cabeça do dobermann está dentro de uma gaiola de aço temperado, mostrando do que ele é capaz e, ao mesmo tempo, tornando impossível que ele morda quem ou o que quer que seja. Segue o impasse na calçada estreita.

Sai da frente, moleque do caralho!

Como disse?

Com licença, amigo.

É o cachorro vira-lata que, tendo observado o comportamento do seu dono como tantos outros animais iguais a ele, cachorro de fundo de quintal, põe o rabo entre as pernas e, se arrastando, deita de costas no asfalto, abrindo as pernas para o dobermann, exibindo-lhe a barriga rosa-pálido com um princípio de sarna, e os órgãos genitais, murchos — num gesto de total submissão na linguagem dos cães e dos homens.

Levanta daí!

O homem puxa o enforcador com raiva, o cachorro vira-lata gane de susto e de dor.

Ei, não é você que está construindo uma piscina?

Sim. Eu posso fazer o que eu quero; isto é ou não é uma democracia de verdade?

Quando um alguém atrapalha muitas gentes, ele tem que se foder, isso também é democracia.

E a mão do homem torna a puxar o enforcador, agora para tirar da cabeça do cachorro a posição reverente em que ela estava — subjugado em corpo e espírito debaixo do cachorro dobermann.

Venha, bicho covarde dos infernos!

Como disse?

Boa noite/passar bem.

53. Intimação

Sua excelência o doutor juiz, na titularidade da vara de benefícios sociais em que opera e na forma da jurisprudência às leis de controle da pobreza, manda a qualquer oficial de justiça avaliador deste juízo, a quem for apresentado, que, em seu cumprimento, dirija-se ao endereço do solicitante, para que o mesmo fique ciente da decisão proferida (por mim, com a proteção de Deus) nestes autos: está indeferido, e em definitivo (sem direito a recurso), o pedido de financiamento subsidiado com base na lei de reforma de imóveis populares, feito pelo cidadão de que trata este relato. O estatuto de classe média dos materiais de construção, a falta de um projeto popular claro, e a descrição do que parece ser apenas uma piscina de uso exclusivo (equipamento fora do escopo do referido conjunto de leis), tudo isso inviabiliza a solicitação. Os descontos já obtidos nos revendedores de material de construção, na criação e no desenvolvimento dos projetos e a porção de juros não subsidiados não recolhidos também serão recalculados, acrescidos dos velhos índices de reajuste, dos novos valores relativos aos lucros cessantes e às custas do processo desde a primeira instância, bem como atualização da multa e dos juros de mora do contrato firmado com o banco de investimentos, de acordo com as regras consagradas no mercado financeiro, a seu tempo. Sem mais para o momento. Atenciosamente. O seu Poder Judiciário.

54. No fundo do poço

As áreas de planejamento, de estoque e de execução da obra propriamente dita, além das de trânsito, de lazer e de benefícios (vestiário + refeitório, por exemplo) dos funcionários da piscina, precisam funcionar ao mesmo tempo nos fundos da casa, mas é impossível e tudo fica amontoado enquanto diminui a olhos vistos o espaço vital do cachorro.

Você vai ter que desaparecer...

O cachorro, acuado, resta numa caixa de madeira debaixo do tanque, enquanto aumenta a quantidade de entulho na calçada, nas fuças dos vizinhos e parentes, enquanto cresce em fogo mais ou menos brando a raiva silenciosa dos lados, de baixo e de cima, atrás e na frente daquela casa.

A gente sente o impacto como vento gelado na face, de um lado e do outro.

Dá-se um jeito...

Do lado de dentro da propriedade, o quintal está nu como veio ao mundo, mas a terra escura e úmida, exposta à luz do sol e ao calor do verão outra vez, está ficando cinzenta nas bordas irregulares, embranquecendo feito cabelo velho, esfarelando como ossos cremados.

É um momento histórico e temos pressa.

As fezes do capítulo cinquenta e um foram removidas pelo caminhão limpa-fossas, como se sabe (e com pagamento à vista); sanados foram todos os danos aos encanamentos seccionados e entupidos na vizinhança e finalizada a etapa de escavação, mas o cheiro nauseabundo daquela entranha subterrânea continua o mesmo, desde quando o Bairro Novo foi criado na prancheta de um publicitário.

Deviam analisar este material..

Melhor nem saber.

No centro de tudo o que inspirou este relato, inclusive, está o buraco da piscina, com sua forma rebuscada e incompreensível sob qualquer apelo estético, seco e sem vida: *é assim mesmo. E a laje vem por cima, varrendo os problemas para baixo.*

Agora o solo precisa ter a consistência devida para sustentar o peso da caixa de alvenaria, das ferragens, dos azulejos de cento e setenta e quatro o metro quadrado, do alumínio, da água tratada com produtos químicos, dos banhistas vestidos a caráter e de suas ideias de grandeza.

O certo é meter umas estacas aqui e ali e ali e ali...

Isso até um ajudante jovem e inexperiente como qualquer um dos dois sabe, mas elas, *as estacas, não constam do orçamento aprovado e financiado, senhor!*

É uma questão de boa justiça e mau discernimento: o que não está no financiamento não existe para os meios da construção, logo não pode ser aplicado a esta piscina, que existe, para fins de contrato.

É mais uma lição de mestre, legal e barata, mas substantiva, sobre o mundo e o momento em que eles vivem neste país, quando até o óbvio perdeu o interesse prático. Tanto assim que os discípulos, estimulados e quase contentes por partilhar a presença de um homem inútil para a lida do trabalho (o mestre é deficiente quase que por completo, não se esqueça), mas pleno de clareza (o que se confunde com sabedoria, frequentemente), começam a próxima etapa da piscina, agora mesmo, direto sobre o terreno manhoso do Bairro Novo.

Vamos meter concreto neste buraco dos infernos!

Sim, senhor!

Todos são muito religiosos, independentemente de terem as suas demandas, súplicas ou orações atendidas: *o fiel é fiel, desde sempre. Deus que é proporcional, conforme.*

O buraco da piscina, financiada pelo sistema financeiro (mas sem subsídio agora), vai ser vestido pela caixa de alvenaria, produzida em concreto armado. A malha de aço, a base de tudo isso, precisa ser tecida a mão, feito uma renda portuguesa, mas quadrada, ou retangular, num rococó reto e definido por ângulos recortados. Cada quatro ferros de oito e cada estribo de quatro milímetros são amarrados quatro vezes entre eles, em cada ângulo reto da junção. Cada figura se gruda numa outra, gêmea, espelhada. Do mesmo tamanho. Lado a lado. Amarrada com arame recozido dezoito pra aguentar a torção que a torquês faz em cada canto fechado. Amarrada na outra. Espelhada. Mais arame cozido e recozido. Amarrada na outra. Lado a lado. Do mesmo tamanho. Torcido com a torquês. Tudo de novo. Em cada ângulo, por infinitos ângulos retos multiplicados...

Ofício de paciência do caralho!, reclamam os assistentes, que acham que ganham pouco para o muito que acham que fazem, mesmo sendo servis ao mestre como são aqueles.

E bastante inútil, também!, assegura o mestre, que já retém consigo boa parte do salário deles, os discípulos, como ensinamento do que é exploração. Além do mais, o que os ajudantes estão fazendo manualmente nesta fase da construção, por exemplo, as telas de caixa de alvenaria que eles amarram canto a canto, ferro a ferro, estribo a estribo, tudo isso já está disponível em modelos prontos, pré-soldados e com melhor acabamento, que pode ser adquirido em quantidade e a baixíssimo custo, em qualquer revendedor. Acontece que...

O que não está no contrato de financiamento não existe para os meios práticos da construção.

Mais quatro ferros de cada lado com um estribo de quatro abraçado por cima e amarrado quatro vezes nos lados. Lado a lado. Do mesmo tamanho. Amarrado no canto. Em cadeia. Mais arame torcido. Duplicado. A torquês ao quadrado. À terceira potência. Fecha-se uma gaiola. E outra. Gêmea siamesa, espelhada na primeira. Tudo de novo. Bem grudadas. Torcidas no arame dezoito, espelhadas em ângulos retos multiplicados ao infinito: *rinc! Rinc! Rinc!*

É bom dia ou boa tarde?

A mulher deitada se ergue para assistir ao fenômeno do trabalho, que fica cada vez mais distante de seus anseios e entendimento à medida que cada vez mais manda na diarista desde o quarto ou se droga na cozinha, tomando um antidepressivo sobre o outro, e logo um posterior engolido em seguida. Três comprimidos de três miligramas para ver o que não acontece há tanto tempo que...

Então? Agora é quando?

Há cimento e areia em suspensão no ar, é notável, mas a mulher, a dona de casa, continua envolta em névoa própria. Vive de camisola agora, que não tira por nada daquele mundo dela: químico, embaçado, impenetrável.

Aquele aumento, senhora...

Não vê que eu estou rezando?

Desculpe, não quis incomodar.

Com licença: Senhor, escutai a minha prece!

A mulher, a mãe, a esposa, a fiel, ela esperou, esperou — com o testemunho ocular da diarista — e nada parecido com uma resposta mágica se faz ouvir. Nada se faz ouvir além das sirenes das ambulâncias e dos rotores dos helicópteros.

Um, dois, três miligramas...

A mulher, a drogada, ela não está conseguindo manter uma conversa inteligível que seja com a diarista, mas no fim do expediente, ela, a patroa, estende para a outra, a empregada, a mesma velha quantia de sempre como pagamento. A diarista aceita a mesma maldita diária, aquela da qual reclama desde muitos anos atrás: *eu te mato, sua vaca desalmada!*

Como disse, meu amor?

Até a semana que vem, minha senhora!

E ainda faltavam muitas noites iguais a esta. Iguais a esta.

55. Centro mecânico

Tic-tac-bum, para trás. O relógio, retrasado e apressado por dentro, ambiciona um golpe, está claro. Anda para trás sem a menor vergonha de ser flagrado neste roubo. Acumula: *mais um dia, mais duas horas, mais três minutos...*

Não perde um trocado de tempo. Não passa um segundo, mal se dorme e já é logo cedo de manhã.

Bom dia.

Por quê?

Todos os funcionários que sujam as mãos no processo da indústria metalúrgica nacional (engenharia/projeto, ferramentaria/desenvolvimento e produção/chão de fábrica — macacões cinza, azuis-escuros, verdes e brancos; aventais brancos com gola vermelha, verde ou azul, e o todo cinzento), eles todos foram reunidos no galpão recém-construído na antiga área de lazer, retomada destes mesmos empregados.

O nosso prédio (deles) mais bonito!

É logo cedo de uma manhã importante — historicamente — na evolução da vida profissional deles. Neste momento nenhum dos empregados lamenta o fim da área de lazer, por exemplo, mas o fim da área de lazer inspira em muitos empregados alguma lembrança do seu tempo perdido de meninos na escola.

Sarcasmos, má vontade, competição e frustração...

Odeiam cada centímetro por segundo do ensino que tiveram e dos conhecimentos que acabaram adquirindo, mas é nesta lembrança que eles se concentram agora.

Tudo certo como dois e dois são cinco...

Os funcionários do chão de fábrica ainda complementaram sua formação nas malfadadas escolas de aprendizagem industrial, de baixíssimo nível, e por isso desconhecem, na teoria, o seu próprio metabolismo. Entretanto, eles conhecem sim, na carne flácida de empregados, que, largados ali — sem produzir nada, só conversando amenidades deste momento especial (financiamentos, veículos, remédios para o desejo) —, pelo menos eles ganham aquelas horas como se fossem trabalhadas e não se cansam, ou gastam pouquíssima energia ficando em pé naquele mesmo lugar.

Alegria! Alegria!

Incultos em biologia, mas corretos quanto ao seu mundo social e econômico, quanto à ocupação e desocupação do corpo produtivo e do tempo específico da fábrica, eles estão felizes com a economia de gestos, de trabalho, de sapatos e de vida neste turno frio e preguiçoso de segunda-feira.

Parado aí!

É pra já, senhor!

É o início de semana, ainda por cima, emitindo os velhos sinais de que o mais difícil e tedioso apenas começou, e vai demorar. Para a área de segurança, responsável pelos deslocamentos de operários fora de hora, esta situação não poderia ser mais perigosa.

Todos no mesmo lugar ao mesmo tempo?!

A temida e onipresente área de segurança está tensa, sente-se nos olhares rancorosos dos guardas uniformizados, nos seus punhos cerrados dentro dos bolsos, nos cassetetes exibidos com receio e excitação.

Crachá à vista!

O fato é que a área de inteligência (chefia/sem uniforme) da área de segurança é que está preocupada com qualquer coisa que a reunião (mesmo que convocada pela diretoria) possa sugerir aos reunidos, e manda os subordinados permanecerem de prontidão por isso e por aquilo, para proteger, servir e intervir nos ânimos uns dos outros.

Palmas para eles!

Como o auditório de um templo religioso, em uníssono de fiéis, o patrão e alguns engenheiros mais graduados são aplaudidos pelo quadro de funcionários quando entram no galpão. Os que batem palmas — vê-se nos gestos displicentes — não queriam fazê-lo. Os recém-chegados também (o engenheiro-chefe, certos engenheiros, advogados e os diretores de área de expedição e publicidade) sabem que essas palmas chocas são de mentira, forçadas por contratos firmados previamente, pela presença ostensiva da área de segurança e de suas ferramentas.

Parado aí, caralho!

Sim, senhor, caralho!

O que disse?

Sim, meu caro senhor.

Ah, bom...

O homem de que trata este relato é o único funcionário que o engenheiro-chefe, o patrão mais graduado ali, cumprimenta na frente dos outros, naquele momento, fazendo direcionarem-se ao nosso ferramenteiro, de avental cinzento, os olhares túrgidos e cheios de conjecturas maldosas — não apenas dos operários desqualificados da linha de produção, como de hábito, mas também das diversas categorias de engenheiros, membros da diretoria e da área de segurança presentes.

Filho de uma puta — pensam.

Conseguimos — diz o engenheiro-chefe, o patrão de tudo e de todos, ao ferramenteiro, como se o ferramenteiro fosse um sócio seu, quando os dois sabem que ele não passa de empregado naquilo tudo.

Sim, senhor.

O nosso homem, em vivo destaque perante os seus semelhantes, fica lisonjeado sim. Vê-se. Suas garras se agitam em frenesi, o lábio trêmulo, os olhos brilhosos, a sudorese que o ataca, a boca seca e o rabo que balança de satisfação, ele não pode esconder.

Obrigado, senhor.

Em seguida, em mais uma demonstração de que o tempo do chão de fábrica e de outras áreas coligadas (*menos um segundo, menos dois minutos, menos três horas, menos quatro dias*), de que o tempo deles não vale grande coisa, o patrão, o engenheiro-chefe, aciona um botão na parede. O botão aciona o motor de dois cavalos que descerra o pano solene, ou cortina de aço, é difícil dizer, mas que fechava um lado inteiro do galpão. Tudo se faz devagar e muito lentamente, revelando, aos poucos, a máquina gigantesca. É a caixa metálica muito comprida e recatada, vestida com saia de lata, que já se viu antes, no computador do patrão (capítulo quarenta e sete). Tem a porta de correr com um vidro no meio, por onde se acessam as entranhas e se acompanha a usinagem automática, com botões e monitores por fora, uma obra mecânica e eletrônica de tecnologia suíça, indonésia, chinesa, alemã, americana, mexicana, turca, argentina e israelense, uma coisa de categoria nunca vista pelos pobres profissionais daquele país deles.

Senhores: nosso centro mecânico.

A partir deste ponto se destaca que a máquina age sozinha, como se fosse gerida e guiada por energia telepática do engenheiro-chefe; ele que se posiciona diante dela feito um maestro patético — mas proprietário — dessa orquestra completa num único aparelho de som...

Faça-se a peça!

A máquina responde ao comando de voz do patrão e começa a trabalhar em alta velocidade. Busca um pedaço de material bruto e o ataca de forma impiedosa, na frente dos empregados assustados com tamanha produtividade, como índios ignorantes dos milagres operados pelos brancos: *Deus!*

A caixa metálica se expande. A caixa metálica se contrai. É um pulmão. Agarra o aço como se fosse um predador esfomeado. É um massacre. E um baile. Ora são os membros e os dentes da máquina que giram em torno do material bruto para esculpir a peça, ora é o material bruto que, obediente, gravita em torno da máquina. Logo ela expele o resultado perfeito: é uma polia rendada, a face mais recurva e desgraçada de se fazer de uma turbina de avião. Não tem a menor rebarba/zero necessidade de retrabalho/bom & barato.

São quinhentas ferramentas a cinquenta mil rotações por minuto, com infinitas variações possíveis entre o torno e a fresa, a fresa e a plaina, a plaina e a perfuratriz, a perfuratriz e o esmeril, e a serra e a prensa, senhores!

A expressão dos funcionários subjugados pela técnica permanece a de espanto.

E a máquina não tem os cabelos puxados, não esmaga os dedos, já que não tem dedos e nem tem olhos que sejam perfurados!

A ignorância, a dos funcionários em geral, outra vez não os poupa de entender o que lhes vai acontecer em pouco tempo. Antes da aposentadoria.

Senhor, escutai a nossa prece!

A caixa metálica se expande e se contrai. Sensores captam a profundidade do corte no aço temperado com a precisão de um milionésimo de milímetro. A caixa metálica pulsa, respira, tem vida dentro da máquina. Ao mesmo tempo, ela é fria e calculista. Precisa. Perfeita. Um trabalho de escultor.

Palmas para ela!

Pulsa. Expira. Expele a peça. Busca material bruto de novo. Nem pensa, recomeça. O tempo anda rápido para trás e a máquina/produtividade depressa para a frente. Uma peça por minuto. Um motor por hora.

Agora chega!

Há pouco animados com a inadvertida folga da manhã e o súbito tempo para perder em seus próprios pensamentos, os operários e até mesmo alguns engenheiros estão exaustos agora — e aterrorizados — só de ver aquela máquina operando, e prever seu futuro cada vez mais restrito, é lógica matemática.

Ao trabalho!

Para o engenheiro-chefe, o patrão, nada muda. Por isso ele bate nas costas daquele que considera — pelo momento — seu melhor funcionário. Não é um engenheiro, nem mesmo o seu chefe de segurança, mas o nosso ferramenteiro de avental cinzento. Outra vez sem conseguir conter as manifestações de sua vaidade, ele, o funcionário escolhido, o eleito, agradece: *obrigado, senhor, eu só...*

Mas o patrão já lhe deu as costas e foi-se embora.

Lazarento.

56. Cultura de banheiro IV

Quem?

Para as crianças que estão na escola, o banheiro pode ser uma janela para o mundo, mas, para os adultos reformados pela indústria, ele é uma terra de ninguém, um espaço contaminado por falsidades e olores pestilentos, de fuga do tédio do trabalho, área de violência sexual um tanto consentida, um tanto livre, e local de constrangimento dos que se sobressaem entre eles: *você mesmo.*

É verdade que você ajudou o patrão a comprar aquilo?

Só dei palpite, ou nem isso. Nada.

Agora é tarde. O homem foi cercado e há mais ódio sendo destilado do que vontade de ponderar o que quer que seja entre eles: *o que você tem na cabeça?*

Ele me chamou e eu fui...

Não é o cara da ferramentaria?

Nisso, de passagem, um operário que ele conhece da linha de produção, meio-oficial prensista, a pretexto da pressa que todos têm de voltar para casa, dá o que parece ser um soco nas costelas do homem de que trata este relato.

Ai! Sou eu mesmo.

Não é nada de mais; se assemelha a um acidente, inclusive. Como se fosse um gesto necessário, instintivo, um tique nervoso do outro homem, que acerta o nosso homem como que por acaso. E logo passa.

Com licença...

Não é o cara da piscina?

O círculo se fecha mais perverso em torno do ferramenteiro, do proprietário da piscina. São as contas, reajustadas em paralelo enquanto tudo isto acontece, os incômodos aos vizinhos, os colegas de trabalho...

Não! Ai! Como você sabe?

Mais alguém, parece um engenheiro desta vez, embora fosse difícil que um engenheiro permanecesse naquela parte do vestiário, mais pobre e suja do que a deles, mas ele, este "engenheiro" misterioso, também de passagem e usando o seu próprio joelho direito, acerta o joelho esquerdo do nosso homem. Ele se curva de dor. Dois ou três outros funcionários da linha de produção, de graus/macacões variados, se aproveitam e lhe acertam o rosto com os cotovelos. De passagem. Nada de mais. Continua parecendo acidente, inclusive. E já vão. Apressados como os outros trabalhadores...

Ai!

Desculpe.

Não é o cara da piscina?

Ai!

Com licença...

Ai! Tudo bem.

E com isso, sem brigar com ninguém em particular, o homem de que trata este relato apanha de todos um pouco, sem poder responsabilizar quem quer que seja, porque não pode culpar toda a fábrica pelas estocadas de uns e outros — mesmo que sejam muitos.

Uma boa noite?

Ele, o nosso homem, é o penúltimo a sair, mas o último guarda da portaria, enrolado em cobertor, ele também o ignora, e fecha a guarita na sua cara. Na volta, o trânsito é, como sempre nesta década de prosperidade, um relógio parado, ao qual só se dá corda para atrasar, andar a esmo, tic-tac-bum, desperdiçar, e o ferramenteiro, o empregado, o pai, o marido, exausto dentro do carro, bufa e desabafa para o tráfego financiado a perder de vista: *a puta que me pariu: vou ter de ficar aqui comigo mesmo!*

Assim é: três horas depois, quando chega a sua própria casa e pensa que vai ser amparado e acolhido pelos seus considerados, o homem combalido encontra tudo escuro e vazio.

Mas...

Não é como se tudo estivesse violado, e sim quase morto, com sinais de abandono. Feito o fantasma solitário de um castelo em ruínas, ele, o pai, com medo de acordar o filho traiçoeiro, se aproxima do seu quarto um passo dentro do outro, atrás do outro, em silêncio!

(...)

Dói-lhe o coração ouvir o ronco da princesa, isto é, da mulher, da esposa que dormira sem lhe dar qualquer coisa que ele achava que merecia, ou de que precisava nesta noite.

Também: toma três, toma quatro, toma cinco, toma dez!

De fato, as doses de antidepressivos ingeridas pela mulher são cada vez maiores. E mais necessárias suas noites de sono. O homem, o marido, ele entra no banheiro: *puta preguiçosa!*

O que disse, papai? O menino aparece na porta.

Eu estava apenas pensando alto e inutilmente, filho. O homem liga o chuveiro, tira a camisa.

O que são estas marcas roxas nas suas costas, meu pai?

O homem, o pai, se volta para o espelho do banheiro: *eu escorreguei no óleo e caí na fábrica, tu escorregaste no óleo e caíste na fábrica, ele escorregou no óleo e caiu na fábrica; nós escorregamos no óleo e caímos na fábrica, vós escorregastes no óleo e caístes na fábrica e eles escorregaram no óleo e caíram na fábrica, compreende?*

Claro, boa noite.

O menino se enterra no quarto, em meio a sites apócrifos, caixas de azulejos e sacos de cimento. A poeira precisa ser afastada com os braços. Precisa ser raspada dos copos e dos pratos com uma faca. Nosso homem sai do banho, tem fome. Na cozinha vê-se que ele está indignado de fazer o serviço que considera o da mulher à mesa do jantar: servir o prato, dar os talheres, o copo de bebida e ficar olhando/ouvindo o marido comer.

Drogada filha da putaaa!

É o que o nosso homem grita baixíssimo neste momento deste dia, ele que se sente traído pelo remédio da esposa e, vingativo, come muito a contragosto o prato frio que acabou fazendo, mas come inteirinho, até o fim, com ódio mesmo, remexendo grotescamente os talheres de aço no fundo de vidro (*Rinc! Rinc! Rinc!*), tentando acordar a esposa, talvez, mas sem sucesso. O homem agora tem raiva do sono dela. E outra vez não houve quem se lembrasse de alimentar o cachorro.

57. O custo do sacrifício

O CACHORRO NO banco traseiro, a língua de fora, babando um tanto no assento e no vidro aberto. O motorista olha direto à frente, ou pelos espelhos, mas torcendo para não cruzar com o olhar direto do outro. Ele, o cachorro, como sempre fez antes deste dia, late e se agita à passagem das motocicletas. Passam muitas. Como contas enfiadas num colar. Um capacete enfiado atrás do outro. Um pensamento enfiado atrás do outro. Uma dívida atrás da outra.

Não é possível!

O homem mete a mão na buzina. Nem adianta. Aliás, atrasa, porque chama a atenção dos motoristas que estão em torno, e os distrai das marchas e contramarchas na avenida engarrafada. O cachorro, ignorante de tudo, não tem pressa. Late mais uma vez.

Tem sempre alguém na minha frente, diz o homem, como se o cachorro pudesse entendê-lo. Depois ele se sente obsceno de falar com bichos daquele jeito e se cala. O cachorro assobia e late de fininho, como um choro que entra direto no ouvido dele, do homem. Parece um comentário desolado que o animal faz. Ele, o cachorro, tinha se voltado, e ele, o motorista, fez o que não devia, olhando no espelho de fora, direto, para dar de cara com o olhar molhado do cachorro na sua nuca.

Poderia matá-lo com um dente, pensa o homem pelo cachorro, mas ele sabe que o animal não o atacaria. Aliás, o cachorro lambe o seu pescoço. Em sua cabeça minúscula, sente-se feliz e protegido. Nada mudou para ele, o cão, que supõe ser o melhor amigo dele, do homem, ainda.

Bicho burro do caralho!

Au! Au! Au!

Acontece que a mudança é dele, do homem, e, o que o deixa ainda mais intranquilo, ele próprio não tem mais certeza de para onde está mudando...

Para baixo, quem sabe, com o buraco?

É aquilo, aquele tráfego, aquele problema com o tempo, de espaço, a mulher, o menino, a piscina, o mestre e seus discípulos...

Você precisa desaparecer.

Ele reza para chegar depressa ao seu destino, mas não chega a destino algum durante longo tempo. É o tedioso anda e para muito conhecido na cultura deles, até o último instante, quando o nosso homem, o motorista, se joga na última vaga de estacionamento do hospital veterinário.

Pois não?

Fui eu que liguei, doutor. Cochicha: *sobre... o... o sacrifício.*

Você é...

O doutor veterinário faz questão de chamar o nosso homem pelo nome, ganindo e apontando na recepção lotada, como se quisesse identificá-lo socialmente, para denúncia posterior.

Era/é um belo animal, senhor...

Trancam-se no consultório. O veterinário não convida o homem para sentar. Senta-se ele e encara o outro como se fosse alguma espécie de assassino. O homem de que trata este relato não gosta do que vai se tornar, se vê, mas também não é tudo aquilo, assassino.

Com licença.

O operário, o proprietário do cachorro, o cliente, puxa uma cadeira e senta-se diante do médico-veterinário. O cachorro, mais atrás, também se cansa.

O senhor tem certeza do que está fazendo?

Como disse?!

Para um profissional de fato, ele explica, nem é questão de responsabilidade, mas "de moral", e "jurídica".

Entendo...

Afirma que não fora por aquilo que jurara na faculdade, muito pelo contrário, e que isso tem um preço...

Quanto é?

O cachorro fica inquieto. O homem também.

Precisa de recibo?

Não! Não...

Quando o médico diz quanto quer ganhar para fazer o trabalho, o cachorro se ergue em guarda, como se protestasse pelo dono. O dono mesmo, o homem, ele não diz nada e ainda procura censurá-lo, enforcando com a coleira.

É uma injeção, não é?

Primeiro nós aplicamos tranquilizantes, depois um medicamento que provoca parada cardíaca, ou respiratória, dependendo; tudo dentro da lei, sem sofrimento — informa o veterinário, tecnicamente.

Ele vai morrer dormindo!

O dono, preocupado com o sofrimento alheio, quase sorri — de nervoso, mas o humor do outro, do médico-veterinário, não é da mesma natureza: *só sei que vai morrer.*

Então o homem, o dono, amarra a coleira do cachorro na cadeira do médico, gagueja desculpas e despede-se com um carinho no focinho. Puxa do bolso a carteira e, confiante de que está se livrando de um problema para sempre, bate com o cartão de crédito na mesa do veterinário: *rinc! Rinc! Rinc!*

E já se ergue apressado para digitar a senha, para pagar qualquer preço, aceitar qualquer valor, para encerrar algo que fosse, correr, fugir dali o quanto... Mas...

Espere!, ordena o médico com a autoridade da sua velhice e a força de seu diploma universitário (força forte, na cultura deles): *preciso da sua assinatura nesta autorização. Para os efeitos da legislação o animal teve um problema, e você se responsabiliza pelo que eu vou fazer, integralmente.*

Ele, o médico, estende um papel carimbado em que está escrita uma série de mentiras com a letra muito ruim, que aquele cachorro tinha uma doença incurável e progressiva e contagiosa e que ele, "o proprietário e responsável pelo animal", autorizava o outro, o profissional, o médico-veterinário, a realizar a execução imediata, não, isto não, execução não... O sacrifício do animal, talvez, ele já não lembra... Mas desiste.

Melhor deixar pra lá.

Como disse?

Além de a conta ser muitíssimo cara, como se fosse o sacrifício de uma pessoa importante, ele, o dono do animal, não pretendia assumir a responsabilidade pelo que quer que fosse: *queria pagar, dar as costas para o problema e ir embora...*

Sem assinatura, sem sacrifício.

Enfia sua injeção letal no cu e espreme!

O que disse?

Vou dar outro jeito nisso, doutor, foi o que eu disse.

Faça como quiser, isso é uma democracia cheia de leis e recursos de saúde veterinária, mas cuidado: os cães são mais importantes do que os donos hoje em dia!

58. Sagrado matrimônio

O MARIDO SE joga na cama do casal como um nadador despreparado num canal gelado e revolto, se debate e se afunda nos lençóis agitados, perde o fôlego e um tempo precioso à procura da esposa; espadana como um náufrago em meio à tempestade, um balseiro que vai morrer na travessia, com certeza, um barco salva-vidas à deriva, um homem de borracha...

Não fica duro, meu Deus!

A invocação religiosa não provoca a menor transformação na realidade do pênis do homem. O fiel esfrega pateticamente o pau amolecido nas coxas da mulher que escolheu em matrimônio. São as mesmas coxas alvas e brancas dela, palmilhadas, arranhadas e perfuradas à exaustão por alguém mais contundente do que este homem, ou talvez este mesmo homem, mas na verdade noutro, de outro tempo.

Eu ainda sou especial pra você?

Agora o rolo borrachento dele se enrola em sua mão como uma minhoca cega sob a luz, corcoveia e destronca o pescoço e se emaranha entre os ninhos de pelos do saco, animal envergonhado, para voltar à mão do homem, seu proprietário, larvar.

Faça alguma coisa!

O homem agarra a esposa pelos cabelos, com as duas mãos, e a põe para baixo, precisamente até onde ele achava que ela já devia ter ido, àquela altura. Pega o pau com a ponta dos dedos, como uma pinça, feito uma coisa que fosse fugir de volta para dentro do corpo dele, covardemente escondido atrás das bolas, e, apesar de querer a ajuda da outra, da esposa, é ele, o homem, o marido, quem enfia o pênis semiconsciente na boca dela. Ela parece alheia e distraída, remexe a língua, engrola as palavras, se cansa e desiste de falar; mastiga aqui e ali para encontrar o resto do marido e quase morde a parte mole.

Cuidado comigo!

A mulher foi acordada de repente, já com as nádegas assadas separadas pelas mãos agonizantes do esposo, e ainda se encontra sonolenta com os produtos químicos noturnos, em pleno efeito: *tomei dez, tomei vinte, tomei trinta e cinco miligramas! Eu já não sinto nada. Faça o que quiser de mim.*

A mulher vem ao seu encontro, mas a entrega da esposa não ajuda, aliás, complica uma situação em si bastante delicada, aumenta a responsabilidade individual do marido, um homem que, sem dúvida, pretendia cobrir a esposa como manda o figurino sexual (pênis teso), social (cidadão), a bíblia (varão), o cartório (responsável), o cartão de crédito (provedor), enfim, mas parece que não é mais possível atender a tantas demandas destes tempos de prosperidade e dívidas.

Hei de vencer, com a ajuda do Senhor Meu Deus!

Também não é neste momento crucial que o senhor dele, a divindade, quem quer que seja, vai colaborar com o homem de que trata este relato. O homem sente o amargor do silêncio de Deus e da esposa na boca do estômago, uma tontura na cabeça, tira o pau da cara dela e a puxa para cima, para poder se servir melhor, ou mais convenientemente, de toda aquela nudez e mudez. Com a eficiência, a prática, a previsibilidade e a falta de enlevo de sempre, o homem põe as pernas da sua mulher sobre o próprio ombro e se empurra em direção ao ventre dela. Uma, duas, três, quatro batidas secas nos ossos da bacia. Coisa mecânica, vê-se, como se operasse a máquina de si mesmo em ritmo sincopado, mais a irritação da carne, da pele, do canal mais profundo, do pensamento...

Nada, caralho!

Repugnado com a falta de desempenho. Uma dor no pau mole inerte na mão tensa, ela sim, de terror e constrangimento. Um ranger de dentes que mastigam a desolação. Câibra. Hérnia. Empurra, empurra, empurra.

Mas nada...

Vira a mulher de costas, o cu é "sempre um presente inesquecível", diz-se, como aquele comercial de diamantes à prestação.

Há de ser ele mesmo...

O prêmio. Sim. O homem, o chefe da casa, o verdadeiro mestre da piscina, ele, o proprietário, repuxa as pregas do ânus da própria esposa com tanta força, num movimento excêntrico, que elas cedem num ruído úmido, lânguidas e brilhantes, se abrindo num buraco negro e lamacento nas palmas das suas mãos. Empurra, empurra, empurra. E o cheiro forte da esposa amada, outrora um perfume, é agora um cheiro ruim, nauseabundo: *bosta.*

Assim mesmo ele se cola inteiro no regaço dela, esperando por um milagre que não vem: *nada outra vez.*

O pênis, é necessário reconhecer neste momento, parou totalmente de responder, cortou em definitivo a comunicação com o homem, seu proprietário, para os efeitos deste relato. E, de forma muito semelhante ao que aconteceu recentemente no banheiro da indústria metalúrgica em que o nosso homem, o ferramenteiro de avental cinzento, trabalha (capítulo cinquenta e seis): sem brigar, mas por consequência de movimentos bruscos e impulsivos em espaço restrito, parecendo resultado de amor e curiosidade e não de ódio e repugnância, a mulher termina toda machucada, como se tivesse sido chicoteada nos seios, na virilha e nas nádegas, quando o homem cai sobre suas costas, vencido, castrado.

Deus me perdoe...

Não existe dor física nisso para ela, que já voltou a dormir. E nem para ele, que se mantém acordado (exceto pelo enorme vazio, o permanente sentimento de desconfiança e a frustração generalizada, envenenando progressivamente as demais áreas da vida).

Dias depois disso, quando foi buscar mais antidepressivos no posto de saúde pública, num culto quase vazio ao qual compareceu sem a família, ela, a esposa do operário de que trata este relato, se vê de vestido leve (o calor de sempre), de alça fininha e decote cavado na frente do pastor, que, tocado pelo desejo sexual que Deus lhe deu, pelo espírito de proteção e de solidariedade que ele sente em relação ao seu rebanho, indignado de ver aquelas chagas no colo, no pescoço e nas pernas da mulher do próximo, quer saber detalhes do que aconteceu. Ao que a mulher, a fiel, responde ausente, no automático: *eu tropecei e caí em casa, tu tropeçaste e caíste em casa, ele tropeçou e caiu em casa; nós tropeçamos e caímos em casa, vós tropeçastes e caístes em casa, eles tropeçaram e caíram em casa, pastor.*

Deus seja louvado.

Amém.

59. Cultura de banheiro V

DENTRO DA SALA de aula, o drama dos professores continua sendo o de captar a atenção dos alunos: *calados, ou todos repetem o ano, caralho!*

O que disse, professora?

Isso que vocês ouviram.

Não há pior injustiça. Nem melhor ameaça. Repetir o ano, mesmo para jovens com problemas de autoestima e poucas esperanças no futuro como aqueles, ainda é o castigo mais repudiado. Se não devido à mancha no histórico escolar (que, como se aludiu, pode condenar à pobreza mais abjeta alguém que nasceu menos pobre do que isso), ao menos pela necessidade técnica e tediosa de se vivenciar tudo outra vez — os mesmos conhecimentos inúteis, os mesmos exercícios e rituais insalubres, o ano que vem inteiro de novo, um novo ano morto, todo um futuro de passado completo, revisitado e lento, exasperante.

Tic tac bum!

Não é como um relógio que atrasa ou adianta, mas que trabalha contra o tempo.

Rinc! Rinc tac bum...

É por tudo isso e por coisas piores do que essas até que os profissionais do ensino usam o diário de classe para privilegiar ou punir os alunos mais inteligentes ou dóceis, ameaçadores ou débeis, psicopatas contumazes ou neuróticos hipocondríacos, dependendo do jogo de forças que ele, professor ou professora, quer estabelecer em cada turma, cada ano, cada aula que ele dá, ou tenta...

Eu não aguento mais!

Não fique nervosa, professora.

É o menino, o filho do homem de que trata este relato, quem diz aquilo, solícito. Não se conhece o seu intento. Não é o seu estilo, a cortesia. É mais escuso e arisco do que aparenta agora. E nada indica que tenha mudado em seu coração espinhoso. Nem parece franco. Já a professora — que não o conhece de fato — põe muita verdade naquilo que diz, emocionada, em terror, indicando de braços abertos como um cristo o caos incontornável de almas uniformizadas que vagam penadas por todos os lados e pelo teto da sala, naquele momento, o que condenava mais um dia na escola ao fracasso total, fornecendo os argumentos daqueles que pretendem reduzir ou acabar de vez com o ensino de algumas pessoas...

Valha-me, Deus! É impossível ensinar! É improvável aprender!

Cabe aos professores, diante dos desafios e constrangimentos impostos pelos alunos, com as suas limitações intelectuais e religiosas, decidir se os fatos de nossa história, quase todos lamentáveis, devem ou não ser lembrados e vistos na escola, com a intenção de que — advogam os defensores da tese didática —, conhecendo os pormenores vergonhosos e venais das ações de seus antepassados, não os repitam jamais, ou, segundo outra teoria, se estes exemplos lamentáveis devem ser apagados *in limine*, eliminados dos livros didáticos e censurados para sempre dos currículos escolares, porque não oferecem qualquer aproveitamento em termos pedagógicos...

Compreende a minha situação?

Não, professora, mas tome isto, vai ajudá-la a decidir...

Aproveitando-se da fraqueza psicológica e numérica da professora (são quarenta e cinco alunos contra uma), o menino, o aluno, "inocentemente" passa-lhe uma cartela daqueles antidepressivos com os quais o sistema de saúde trata a angústia de sua mãe e a sua ginecomastia.

Um de manhã, um de noite, um de madrugada e a senhora não vai lembrar-se de mais nada!

É possível desligar?

Constantemente! Completamente!

Ou quase: o que o remédio faz, neste caso, é ajudar a professora do menino a desistir. Por aquele dia, ao menos, já que o salário é imprescindível para a sua casa de família, também cheia de dívidas vencidas e prestações de crediário por vencer.

Com licença.

A professora, alegando falta de tempo para a transmissão dos conteúdos determinados pelo programa oficial para aquele dia em particular e falta de segurança na escola como um todo, aproveita de uma distração dentro da distração generalizada que há na sala de aula e vai-se embora.

Escapei por hoje, graças a Deus!

É mais cedo. Muito mais cedo. Mais uma vez. Só que desta vez é quase sem perceber, flutuando numa bolha opaca (dopada), mas não sem antes negociar muito bem com o menino, o aluno que resolveu o seu problema, uma nota para o bimestre: *dou-lhe uma, dou-lhe duas: dou-lhe cinco.*

Obrigado, professora.

Trata-se de uma nota média, no limite do que é preciso fazer para seguir com a manada, mas o menino, o jovem, o filho homem do homem de que trata este relato, ele nunca sonhou com algo melhor do que isso.

60. Gênesis 3:16

O QUE FAZ a mãe?

Põe no mundo com dores, incontinências e blasfêmias, cria com medo, protege com a vida, educa de um jeito inflexível, exige fidelidade e explicações de tudo o que o transforma, pune com rigor o que não entende, com amor, de toda maneira, adoece e morre sem receber o que julga merecer.

O que faz a filha?

Repete a mãe.

O que faz a professora?

Cria com medo, educa com rigor, faz anotações circunstanciadas no prontuário escolar de cada aluno, definindo quem é o melhor da turma e quem será o pior, a cada ano.

O que faz a namorada?

Faz companhia sem compromisso, dá prazer segundo as regras do decoro social, elogia gratuitamente, educa para a vida afetiva e sexual, faz coisas que as esposas não querem ou não podem fazer. Está dispensada dos serviços de casa.

O que faz a prostituta?

Faz companhia sem compromisso, oferece prazer sem restrições físicas, morais ou religiosas, elogia por dinheiro ou por cartão de crédito, educa para a vida sexual e social, faz coisas que as esposas não querem, não podem ou não devem fazer mais. Está dispensada dos serviços de casa.

O que faz a esposa?

Cuida da ordem e do progresso da casa, inapelavelmente, faz companhia por compromisso, tem filhos, cria filhos, elogia a família por amor, o marido pelo desempenho financeiro e sexual, educa com rigor, faz coisas que as prostitutas não querem, não podem ou não devem fazer — além do serviço da casa, em princípio.

O que faz a amante?

Faz companhia quase sem compromisso, oferece prazer quase sem restrições, aborta quase sempre que engravida, elogia de graça ou por cartão de crédito, educa para a vida afetiva, faz coisas que as esposas não querem, não podem ou não fazem depois de vinte anos de casamento. Não está necessariamente dispensada dos serviços de casa.

O que faz a empregada?

Faz o serviço de limpeza das casas de família e seus arredores geralmente por contrato verbal ou escrito; elogia por dinheiro, deseduca os filhos dos outros, faz coisas em escala e velocidade que as esposas e prostitutas não querem, não podem ou não devem fazer por dinheiro. É esposa, mãe, namorada, dona de casa, amante, amiga, prostituta e sua própria empregada doméstica, em dupla jornada.

O que você pensa da mulher, em geral?

É o símbolo da pureza, a namoradinha do país, a dama de companhia, a noiva do senhor, estrela maior, musa do poeta, modelo de beleza, exemplo de dedicação, rainha do lar, mal necessário, o centro da colmeia, mão na roda, mãe de Deus, de nossos filhos e filhas — o esteio do mundo, amém.

O que você pensa de mim, em particular?

Para mim você não se ajusta às normas deste bairro, não se acerta com o menino, nem encontra o seu lugar que não seja a cama, ou o seu tempo que não seja dormindo, abolindo o relógio do seu mundo, abandonando o menino aos perigos da escola só para ficar mais tempo deitada, enchendo meu saco com isso e com aquilo, porque eu me preocupo com você, afinal, que não se ajusta às normas deste mundo e do menino e assim por diante num círculo vicioso, de insegurança sua e ignorância minha.

Eu deveria meter a mão na tua cara?

Você não pode, não quer, não é capaz. E nossa clareza, a esta altura, não nos leva a nada melhor que isso.

Silêncio. Os dois nem respiravam. E o fazem de repente. Enchem-se de ar. Como balões.

Você lembra o primeiro dia?

Era inverno. Nós nos aproximamos com frio e com fome num determinado ponto de ônibus do caminho. Estávamos desesperados e nos abraçamos. Estávamos tão desesperados que, com um pouco de abraçados, já nos prometemos tudo isso. E aqui estamos (não mentimos): desligados e ligados um ao outro, ao mesmo tempo.

Do que você tem medo?

Das caretas diabólicas que você faz quando está distraída, pensando.

Há como eu possa te servir melhor?

Eu imaginava que você pudesse me trazer de volta algo perdido desde sempre, o fogo do inferno que eu nunca tive, por exemplo, um tesouro de uma ilha, uma nova realidade, talvez.

Meus hábitos e trabalhos?

Eu me sinto traído quando você olha para os lados, para dentro, ou quando não me olha de qualquer ângulo. Quando você dorme a noite preta desses antidepressivos do governo, eu me sinto traído de algum jeito, e quando você sonha sem a minha presença.

Antes deste período inacreditável de prosperidade em que vivemos, de crédito perigosamente fácil e algumas realizações, que elogios fizemos uns aos outros?

Nada, nunca. Elogios são como conselhos, almoços e crédito: não se dão de graça. Ademais, andávamos de cabeça baixa desde que nos conhecemos, como poderíamos?

E depois?

Agora andamos de nariz empinado. E com um olho nas costas, adverte-se, para o bem de nossa integridade física. É o que podemos fazer para enxergar um pouco mais adiante, parecermos diferentes em meio a tantos carros, casas e ideias iguais às nossas.

E você tem medo daquilo que conquistou?

Não, mas não parece verdadeiro, possível, necessário e justo, assim eu penso, no fundo do meu poço de culpas e incertezas, amém.

Louvado seja. E por que você me escolheu pra isso, então?

Porque você mexeu comigo quando eu era sozinho e sem problemas afetivos e financeiros. Você também é responsável, segundo o juízo dos homens, dos juízes, dos padres, dos professores e dos pastores da Igreja. E também porque você é a única. É "minha", pode-se dizer (?). Mas deves sofrer como todas as outras — está escrito —, colhidas nos braços da sedução e nos laços do matrimônio.

Você ainda gosta dos meus seios?

Eu ainda sou "o melhor do mundo"?

A felicidade?

É uma dúvida que eu tenho.

A infelicidade?

É uma certeza, pelo menos.

O dinheiro.

Acabou. Faz tempo. Agora é uma promessa de plástico. A gente nem sabe quanto deve. Só se vai ver... E quando se vê ali o que existe é apenas um número frio, sobre o qual é melhor não esquentar a cabeça.

O menino?

Não tenho a menor ideia.

Nem eu.

Fica com Deus.

Assunto encerrado.

61. Lista negra

NA INDÚSTRIA METALÚRGICA o ritmo em aceleração do relógio em seu movimento para trás continua fazendo seus estragos nos resultados diários, tornando tudo o que é manual ainda mais burro, jovem, barato, irracional e inexperiente. Só as máquinas amadurecem, como o centro mecânico computadorizado comprado pelo engenheiro-chefe, melhor do que os melhores artistas metalúrgicos disponíveis na região. Ademais, os seres humanos continuavam ficando velhos a cada instante, e, segundo normas editadas recentemente na fábrica, os operários e engenheiros acima de trinta anos é que estavam obrigados a usar os elevadores de serviço e de carga, deixando para os operários e engenheiros abaixo desta faixa etária, como um prêmio, os elevadores sociais, mais salubres e confortáveis. Em trânsito pela fábrica, os mais velhos é que devem sair da frente, fazer mesuras e manifestar respeito aos mais jovens e produtivos. A isto este sistema — não escrito, claro — denomina etiqueta trabalhista.

Não é o cara da piscina?

Conhecedor destas e de outras nuances culturais e hierárquicas da empresa nacional, ele, o empregado de que trate este relato, escoltado por dois seguranças fortes de terno azul-escuro e gravata, caminha cheio de orgulho, mas de cabeça baixa, olhando direto para o chão da planta da fábrica. Sai da ferramentaria gelada, atravessa a linha de produção fervente e deixa o galpão para a brisa malcheirosa que cerca a área.

Quem ele pensa que é?

Melhor não olhar.

Com essa atitude estúpida, o ferramenteiro de avental cinza decide não ver como se torna ainda mais visado por todos os funcionários cansados e impotentes em seus macacões engomados de óleo, cavaco e suor, que o flagram saindo mais cedo, em pleno horário de serviço, outra vez.

Melhor nem pensar.

Ele pode seguir de cabeça baixa, como prefere, e até com os olhos vendados, pois conhece muito bem as vielas que percorrem o interior de "sua" fábrica. Melhor do que os seguranças fortes de terno azul-escuro, que os faxineiros terceirizados (macacão abóbora) e até melhor que o seu patrão, o engenheiro-chefe. O empregado que vende o seu dia a dia de trabalho há tanto tempo conhece todos os becos úmidos, os corredores que terminam em paredes intransponíveis, os cômodos e marquises usados para fumar, para jogar, para rezar, para gritar.

Me tira daqui! Me tira daqui!

Nada. Só saem em seu horário definido por contrato. Exceto quando convocados, como era o caso do homem, para quem estes caminhos estavam sulcados em sua mente como se fossem os veios ressecados pelo fluido de corte na palma da sua mão, como o calo achatado na ponta do seu dedo, como o cravo na ponta do seu nariz, como as cascas de seus arranhões e feridas, como a biqueira torturante da bota de segurança.

Este lugar faz parte do meu corpo.

Os seguranças, circunspectos e profissionais, permanecem em silêncio, em constante movimento. Tudo os guia para a frente, respondendo ao chamado do patrão.

O que "Ele" quer comigo?

Logo vai saber.

Os seguranças da diretoria, fortes, de terno azul-escuro, estão muito bem-vestidos (tecido de fibra natural, importado) e caminham com elegância e firmeza (sem marcas de suor debaixo dos braços e nas costas), mas não são educados com qualquer um: *esta diferenciação faz parte do nosso treinamento, desculpe.*

O homem, o operário ferramenteiro, é capaz de entender isto também, enquanto os três caminham, caminham cada vez mais rápido, passo a passo, tic tac bum! Tic tac bum! Quase mais rápido do que o homem é capaz de acompanhar. Ele ofega, ronca, rinc, rinc!

Não podemos reduzir a velocidade?

Não, seu flácido!

O que disse?

O dia está plácido.

A velocidade dos três também faz parte do treinamento deles todos e tudo os guia para a frente, respondendo ao chamado do patrão. Ao final, estão correndo desesperados pelas alamedas de paralelepípedos cobertos de graxa encardida, expondo-se a riscos de acidentes dolorosos, até o prédio da diretoria, muito bem escondido por sua arquitetura de camuflagem, tão típica de sua classe. É como um lugar que detesta ser encontrado por qualquer um.

What the fuck are you doing here again?

Eu... Lembra? Não ispiqui...

Considerando o momento em que foi chamado e a distância percorrida até o seu objetivo, o homem se apresenta quase de imediato à secretaria do patrão.

Fui chamado por "Ele".

Mas o engenheiro-chefe, "Ele", não o chama depressa, de novo. Não o chama depressa, nem num tempo considerado normal. Aliás, demora a chamá-lo. E, assim, o nosso homem sente mais uma vez na carne da bunda e na coluna que o seu tempo, embora remunerado, não vale um peido.

Ficou muito tempo aí parado?

O patrão, sempre bronzeado, de terno claro, abotoaduras, gravata escura, de colete combinando, conhece o valor do tempo, e pergunta apenas para ter certeza. Reassegurar-se, para quem manda, vale ouro.

Acabei de chegar, mente, como convém, o nosso operário ferramenteiro, especializado em não arrumar confusão ou dar motivos para altercações com superiores. Diante do patrão, há duas cadeiras. Uma já ocupada por um homem de mangas curtas (capítulo quarenta e três), o gerente da área de recursos humanos com crachá de gerente e gravata listrada — o homem desconfia que há uma hierarquia de mangas e gravatas entre eles, mas é um código incompreensível ainda.

Conhece o gerente de pessoal?

A área chama-se "Recursos Humanos" agora, senhor.

Foda-se.

Como disse?

Foda-se, eu falei.

O engenheiro-chefe, ele sim, pode falar o que quiser e ignora a terminologia do terceiro setor. O gerente, sem se fazer de rogado, finge que o tempo para, se volta para o operário ferramenteiro e cochicha, ele também visivelmente acovardado de tratar qualquer assunto diante do patrão de ambos.

Você me deve um atestado médico.

Devo, não nego, trago quando puder...

O empresário, enciumado com as relações dos "seus" funcionários, se insurge, e intervém bem ao seu estilo:

Do que os empregados estão falando?

São algumas dívidas que eu tenho, senhor, nada demais.

Dívidas não fazem mal a ninguém. Dão esperança no futuro.

Graças a Deus.

Amém. E vamos ao que interessa...

O homem logo percebe que o outro, o chefe do departamento de pessoal, ou recursos humanos, como queiram, está contrariado demais para ouvir ou falar. O patrão não se preocupa com isso e chama a atenção de ambos os empregados, voltando-se para trás e abrindo a cortina de veludo.

Senhores...

Atrás da mesa do engenheiro-chefe, através de um vidro que rasga a parede de fora a fora, se estende a linha de produção: desde a área de projetos, onde computadores desenham as peças, passando pela ferramentaria que as executa, pelas máquinas e pelos operários que as reproduzem, pelo controle de qualidade que as analisa até, lá no fundo, o estoque e a expedição, que manda tudo embora. O engenheiro-chefe olha para tudo aquilo e bate no peito com as duas mãos, imitando um gorila.

Bonito para caralho, não?

O homem também entendia que havia beleza na luz que entrava pelas telhas quebradas dos galpões da indústria, nas máquinas alinhadas, no movimento coordenado que elas faziam, na paciência organizada com que usinavam as peças, acabando uma coisa com muito cuidado, antes de partir para outra. Não como as pessoas: *Não... Os tempos mudam.*

O engenheiro-chefe, já se viu, é um homem nostálgico, do tipo que acha que sente falta de velhas dificuldades para ter do que reclamar.

Éramos quase seis mil em mil novecentos e setenta. Depois éramos dois mil e quatrocentos no final dos anos mil novecentos e oitenta... Em noventa e poucos já não passávamos de oitocentos e tantos e ao dobrarmos o milênio... Acho que tínhamos nos reduzido a quinhentos... Duzentos a mais do que somos hoje, não é mesmo?

Sim, senhor, disseram os dois, ao mesmo tempo: o chefe da área de recursos humanos e o ferramenteiro de que trata este relato.

Eu lamento, disse o chefe do departamento de pessoal.

Eu não sei, mas isto não é o pior: amanhã de manhã seremos apenas duzentos e cinquenta, confidenciou o engenheiro-chefe.

Não entendi, quis saber o empregado.

Foi o gerente de recursos humanos quem esclareceu: *o centro mecânico da fábrica, recém-comprado, ele trabalha sem pausa para o café, para o almoço e o jantar, sem doença, sem comida, sem sono, e precisamos dispensar cinquenta empregados velhos e mais caros da área de produção amanhã cedo mesmo.*

E é por isso que você está aqui — assim diz o engenheiro-chefe. E de novo o empregado percebe que o patrão está falando como se o homem, o operário qualificado — mas ainda um funcionário —, como se ele fosse aquela espécie de sócio dele. Não que o homem desgoste daquilo.

Sim, senhor.

Em seguida, o engenheiro-chefe passa às mãos do funcionário contrito, ou apenas tímido e amedrontado, uma lista de nomes, num papel timbrado da empresa: *você conhece cada um melhor do que estes bundões do departamento de pessoal.*

O gerente de recursos humanos encara o ferramenteiro como se ele fosse o culpado pela má educação do patrão e pela miséria causada pelas máquinas operatrizes gerenciadas por computador, oras...

Mas o que o senhor quer que eu faça?

Escolha os piores.

Sabe-se que não falta em ninguém um defeito para apontar. Além do mais: *alguém vai acabar fazendo este serviço sujo. Melhor que seja eu.*

É o que pensa o homem, o ferramenteiro, e não é difícil para quem está junto da linha de produção há tanto tempo: um porque bebe e não chega na hora nunca, outro porque vive nervoso e toma antidepressivo, desperdiçando material bruto, um terceiro tem fraqueza e dorme na privada, atrasando o combinado, tem um que rouba papel higiênico, sabonete e copo plástico da firma, um que reza ajoelhado no mijo, numa língua estranha, um que trabalha melhor do que a maioria, mas cheira cocaína feito louco, o que cheira muito forte logo cedo, o que não quer fazer hora extra nunca, o que come demais, o que vive peidando, um enrabichado, cuja mulher dá escândalo na porta da fábrica, outro que vende rifa no horário do serviço, aquele irresponsável com a delicadeza do equipamento, que amola as facas de churrasco no esmeril da manutenção, o que parava muito a máquina com conversa fiada, e até alguns que ele não conhece nem um pouco, mas não gosta muito mesmo, e pronto.

Gente assim pode nos prejudicar a qualquer momento..., perde-se o nosso operário em devaneio. Mas logo o patrão, o engenheiro-chefe e dono do tempo atrasado do relógio, toma a lista de suas mãos e risca mais alguns nomes, depois entrega o papel ao gerente de recursos humanos: *livre-se deles o quanto antes.*

O gerente de recursos humanos torna a olhar feio, daquela maneira ostensiva, mas ao mesmo tempo covarde, para o operário ferramenteiro. Isso nem é tão incomum entre empregados com funções como as deles, como se já viu; é muito comum, na verdade, dados os seus valores culturais de caráter hierárquico: o operário vinha de um curso de ferramentaria: técnico; já o gerente de recursos humanos tinha formação universitária completa: curso de administração de empresas.

MBA em gestão de pessoas, por favor.

O gerente de recursos humanos se sente melhor, mas também mais frustrado do que o operário neste momento, e sai sem se despedir dele. Só do patrão, docemente: *com licença, meu senhor.*

Retornando pouco depois ao "seu" posto de trabalho, lenta e cadenciadamente, lutando contra o relógio que vai para trás, para trás — e perdendo —, ele, o operário ferramenteiro, se aproxima do beco cheio de motores enferrujados e máquinas ultrapassadas à espera de leilão. É a visão de um cemitério mecânico, um campo de esperanças abortadas e esforço inútil. É ali onde os empregados gritam ou choram com saudade e desejo da mãe ou de casa, como num muro de lamentação, que o nosso homem se confessa: *perdoai, Senhor, eu não sei o que faço.*

62. Malas

As malas subiram no guarda-roupa logo depois da noite de núpcias, quando o casal se mudou para a casa dos seus sonhos financiados desde a planta, mas entregues na realidade do Bairro Novo, para pagamento em muitos anos. Tinha armários embutidos em todos os cômodos, e justamente no quarto que escolheram como o deles o maleiro apresenta este defeito, ou talvez fosse algo estrutural da construção, não se sabe, como um desvio no alicerce, ou no piso: o fato é que as malas escorregam dali toda vez que a mulher abre a porta de cima para pegar ou guardar a colcha e os cobertores, atingindo-a na cabeça. Acontece muito frequentemente, lembrando à mulher, à esposa, que elas, as malas, foram encostadas junto com a alegria de sair para viajar, de confundirem-se com o que é diferente deles próprios, de estranharem-se com o mundo em que vivem. Tudo isso agora é medo.

A infelicidade adoçada que sente também havia contaminado os objetos. As malas tinham manchas em forma de mapas antigos, nunca visitados. Mapas inventados na imaginação dela, da mala. Exalavam cheiro de anilina vencida, mas também de morte abafada. Como se houvesse uma mulher, uma mãe de família asfixiada ali dentro, para sempre. Eram malas tristes, que não viajaram, que apenas migraram de uma loja para um hotel barato, de lá para uma casa de família. Pareciam mais um veículo de carga do que o símbolo de uma esperança que nunca se cumpre, mas alimenta a imaginação. E tudo em nome da economia que fizeram para comer e para morar daquele jeito naquela época — e agora, por causa da piscina.

Rinc! Rinc! Rinc!

Um, dois, trinta miligramas!

A mulher, a esposa, embora corresponsável pela obra, permanece alheia, dentro de casa, do quarto, e se limita a arrumar a cama depois do almoço, quando não tem a diarista para mandar. Nesses dias uma ou duas malas caem por cima dela como um aviso. Chamam atenção para o que foram — o homem e a mulher —, o que são — o marido e a esposa —, e o que poderiam ter sido, quem sabe?

Só Deus.

Os repetidos ferimentos e hematomas em sua cabeça chegam a produzir úlceras douradas, mas não aparecem porque o cabelo comprido e descuidado as esconde: *que sorte!* Latejam permanentemente, no entanto, despertam as suas nostalgias e agitam a sua imaginação em meio a reações químicas.

Mais um, mais dois, mais trinta miligramas, doutor!

Mal não faz.

Pode não querer dizer nada, mas hoje, por exemplo, quando a mala vazia rolou lá de cima e bateu na sua testa inchada, ela não a guardou no mesmo local, mas noutro, mais embaixo, mais perto e mais fácil de encontrar.

63. Os cobradores

O MOMENTO HISTÓRICO de prosperidade também impõe desafios enormes para as máquinas de produção públicas e privadas, tudo (vivo ou inanimado) opera nos limites. O ócio (de tempo ou de espaço), quando existe, é rapidamente medido, financiado e adquirido, processado por outras máquinas de produção e revendido, financiado, na outra ponta do consumo. É confuso, mas apenas num primeiro momento: o processo todo de refinanciamento das dívidas é constante e didático por si só — para trás, diminuem os descontos, para a frente, aumentam os acréscimos.

A dívida cresce mesmo quando a gente não se mexe...

São títulos diversos, faturas, duplicatas, promissórias e boletos bancários ao portador, com juros e correção progressivos, que passam de mão em mão e se parecem com dinheiro, numa falsificação de baixa qualidade, mas não é bem assim. No mercado financeiro, muitas vezes um documento de promessa de pagamento, feito em papel de pão engordurado, com a digital do devedor impressa em sangue, por exemplo, pode ter mais valor do que o numerário a ser pago à empresa refinanciadora em questão, ou à próxima que comprar ou herdar o título da dívida.

Os dramas deste desenvolvimento limítrofe, sobrecarregado de riscos de exaustão precoce, com o tempo curto e vendido caríssimo (mesmo que financiado), também afetam a eficiência do sistema judiciário. A demora insuportável dos processos, a ausência de acórdãos e sentenças, num sistema de recursos interpostos pela morte do tempo, fez com que as empresas de refinanciamento formassem os seus próprios esquadrões de cobrança.

Positivo! Operante!

São grupamentos especiais, mais baratos em termos de manutenção do que o sistema legal e de segurança comum, em que os agentes privados funcionam como caçadores de recompensas dos cartórios. Com a profissão recentemente regulamentada, esses oficiais de justiça terceirizados têm algum poder de polícia, acesso a declarações de imposto de renda e arquivos de protesto, com o que se habilitam a abordar os devedores para que assinem mais e maiores confissões de dívidas.

Positivo!

Esses profissionais não estão autorizados a usar uniforme, apenas a força.

Operante!

No caso deste relato em particular, e depois de tantas cartas destroçadas pelo cachorro, jogadas fora pela esposa semiacordada, ou simplesmente denegadas pelo marido neste fim dos tempos, eles, os cobradores terceirizados, acabam aparecendo: é no caminho do trabalho, logo no início atrasado da semana, vergonhosamente em meio ao congestionamento. Tudo para causar ainda mais transtorno em quem já tem pressa e compromissos, além de dívidas vencidas. Assim é que o nosso homem endividado está dirigindo seu carro (alienado) quando um veículo de grande porte, com luzes no teto e para-choques reforçados, pintado com tinta verde fosca, os vidros fechados e espelhados, soturno e inidentificável, cruza-lhe a frente em diagonal, numa típica manobra militar. E para.

Mãos ao alto!

Descem os conhecidos agentes da empresa de cobranças, sem uniforme identificado, mas que cobrem o corpo, o rosto e as mãos com roupa preta. Carregam robustos fuzis de repetição de fabricação russa, israelense, brasileira e norte-americana, bem ao gosto de suas milícias. A semelhança física e a semelhança do seu carro com os homens e blindados do exército nacional é uma confusão deliberada pela lei.

O senhor tem que assinar um documento: agora.

O serviço — é visível nesta ação — tinha se profissionalizado com a privatização do setor e com o reconhecimento da categoria. O devedor de que trata este relato, por exemplo, não tem o menor tempo de reação quando é retirado de seu carro e conduzido escoltado até o blindado da empresa de cobrança. Rapidez de *blitzkrieg*, firmeza de *SS*, e poder de contenção da *Wehrmacht*. Isto acontece ao nosso homem à vista de todos os demais cidadãos devedores, com a ajuda dos dois seguranças de rosto coberto e sem tocar o chão com os sapatos.

Boa tarde.

No interior do blindado o homem encontra um oficial de justiça terceirizado, com simpatia falsa no rosto e o seu prontuário de dívidas (encadernado) na mão.

É extenso...

Sim, senhor.

Não precisa me chamar de senhor.

É inevitável, senhor.

O consumidor, o proprietário da piscina, o devedor de que trata este relato, é sentado sem querer pelos dois seguranças, que permanecem lado a lado da cadeira: *para proteger e servir!*

Você é um pária! E porque você não paga, os outros têm que pagar mais do que pagariam se você não existisse!

O que vai ser de mim, senhores?

Você é um fator de desestabilização.

Ei! Ele é o cara da piscina, não é?

Sim, senhor.

E como vai ela, a piscina?

Ainda não está pronta, senhor, não aproveito nada, senhor, só o mau cheiro da terra que foi retirada e todo o tempo a agressão da poeira do cimento no pulmão, senhor. Eu dormia muito bem antigamente, esquecia tudo no dia seguinte, mas agora tudo me carrega para um certo ponto, este ponto morto em que me encontro agora, diante do senhor...

Você há de perder o carro, o relógio de pulso, o de cabeceira, a geladeira, o freezer, o fogão, a televisão, o telefone fixo, o celular, o computador, o forno de micro-ondas, as calças, as camisas e até a casa, só não vai se perder da piscina, que está colada nos fundos do quintal. Você escolheu e vai ter que pagar, com a graça de Deus.

Amém, mas... E se eu alegar que fui enganado, senhor?

Os contratos podem ter enganado você, mas você não pode estar enganado a respeito dos contratos: eles vão lhe foder, sim.

Como disse?

Prezado cliente, é assim, eu disse. Temos aqui uma nova confissão de dívida para o senhor assinar no ato, se quiser, e obtém um desconto nas taxas de refinanciamento, mais adiante...

Tudo volta à velha falsidade de sempre, com os dois seguranças ao seu lado, portando os fuzis de repetição.

Isso é necessário?

Acontece com todos. É democrático, sem dúvida.

De modo que o homem, o cidadão devedor, não pode mais evitar assumir outra pendência nesta hora difícil.

Onde eu assino?

Embaixo de uma nova confissão de dívida. Com isso, como é sabido, troca a empresa refinanciadora e recebe novos créditos, mas que são imediatamente apreendidos, ou "consignados para administração", como dizem, por alguma financeira concorrente com informações privilegiadas sobre os percursos do dinheiro no mercado financeiro. O homem pensa que está livre disso tudo, mas só está mais preso do que nunca ao esquema do viciado em endividamento; o que ele conseguiu de verdade foi mais um curto espaço de manobra, um tempo — em dinheiro — para continuar rolando dívidas morro acima e morro abaixo.

Como Sísifo.

Como disse?

Obrigado, senhor.

Amém.

É o nosso devedor, de novo. Ele ainda se sente constrangido e obrigado a agradecer a oportunidade. Enquanto isso o oficial de justiça terceirizado, com um gesto, orienta os dois soldados da empresa de cobranças — sem uniforme, mas de roupa preta — a libertarem o homem, o que eles fazem a partir da porta, abandonando-o com violência, e desde o alto, no acostamento.

Não saia da cidade!

É impossível, senhores!

Quando o devedor/trabalhador chega à "sua" empresa, ele está bastante atrasado, "quase na hora do almoço", muitos notam, e reparam também que as suas roupas estão rasgadas, que há escoriações nas suas patas e sangramentos em sua carne: *eu caio em casa, tu cais em casa, ele cai em casa; nós caímos em casa, vós caís em casa, eles caem em casa.*

Você não é aquele cara?

Não sou eu não, senhor.

Assustado, o nosso homem, o operário ferramenteiro, logo começa a trabalhar no torno semiautomático da empresa e a recuperar para a empresa seu tempo perdido.

64. Duas vezes nos mesmos dois lugares

COM NOTAS E avaliações trocadas por antidepressivos com a professora, finalmente havia paz na sala de aula e a maioria dos alunos, com a aprovação conquistada antecipadamente, nem precisava permanecer dentro da classe enquanto estivesse na escola. A tradição peripatética ganhava uma nova vida em seus arredores. A quantidade de alunos soltos nos corredores, no pátio e nos banheiros transferia muitas atividades para o jardim e o estacionamento. No antigo jardim e atual estacionamento, por exemplo, de chão batido pelos carros financiados dos professores e dos funcionários, sob um sol dos infernos, há apenas uma árvore muito alta num círculo de cimento queimado, usada como sombra pelas pombas e ponto de encontro de estudantes, onde amarram animais para tortura e aprendizagem, escavam juras de amor na casca grossa, praticam rituais afro-brasileiros na semana da consciência negra e se festeja o vinte e um de setembro.

Aí está você!

Como no Êxodo, um mar vermelho de jovens excitados e fiéis se abre para dar passagem a quem parece ser o seu guia, que é ele, ninguém mais nada menos do que o filho do policial civil, aquele que se imolou no banheiro masculino da escola, no capítulo cinco. Esse menino, com aspecto envelhecido de rapaz violentado, tem inúmeros hematomas e cicatrizes, os ombros tortos em relação ao pescoço, os cotovelos revirados para o lado contrário, e caminha de maneira precária, com pinos na bacia e nas pernas e os dois pés deformados por disparos.

Ele vai pular de novo!

O filho do policial, claudicante, se dirige ao menino, filho do homem deste relato, que, temendo que lhe venha mais um murro traiçoeiro, ergue os braços para proteger o rosto.

Não vou lhe fazer mal.

Desconfiado, o menino ainda demora a baixar os braços e encarar o outro.

O que você quer comigo?

Agradecer.

Como disse?

Isso mesmo: agradecer.

O rapaz, o filho do policial civil, se prepara para cair mais uma vez da árvore do ponto de encontro, de onde já caíra para fratura exposta (dupla) no osso cúbito há pouco mais de um mês.

Estou ganhando mais dinheiro nestas exibições do que o meu pai na polícia, e só trabalho uma vez por semana!

Sem saber o que dizer diante da miséria do outro, o menino, o filho do ferramenteiro, deixa escapar um: *parabéns... Mas me agradecer?!*

Se você não me desafiasse naquele banheiro eu jamais teria descoberto meu verdadeiro talento. Aqui estou: eu me tornei um profissional do sofrimento e gostam de mim por isso. Agora sim sou alguém especial, e devo isso a você.

O filho do policial civil, comovido e combalido, estende a mão. O menino, o filho do ferramenteiro, covarde por natureza, ainda hesita por impulso, mas termina por fazer o mesmo, esperando pela dor... Só que não acontece de ter a mão esmagada.

Obrigado.

O rapaz, embora de aparência forte e, se vê, capaz de suportar grandes sofrimentos, está, por isso mesmo, muito debilitado, ou drogado, que seja, não se sabe no momento, mas logo que se despede do menino ganha de alguém uma daquelas cartelas do que parece ser o medicamento calmante do governo e aperta um, apanha dois, pega três, junta quarenta miligramas e tic tac bum!

Seja o que Deus quiser.

A menina mais bonita e o segundo rapaz mais forte da escola lhe trazem água, reverentemente. O filho do policial civil engole todos os comprimidos de uma vez. Bebe água por cima. O copo usado desaparece da sua mão para as mãos dos serviçais: *se vê que ele encontrou um lugar melhor.*

É o que pensa o menino, o aluno, o filho do nosso homem, assistindo ao espetáculo do rapaz alquebrado subir com extrema dificuldade pelo tronco da árvore do ponto de encontro, no centro do círculo de cimento, e, diante do interesse que despertaram anteriormente entre os amigos e apostadores os tiros disparados contra si mesmo, as queimaduras e a fratura exposta no mês passado, ele, o rapaz, demonstra de novo o que tinha lhe acontecido: no galho mais alto da ponta da árvore do ponto de encontro ele abre os braços como um pássaro e se deixa cair lá de cima sobre o braço dobrado, recém-retirado do gesso, e sobre o mesmo círculo de cimento do piso, quebrando ali mesmo o mesmo osso cúbito nos mesmos dois lugares, como da primeira vez.

Chamem uma ambulância, por Jesus Cristo!

O rapaz, o menino, logo é levado ao distante pronto--socorro do convênio da polícia. Desta vez, no entanto, ele arrecada mil e duzentos (na moeda deles), que, de família humilde, o filho do policial civil dá integralmente para a mãe.

65. Ferro-velho II

Bom dia, pai

... Dia?
Pai?
Quem é você?
Não me reconhece, pai?
Você trabalha aqui?
Eu sou seu filho, pai.
Meu filho é um ingrato filho da puta.
Eu estou aqui, pai.
Você trabalha aqui?
Eu sou seu filho, pai.
Meu filho é um ingrato filho da puta.
Não me reconhece, pai?
Quem é você?
Boa noite, pai
... Noite?

66. Provérbios 6:16-19

CHEGA O PERÍODO de monções, com chuvas e enchentes sob o sol. O verão avisa que não vai sair dali. O cheiro de enxofre vaporizado escapa dos montes de ferro e de aço estocados a céu aberto, em desarranjo; cai lá de cima essa fumaça granulada, faz barulho de garoa nas carcaças dos carros iguaizinhos, e o homem procura pelo seu, idêntico a todos os outros, no estacionamento lotado. Quando aperta na chave o botão do alarme, uma dúzia de buzinas responde ao mesmo tempo, desnorteando quem procura por todas as direções. As vagas nunca são demarcadas e sempre que não pode ele está perdido, como agora, neste hoje.

Seis são as coisas que o Senhor abomina, e a sua alma detesta uma sétima: olhos altivos, língua mentirosa, mãos que derramam sangue inocente, coração que maquina perversos projetos, pés velozes para correr ao mal, testemunha falsa, e o que semeia discórdia entre irmãos. E por tudo isso eu te acuso, Judas traidor de sua classe!

É um vulto andrajoso que se ergue do cimento, materializa-se numa pessoa em carne e osso, ou quase isso, mas o nosso homem, em dúvida, recua feito tivesse visto um bicho, como de costume.

O que disse?

Lembra-se de mim, companheiro?

Não! Eu...

O nosso ferramenteiro, o trabalhador especializado que cumpriu o seu horário, o pai de família que julgava ter encontrado o que queria no estacionamento, agora, diante daquilo, esquece até mesmo o que está procurando.

Eu não sei, eu...

Acontece que ele também não pode evitar reconhecer o homem destroçado, o andrajo que ali se encontra, porque trabalha, ou trabalhava ao lado dele, mas além do vidro, no calor da linha de produção, na divisa com o vidro frio da "sua" ferramentaria. O ferramenteiro, o operário qualificado — único estamento da empresa a usar capa numa hierarquia de macacões —, ele via de perto quanto este outro, o andrajoso operador de máquinas semiautomáticas, o quanto ele era ruim e desatento aos mínimos padrões de qualidade e segurança na utilização de uma plaina mecânica, por exemplo, cuja operação consiste basicamente em vigiar o vai e vem do braço que desbasta a peça, e que, mesmo numa ação de baixo risco, como esta, ele machucava-se com frequência alarmante, causando danos ao patrimônio da empresa e ameaçando a boa saúde dos colegas que trabalhavam logo ao lado — nosso homem, por exemplo.

Acho que conheço você sim, lamento.

Fora o nosso ferramenteiro de lúgubre avental cinzento, ele mesmo e de próprio punho, quem tinha incluído aquele outro na lista de demissões que o engenheiro-chefe, o patrão de ambos à época, tinha submetido aos seus palpites: *tem um relógio que está parado comigo desde que eu fui mandado embora. Quanto mais eu olho pra ele, mais ele se enterra. E mais eu olho e mais ele fica. Eu nunca me distraio e o relógio nunca se mexe.*

Não há o menor sentido em ver algo de bom nisso que se passa, mas o nosso homem, constrangido, insiste, covardemente: *se você não está mais aqui, não depende mais do tempo, desse tempo.*

Aí é que você se engana: dependo ainda mais porque eu perdi tudo o que eu tinha. Quando você tem alguma coisa para fazer, qualquer coisa, você também é feito pela coisa que faz, e está tudo bem. O pouco do que eu era, era o emprego que eu tinha, e já nem sei o que não fazer. Estou bem fodido, aliás. Pressionado até os dentes, veja. Mal consigo respirar.

O nosso homem, o ferramenteiro, embora empregado, mas por via das suas dívidas impagáveis, se identifica: *nem me diga.*

Eu sei o que é ser um fantasma.

São dois espectros que se defrontam, sim. O roto e o rasgado, cada qual à sua maneira. Em mais um impulso que deveria ter freado, o nosso velho homem empregado mexe nos bolsos, procurando palavras de consolo, mas só encontra moedas e balas derretidas.

Aceita?

E logo, contaminado por esta tristeza e loucura na miséria, ele se afasta na direção das cancelas de saída, da sua casa, andando, andando. É longe. Longe demais. O estacionamento é vasto. Ele não está acostumado. É proibido andar a pé. O homem, o desempregado andrajoso, segue o nosso homem andando, andando: *tenho diploma de torneiro revólver do Serviço de Aprendizagem Industrial, experiência como fresador, seis meses de carteira como prensista, ajustador de mão cheia, bons conhecimentos de ferramentaria, você sabe, mas volto pelo salário de meio-oficial ajustador ou ajudante-geral mesmo,* disse o outro, o desempregado, humilhando-se até as golas mais baixas da hierarquia industrial. E tentando evitar este impulso, mas fracassando fragorosamente e se humilhando ainda mais e mais, ele continua: *todos nós temos que fazer algum sacrifício pela empresa, não é mesmo?*

É desagradável de se ver e o nosso homem sente o golpe, enxergando-se em pouco tempo naquilo ali. E anda cada vez mais rápido. Corre. Em fuga. Abertamente.

Eu vou ficar ainda mais barato para a empresa, companheiro!

Não é bem esse o problema deles, eu acho. Há muitos outros mais baratos do que nós.

Não é um consolo. Os dois estão em polos opostos daquela cultura de supermercado neste instante. É também uma frase terrível e inoportuna de se dizer a quem está pior, mas o outro, abatido, de joelhos mesmo, já não se abala com nada. Apenas implora: *vocês têm que me aceitar de volta, pelo amor de Deus!*

Nosso Senhor, Ele não tem nada a ver com isso.

O nosso homem quer apenas encontrar seu carro como todos os outros que estão partindo para entrar de novo no congestionamento da volta para casa, por pior que fosse, mas, para sua vergonha e contrariedade, o outro, o homem desempregado, começa a chorar ali mesmo.

Por isso você perdeu o emprego, seu bosta!

É o que gostaria de ter dito o homem de que trata este relato, mas ele não tem a menor presença de espírito e perde mais esta oportunidade de ouro de dizer o que pensa — honrar-se com a verdade a respeito dos outros, para começar uma transformação em si próprio, enquanto é tempo, que tal?

Não!

Não. Com ele não (este relato também é sobre isto, tragicamente). É o outro, o operário desqualificado, a vítima dos seus juízos, quem chama a atenção dele, do nosso homem, e de alguns funcionários retardatários, com o escândalo de suas lágrimas, resmungos e engasgos no caos do estacionamento.

Não!

São perguntas ruins, tolas, impossíveis de responder, gritadas quase em falsete a esta altura: *quem vai me querer assim como eu sou? Você sabe qual é a minha idade? Para que eu sirvo ainda? O que vai ser da minha vida?*

E chove, chove. O enxofre do material estocado irregularmente nos arredores, do ferro e do aço, sob o calor e a água corrente, se desprende como se fosse tinta embaixo d'água.

Chega a ser bonito.

O desempregado de aspecto andrajoso e de cimento agarra o braço do nosso homem, o ferramenteiro e coautor da lista de demissão, como se quisesse fundir-se com ele, virar parte do seu corpo.

Faça-me o favor! Me larga!

Você não entende? Eu vou deixar de existir, de consumir, de comer!

O homem demitido não se vê nem se ouve direito. Apenas chora este choro sem restrição. Vergonhoso até. Mas firme e farto, como se tivesse a ideia fixa de que, assim, pelo esforço desta insistência humilhante, estúpida e exaustiva (tida como "guerreira" entre eles), recuperaria o emprego na fábrica.

Não adianta.

Eu vou morrer!

Todos nós, por Jesus!

Um homem empregado corre. Um homem desempregado avança em seu encalço, os dois estão nervosos, agitados, e, num descuido do primeiro, do empregado, o outro, o demitido, se aproveita para se agarrar em seu colarinho, violento. Rolam abraçados no chão.

Eu sei quem é você, dedo-duro do caralho!

O que disse?

Seis são as coisas que o Senhor abomina, e a sua alma detesta uma sétima, filho da puta!

Como disse?

Você é o cara da piscina, não é?

Quem disse?

Puxa-saco, capacho, X-9, adulador, bajulador, ganso, chupador, delator, lacaio, criado, pelego, traíra, candongueiro, lambe-botas, rato, adorador de imagens e de luxos!

Do quê você está falando?! Eu não sei do que você está falando...

Então o nosso homem empregado encontra "seu" carro — é seu carro e do seu atual banco de financiamentos, sabe-se muito bem —, mas ele fica feliz e aliviado com aquilo, se ergue e dispara o chaveiro/alarme: *rinc! Rinc! Rinc!*

Alguns carros esquecidos acordam sonolentos e confusos, mas o carro dele, idêntico a todos, é o único que se abre, convidativo: *vem!*

Com licença!

Nosso homem, o proprietário do carro, num último fôlego dá um pique em direção ao conforto reconhecido do carro/lar.

Eu o amaldiçoo!

É o que grita o homem desempregado, mas não se faz ouvir pelo outro, que, dentro de "sua propriedade", já apertou o botão do vidro elétrico, o do rádio e o do ar-condicionado, cortando por completo o contato sonoro com aquele mundo exterior. Em seguida, protegido por esses ruídos, ele manobra sem usar os espelhos retrovisores e acelera para fora da fábrica, quase atropelando o homem desempregado, espectro em andrajos que torna a desaparecer no cimento do chão.

67. Agora é concreto

No futuro, houvesse futuro na cultura deles, quando tudo fosse abandonado e desaparecessem, só as pedras entalhadas guardariam seus símbolos e segredos. É sabido que tudo o mais desaparece na corrosão. É assim desde sempre. O papel, com suas ideias brilhantes e normas rígidas, suas assinaturas personalizadas e seu aval arrogante sobre todas as outras coisas, em pouco tempo não deixa vestígio sobre a terra; o pior plástico se derrete em menos de um século; o ferro oxida e degenera em poucas décadas, a madeira apodrece num par de anos...

Só as pedras sobrevivem para contar o tempo.

Isso mesmo. O concreto é para ser eterno, ou quase, como Roma, Washington, Brasília, Argel, Tirana, as muralhas da China, do Texas ou de Israel. Por isso o trabalho artesanal no arranjo e na costura da malha de ferro, o engenho artístico das formas de madeira, o cuidado neurocirúrgico de sua instalação no terreno, sua devida umidade e o enchimento propriamente dito — a composição do concreto que se derrama ali dentro, a relação da água com o cimento, do cimento com a areia, da pedra britada e limpa com a água fresca e cristalina que se joga e se mistura para colar tudo muito bem, os aditivos que se fazem necessários para ajudar na secagem e na aglutinação, sua composição química e a reação física após o lançamento, e logo o trabalho de vibrar a argamassa até cobrir a estrutura perfeitamente. Porque é o concreto que sela e protege o ferro da erosão do ar em que vivemos, ninguém menos, nada mais.

O ferro dá flexibilidade à pedra e a pedra dá responsabilidade ao ferro, compreende?

Eu queria ser forte e fraca assim!

Depois tem que saber quantas vezes a água por dia, a qualidade da água que se dedica a isso e em quantos dias de água se resolve a cura completa.

Ele, o concreto, morre e seca.

Em trinta dias no máximo virou pedra, como praga bíblica.

Pode-se dizer que há mais esforço para manter a terra por fora do que a água por dentro de uma piscina como essas, a senhora acredita?

Eu creio, mestre, creio muito, mas preciso tomar remédio para dormir e deitar logo em seguida. Meu marido conversa com os senhores, algum dia. Com licença.

Toma um, toma dois, toma cento e setenta miligramas para o antidepressivo fazer o mesmo efeito hoje que trinta miligramas faziam antigamente, e logo ela está abatida, está deitada no quarto, olhando, quando o vento e a cortina deixam, o transtorno do céu através da janela, a formação de mais uma tempestade de monções.

Enquanto isso, edificações aparentemente sólidas ruem por causa de concreto malfeito e mal aplicado na estrutura de ferro ou no leito do terreno. O caso deste relato

não é diferente dos piores. Sem a necessária supervisão de técnicos especializados (citados de maneira ambígua nas menores letras do contrato, mas nem o mestre, nem os seus discípulos eram diplomados — e ademais odiavam a escola como todos os outros cidadãos de sua cultura), sem o acompanhamento diligente dos proprietários (uma perdida na cama, adormecida, outro perdido no trabalho, distraído), o concreto foi derramado num dia úmido (num erro primário, sem prever a tubulação do retorno, do ralo, da iluminação), vibrado preguiçosamente pelos ajudantes do mestre e, sob as ordens dele, curado de maneira ainda mais selvagem e irresponsável, em desobediência aos mínimos períodos determinados no projeto, com água suja, em quantidades aleatórias e mal distribuídas, em formas usadas em outras construções, irregulares e empenadas, que deram à argamassa endurecida esse aspecto desorganizado, rústico e empobrecido, com pedras espetadas por todos os lados e buracos de bolhas de ar que estouraram na secagem, num resultado imune a qualquer tentativa de corte ou polimento, com rachaduras de fora a fora, visível desvelamento da estrutura de ferro — e aquilo que será determinante para o fracasso completo do empreendimento maior deste relato: sem estaquear a base da caixa de alvenaria da piscina, ela ficou entregue à própria sorte, enquanto as monções de verão selaram o seu destino.

O que não está no contrato não pode ser aplicado a esta piscina, compreende?

Porque chove. E neste ano vai chover mais do que o esperado. A prosperidade e a poluição irritam os céus e os olhos como nunca, e a água que despenca sobre os pés nus da mulher no quarto, na cama sob a janela aberta, é apenas uma parte do que está fora do tempo e do lugar na casa desta família agora. A água mergulha pelos furos e rachaduras, e há furos, falhas e rachaduras em tudo, se vê.

Qual é a lição, Senhor?

A água que eles pensam que Deus manda se insinua e se infiltra sob a estrutura do tanque de concreto sem âncora e o ergue nos ombros, como Atlas exibicionista.

Amarrem esta merda!

As mulheres, as vizinhas próximas e distantes até, elas gritam. As esposas ligam para os maridos que ainda não chegaram. A água está agitada por todos os poros, por todos os cantos, embriagada de movimento. Tudo se toma dessa fúria. Chove mais água do que nunca.

"Estabeleço minha aliança convosco, com vossa descendência e com todos os animais selvagens que saíram da arca: nunca mais haverá dilúvio para devastar a terra", não foram estas as palavras de Deus a Noé?

A caixa de alvenaria levita numa poça de lama e material de construção mal estocado no quintal e que a chuva leva para dentro do buraco. É uma banheira de pedra boiando dentro de um buraco obscuro e repugnante, mas cada vez mais agressivo, em redemoinhos cortantes e perigosos, que ameaçam rasgar ou levar o cachorro.

"Quando eu acumular as nuvens sobre a terra, nelas aparecerá meu arco; recordar-me-ei então da aliança existente entre vós e os seres vivos: nunca mais dilúvio sobre a terra", e quanto a isto?

É Gênesis oito ou nove, acho.

Logo aquela "casca de piscina" está girando feito um galeão desgovernado, adernando, subindo e descendo e acertando com as muitas quinas e rebarbas, a cada rotação, as paredes dos três vizinhos, do quintal dos fundos, dos lados e atrás, e também um cômodo da propriedade do homem de que trata este relato, canalizando para a casa de todos eles a enxurrada de um bairro inteiro mal planejado (conforme descrito no capítulo quatro, apresenta relevo "em degraus", aumentando a velocidade da água), causando pânico, risco de vida, escoriações, doenças, prejuízos materiais e dissabores que só eles aguentam.

Maldita seja Canaã! Malditos sejam teus filhos!

O menino, sempre com fones de ouvido, ignora mais esta praga assacada a sua família.

Toma um, toma dois, toma noventa miligramas e tudo bem!

No quarto do casal, com os pés encharcados, nus, gélidos e abandonados numa poça estagnada sobre o colchão, a mulher, a esposa, a mãe, ela se mantém de olhos abertos e aprecia, à sua maneira, a desgraça da infiltração. Dia a dia. Tempestade após tempestade. Pacientemente. Até ficar com pneumonia.

Quanto ao proprietário da piscina: *eu achava que tinha contratado um mestre...*

Quanto ao mestre da obra: *você não devia ter confiado em mim, nem no contrato que assinou. Eis o meu ensinamento de hoje.*

Obrigado, senhor.

68. Segunda advertência

Os DIAS DE tempestade tinham virado a noite pelo avesso e despejado o seu caldo negro em cima do Bairro Novo, como se fosse lixo. Brilham céu e terra, mas é um brilho doentio, gorduroso. A casa do homem de que trata este relato, por exemplo, é o fulcro desolador de uma paisagem lunar, furúnculo de lama e de cimento agregados, onde se forma e se reforma esta crosta ondulada e abrasiva sobre todas as coisas: a cama, a comida, a mesa da sala, a tampa da privada, a lavanderia desaparecida, o sofá... As coisas estão fora do lugar, é sabido. E mais do que nunca, agora, se vê que a obra da piscina, desde o quintal, além daquela parede, invadira com brutalidade o lado de dentro e de maneira insuportável o convívio humano na casa de família.

Toma um, toma dois, toma dez!

Tornara-se um vício irreversível, ao que parece. Os químicos privados e do governo, que se juntaram para criar esses antidepressivos, não escondem que suas fórmulas são destinadas mais a não deixar acordar do que propriamente para fazer dormir. Não é apenas uma diferença conceitual. A mulher está deitada, dormindo, mas não está descansando.

Quem é que vai dar comida ao cachorro?

O menino, no quarto considerado dele, do outro lado dessa parede, também dorme e não dorme aquele sono, acorda e não acorda, estuda e não aprende, busca e se acovarda. Ele fica ali e está mais distante do que num fim de mundo. Pra completar, nos fundos do quintal o cachorro ainda uiva um uivo triste e cansado, até ser interrompido por uma pedrada.

Quem fez isso?

Pensa em levantar, acender a luz, ir até lá fora, investigar, enfrentar o culpado, o responsável, voltar e sentar, mas é só um pensamento, sem qualquer consequência.

Melhor nem pensar...

No centro solitário disso tudo, à luz da TV, na sala de visitas nublada de cimento, apenas o homem abatido, o responsável por contratos cujas ações de cobrança podem ser executadas a qualquer momento, que se pergunta: *se eu soubesse o que procuro com este controle remoto, meu Deus?*

De imediato — como se fosse um maldito milagre do Senhor ou a sugestão do Diabo em pessoa, surge na tela da TV, num canal de cabo de religião, a figura de um pastor vestido de guerrilheiro, brandindo uma edição muito bem encadernada da Bíblia de Jerusalém numa das mãos e um fuzil automático Kalashnikov na outra: *o que é mais importante: o ouro ou o santuário que santifica o ouro?*

O silêncio oco do estúdio repercute na pequenez da sala da casa do homem. Ele se olha, e se vê menor ainda aos olhos do pastor: *eu e Mateus, nós já advertimos: ai de vocês, mestres da lei e fariseus, hipócritas! Ai de vocês porque começou a contagem regressiva: quem estiver no telhado de sua casa não desça para tirar dela coisa alguma. Quem não estiver devidamente calçado pode ter os pés de barro arrancados pela fúria dos inocentes. Quem estiver no campo nem volte para pegar seu manto, proteger seu carro ou sua casa, sua esposa. Não adianta se agarrar em nada. A força do levante será mais forte do que a força de mil, de um milhão de mãos! Como serão terríveis os próximos dias para as grávidas, para os traidores e aqueles que estão devendo dinheiro!*

Inevitável para o nosso homem, o proprietário da casa — único acordado, à sua maneira —, olhar para as contas empilhadas na mesa e no chão da sala. Quem vê aquilo do seu ponto de vista pensa que o pastor fala com ele, mas não é verdade: *orem para que a fuga de vocês aconteça num sábado, para fugirem bem rápido. Haverá grande tribulação no caminho, como nunca houve desde o princípio e jamais haverá depois, quando os errados forem cortados pela raiz. Porque não vai ficar pedra sobre pedra, moral sobre moral, ferro sobre ferro, ideia sobre ideia. Que ninguém se engane quanto ao poder de fogo que será utilizado, nem dos juros que serão cobrados dos vencidos miseráveis.*

O pastor dispara uma rajada de fuzil automático no estúdio de televisão. À parte a poeira que cai do teto, nada se move. Estava tudo previsto pela direção do programa: *vocês ouvirão falar de guerras e rumores de guerras, e é isso mesmo o que vai acontecer. É necessário que tais coisas aconteçam. Nação se levantará contra nação, reino contra reino. Haverá porrada, fome e terremotos em vários lugares. E tudo isso será apenas o início das dores! Muitos ficarão escandalizados, trairão e odiarão uns aos outros, e numerosos falsos profetas surgirão e enganarão a todos. A pena de morte pode nem ser a pena máxima!*

O pastor guerrilheiro arremessa a versão encadernada em couro da Bíblia de Jerusalém na câmera, que recebe o golpe e, um instante depois, treme a imagem. Também parece combinado.

E não adianta ter medo: está marcado o seu encontro com Ele. Devido ao aumento da maldade, o amor de muitos esfriará. Haverá choro e ranger de dentes e é inevitável que os mais ingênuos sofram, para que os culpados apareçam. Quanto ao que virá depois disso, é certo que, se as bactérias sobreviverem, elas haverão de limpar a nossa herança e dar melhor destino ao seio esgotado da terra, mas aí já estaremos salvos, em melhor lugar...

Amém.

Então o barulho na porta da frente, na garagem suja de lama, dentro da propriedade do homem. Ele já não pode mais evitar de sair para vigiar o que é seu, e encontrar lá fora, em cima do capô do seu carro, uma cabeça de porco recém-decapitada. Rosada. Voltada para ele. Sanguinolenta. E uma vela acesa colocada do lado de dentro do portão.

Nenhum covarde filho da puta me aparece agora?

Pela primeira vez neste relato o homem vocifera de verdade, com todas essas letras muito bem articuladas e para fora. Não há quem venha dar um testemunho ou discordar do que ele grita. Então ele volta para dentro de sua casa e vai ao telefone.

Um nove zero... Um nove zero?

Convocados, os policiais mandam avisar que aquilo não é ocorrência que justifique a sua presença. Oferecem ao homem a visita de um capelão para rezar por ele, gargalham e desligam.

69. Ferramenta do crime

PRESSÃO ALTA GENERALIZADA. O calor infame e injusto por cima das telhas, degradante, democrático até o sangue na veia quente. A vida amolece e se distende, escorre para baixo. Um espelho estendido na cara de quem passa. Branco e prata. E curioso: tanto sol cegando no meio da rua e tanta escuridão ali dentro do bar do Bairro Novo. Mesmo com as portas e as janelas escancaradas, a claridade estaca de repente e pede para ficar de fora.

Deus me livre!

A luz se perde nas dobras e nas orelhas reviradas dos cartazes de campanhas públicas e privadas, nas rugas dos clientes amargurados, comedores de farinha, desertores de olhos leitosos, escamas cobrindo os braços flácidos, animais disformes acostumados às profundezas, buscando alguma redenção nos copos e pratos, mas a refeição de cada dia, a bebida e a conversa são ruins, indigestas, insalubres como água parada: *a matemática, sociologia ou genética disso tudo é que, para cada bandido que um polícia mata, nascem dois bandidos novos para vingança de outros dois polícias, que repetirão os pais e matarão eles dois mais dois policias cada um, perfazendo então cinco órfãos por bandido morto, na origem. Já para cada polícia que um bandido mata, nascem dois novos meninos ou meninas, ambos os filhos de polícia, que, justificados pelo acontecido ao pai deles, matarão ainda mais inimigos, o dobro talvez, pelo menos, perfazendo dez órfãos por policial morto. Ou quinze órfãos por geração de bandido/policial morto, no somatório geral da amostragem, conforme queríamos demonstrar...*

Mais umas doses!

Bebendo o que há de menor qualidade e maior teor alcoólico (*"a cada segundo sua necessidade e seu custo/benefício"*), eles arrancam os lacres da garganta e deixam borbotar as obscenidades verbais comuns a sua cultura por horas e horas. Algumas vezes eles são estimulados pela TV de último tipo pendurada no balcão: *se as leis mudaram, mas os tempos não mudaram, quem está do lado da polícia? Qual é o lado da polícia? E o outro lado, o que é? Será pior? Gente de que tipo ou classe vai ser presa e que tipo de delito ainda é considerado crime? O melhor é nascer mudo, surdo ou cego?*

Eu, por mim, sempre tive medo, e estou aqui. Parado, mas vivo.

Eu também. É pelo menos um conselho para quem quer durar, graças a Deus.

São idênticos papagaios de si mesmos, irmãos de fé que se amam a ponto de se aguentar assim todos os dias, todos os longos e mesmos dias sobre as mesmas cadeiras, ombro a ombro (menos um deles, mais afastado), condenando a mesma posição em que se encontram nesta floresta tropical: *estamos no fim da cadeia alimentar, senhores!*

É o homem do capítulo trinta e nove, o bêbado que odeia cachorros e que está isolado por todos os outros, numa extremidade mais escura e fria do balcão: *somos animais involuídos dos macacos, feras amansadas pelos arreios do trabalho, enjauladas em si mesmas, em nossas casas, quando as mantemos, esquecidas do que e de quem nos é importante, proveitoso ou credor, que seja. Somos ingratos, portanto. Imprevidentes, com certeza. Desconfiados, limitados, violentos, racistas, realistas, alcoólatras e impotentes.*

Fale por si, bêbado desgraçado! E por este outro pobre coitado, seu amigo...

Pobre uma vírgula! Não é o cara da piscina?

Não. Sou outro homem agora. Com licença.

Meu amigo?

O homem de que trata este relato não permite que a confusão se estabeleça. Senta-se ao lado do cliente isolado e dá as costas para os outros bêbados. Eles estão muito acostumados a serem tratados com desprezo e se aquietam conversando com os copos. Nossos dois homens estão na sombra da sombra: *você se lembra de mim?*

Aquele que queria se livrar do gato, eu acho...

Cachorro. Preciso de uma arma.

Eu soube que a sua casa de família com piscina foi profanada.

A piscina não ficou pronta. Quem diz essas coisas?

Todos, e ninguém. As más notícias se espalham rápido como granadas e cheiro de esgoto.

Eu preciso me defender.

Uma pessoa tem o direito de se defender daqueles que querem se defender dela...

Olho por olho, dente por dente, mão por mão, pé por pé, queimadura por queimadura, ferida por ferida, golpe por golpe...

Êxodo, capítulo vinte e um, versículos vinte e quatro e vinte e cinco.

Amém.

O homem bêbado beija seu crucifixo, saca sua arma e a coloca sobre o balcão. Treinados como cães policiais farejadores de drogas, todos os outros homens, mais ou menos bêbados, levantam as mãos, em clara pose de submissão ao primeiro.

Não é nada disso!, avisa o nosso homem, relaxando (até onde possível) o ambiente. O dono do bar volta a distribuir o dinheiro nas gavetas da caixa registradora, reclamando do trabalho. O bêbado indica a arma: *isso me faz me sentir grande...*

Mas em seguida ele indica a bebida no copo, e completa: *... isso me faz me sentir minúsculo outra vez.*

Os copos param de falar com os clientes e sem saber o que fazer eles põem os olhos de morcego na parede da caverna. Há sangue fresco nas garrafas, no doce, no salgado, no pano de prato, no pano de chão, nas lâmpadas opacas e na barriga dos insetos enjoados que voam para fugir do lugar, batendo as cabeças na portinhola do banheiro, repetidamente, pensando que o buraco é a saída.

Meu dinheiro não dá para o que eu desejo. Meu desejo não dá para a oferta do mundo. Eu nem sei o que eu desejo. Este é o meu motor contínuo. Eu sei, eu creio que este é "o" momento histórico de oportunidades, que elas são novas, fáceis, disponíveis, mas em meio a tudo isso o meu fôlego está decaindo, falindo, parando, e eu estou afundando como um tubarão que quer morrer afogado.

O homem bêbado indica o mundo inteiro do bairro ao seu redor ao dizer: *a destruição é tudo o que eles entendem do amor.*

Menos acovardado com a situação, o dono do bar se aproxima: *se não vai beber ou comer não pode sentar.*

O nosso homem: *quanto custa?*

O dono do bar: *a cadeira?*

O homem bêbado: *não, a arma, filisteu! Não custa nada, parceiro. Eu não consegui fazer justiça com ninguém que merecia; nem comigo mesmo.*

Cada cabeça uma sentença. Mas se houver morte...

Aí então é Êxodo vinte e um, vinte e três!

O homem de que trata este relato pega a arma. Não lhe parece mais pesada ou difícil de empunhar do que uma ferramenta de trabalho.

Deus lhe pague.

O homem bêbado, com a mão fina e delicada de quem não faz nada há muito tempo, aperta com força a mão grossa, calosa, do homem trabalhador e proprietário de que trata este relato: *se arrependimento matasse nós não estaríamos aqui, parceiro.*

Fale por si, bêbado desgraçado!

70. Paralisia

O TEMPO DO homem em casa, que deveria ser de descanso, era ao mesmo tempo o de trabalho dos pedreiros, e por isso vivia tenso o relógio. Ele, o relógio, querendo ir para a frente e para trás, para a frente e para trás, às vezes conseguindo, como um caranguejo. Prevalecia, em dúvida permanente, o tempo do trabalho, computado como "atrasos a compensar" na cultura deles.

Boa noite.

Quem são vocês?

Quase irreconhecíveis estão o mestre e os ajudantes, de banho tomado, cabelo penteado, metidos em roupas boas, um tanto espalhafatosas, calçados com meias e sapatos como se fossem ao culto de domingo, exalando o cheiro químico do desodorante.

Sua mulher está dormindo há muito tempo. Seu filho não se encontra. Só o cachorro, ele sim que deveria ter desaparecido, permanece nestes fundos de quintal, piorando uma situação difícil.

Eu vou dar um jeito em tudo isso.

Nós estamos partindo.

O mestre de obras indica aos seus pés e aos pés de seus ajudantes e só agora o homem, o patrão, vê: as ferramentas estão limpas, embaladas em plástico estéril, guardadas em estojos de veludo, e os estojos de veludo acondicionados nas maletas de alumínio. Cada maleta de alumínio tinha um conjunto de ferramentas específico e eram três maletas, trigêmeas idênticas, que os dois discípulos carregavam, uma pendurada no braço de cada um e a terceira dividida entre eles, evitando que o mestre se comprometesse com o peso daquilo.

A submissão é o segredo da liderança!

Formam assim um quadro muito higiênico, educado e organizado entre eles, como se fossem outros na verdade, profissionais experientes, gabaritados, muito melhores do que são.

Partindo para onde?

Minha equipe recebeu uma oferta de trabalho. Outra obra. Uma nova piscina, complexa, um desafio maior do que este.

Mestre, vocês fizeram um péssimo trabalho aqui!

Todos crescemos com os últimos acontecimentos.

Seria excelente o rumo desta conversa, se pudesse consertar todo um passado de silêncios, adiamentos e denegações. A ironia da cultura deles é que esta clareza toda atinge a maioria quando é tarde demais: *não foi o senhor mesmo quem me falou que eu não devia ter confiado em vocês?*

Isso. Mas quem ainda não nos conhece pode confiar cegamente, como o senhor mesmo fez. E confiança cega vale muito neste mercado. Eis o principal ensinamento destas obras.

Com a solenidade e lentidão típica dos anciãos, o mestre indica os discípulos e as maletas de alumínio fechadas como caixões de defunto aos seus pés: *e os meninos também têm medo, o senhor não é muito popular por aqui.*

O gosto bilioso que sobe pela boca do estômago do nosso homem e que o faz cuspir no chão, entre os demais, este gosto amargo é agora de outra natureza. Não é mais físico. É espiritual, como um encosto.

Deus me livre!

Ele é o único que pode.

O homem puxa uma carteira com muitos comprovantes de compra e faturas de materiais de construção e de eletrodomésticos, mas nenhum dinheiro vivo. Vasculha os bolsos. Vira-os do avesso. Nada.

Eu ainda devo ter algum crédito em qualquer lugar...

Isso nós também temos. Dever é democrático.

Ao velho estilo oriental, o mestre da obra faz um gesto sutil, com a ponta de um dedo, quase um comando telepático, visto e percebido apenas pelos seus dois discípulos, que, de imediato, obedientes e caninos, apanham as três maletas de alumínio e as erguem do chão, abanando os rabos.

Às vezes eu penso que tudo isso é só na minha imaginação...

O senhor estava em busca de algo. A maioria fracassa, mas não deve passar na televisão, é um mau agouro... Há drogas que atenuam estes problemas, de qualquer maneira.

Aprendi muito com o senhor, mestre.

O mesmo.

O mestre da obra e os seus dois ajudantes incompetentes, semialfabetizados, todos os três maus profissionais, deixam a casa definida neste relato e se afastam pelas vielas em tabuleiro desnivelado do Bairro Novo. Eles vão abatidos, carregados como mulas e cheios de esperança.

Não de ter arranjado algo melhor, necessariamente, mas saindo dali...

Já está muito bom, graças a Deus!

O homem de que trata este relato não enxerga essa alternativa de fuga, e começa a dar um jeito em tudo, conforme prometido.

71. Crueldade contra os animais

Os vizinhos e as vizinhas varreram tudo, reuniram e colocaram as sujeiras de suas casas em baldes de alumínio, sacolas de plástico e caixas de papel, saíram em procissão pelas ruas do Bairro Novo e vieram despejá-las na casa do homem de que trata este relato. Havia no meio daquilo muito mais do que entulho, havia lá uma carga ressentida de ódio, isso sim, que se via no estado das coisas ao amanhecer. Pedras, terra, paus, cacos de vidro. Muitos se associaram naquele transbordo. Espontâneos como nunca. Sem palavras combinadas. O cachorro se manteve inerte, mas muito bem acordado e com o rabo entre as pernas, lá atrás.

Alguém ouviu alguma coisa?

A mulher, a esposa, ela nota algo, mas os demais (marido e filho) não ligam, acreditando que os ruídos se deviam aos remédios e só existiam na cabeça dela.

Isto acontece durante a madrugada, tarde, na rua em frente, por cima do muro e do portão e no mais completo silêncio. A comunidade, os vizinhos, mesmo juntos assim como estão, são covardes em seus protestos: *o ferramenteiro puxa-saco, pai desse menino indefinido, a mulher drogada, este puto vaidoso, arrogante proprietário de piscina, endividado, caloteiro do Estado, ele vai se foder, mas não precisa saber que somos nós a querer precipitá-lo ainda mais no...*

Pronto! Chega!

A lógica da covardia é uma experiência filosófica que se tornou prática e funciona muito bem na cultura deles, em que os poucos incomodados que buscam os tribunais raramente sobrevivem às sentenças. A maioria toma a justiça para si, mas, tendo se evadido da escola muito cedo, a pratica desta forma tosca, anônima, com vocação linchadora.

Vamos embora!

Mas o que importa neste caso é que a vingança está feita. A garagem tem uma camada desta altura de lama, que submerge os pneus do carro do nosso homem. O carro não será mais do homem, em breve. Nem ele dele mesmo, ao que parece. Neste exato momento, por exemplo, nesta mesma cidade, representantes do banco de financiamento público e do poder judiciário, de maneira impessoal, mas profissional, estão discutindo a verdadeira propriedade deste veículo em particular, e iniciaram o processo de arresto do bem, que haverá de se consumar em questão de dias.

Porcos miseráveis!

O nosso homem, viu-se, sempre teve pouca iniciativa para dizer o que pensa, e agora não tem mais vontade de se expor desta maneira, gritando as suas verdades. Pensa, como os outros, que é preciso resolver a questão e desaparecer: *dar um jeito em tudo isso...*

Da diarista que não veio não se sabe o nome ou endereço. E o nosso homem, mais ou menos conscientemente, também rompeu com o relógio do trabalho. Falta sem escrúpulo nesta hora do dia. Está ausente do mecanismo, para todos os efeitos. "Sua" máquina (a máquina aqui tem nome: Dardino), o torno de estimação dele e do patrão, continua parado e gelado na ferramentaria da fábrica, esperando por seus cuidados e comandos para trabalhar.

Vem comigo, vem!

É com enorme dificuldade que, sozinho, ele enfia o cachorro no carro e retira o carro atolado em lixo da própria garagem. Dá partida e se afasta, vendo as cortinas balançarem a sua passagem pelas vielas calejadas do Bairro Novo. O nosso homem, o pai de família, o responsável pelo financiamento da piscina, deixa em sua casa a mulher quimicamente inválida, o menino e os seus hormônios dolorosos, e, com as dúvidas e os ouvidos entupidos de alto-falantes, dirige para longe, para os fundos dos quintais do fim do mundo. Quer ir para o outro lado. Qualquer lado menos este. Quaisquer bocas menos estas. Qualquer estômago menos este. Qualquer cachorro menos este. Agora o homem olha no espelho para encontrar os olhos do animal. Já não tem vergonha ou medo. No banco de trás o cachorro ainda confia nele.

Alguém tem que dar um jeito nisso...

A estrada, se vê à distância, é muito mais do que um vale a dividir e comprimir os moradores: de um lado, a massa de casas minúsculas, carunchadas como feridas nas encostas, semiconstruídas ou semidestruídas, conforme se queira, misturadas e abandonadas ainda na alvenaria, com a ferrugem descolorida fermentada sob o sol e a chuva que cai, ácida, todo dia por todo o verão, estas casas/coisas provisórias que ficam definitivas, depauperadas e fodidas até a raiz. Do outro lado, mas do mesmo jeito, os edifícios de apartamentos com homens, animais e carros enjaulados em varandas e vidros blindados, fazendo churrasco entre eles. A fumaça dos motores dos carros, dos ônibus e passageiros incendiados, sobe e se junta ao sabor dos alimentos.

Obrigado. Não tenho fome de mais nada.

O homem observa a paisagem isolada, fria, pendurada numa parede suja e calcinada. Enquanto o nosso motorista, o chefe da família, o dono do cachorro, o ferramenteiro, ele se dirige mais para longe e para o outro lado, mais do mesmo ele encontra pela frente. Na boca é o mesmo enjoo, vertigem ou receio disso tudo que vem do estômago, mas o nosso homem entende que é mais uma questão de princípios, ou de obrigações, ele não sabe dizer o que, nem quantas são, e acelera mais e mais, irresponsavelmente.

Resolver a questão...

Dirige em estilo assassino, contra quem está dos lados e na frente, por um pouco de sossego, por isolamento, por despeito dos outros, por respeito próprio, por esquecimento de tudo e de todos, e encontra logo um campo deserto, um terreno extenso que se abre do lado direito da estrada, pleno de lembranças ruins, carcaças abandonadas, roupas rasgadas, garrafas quebradas, tênis e tufos de mato queimado, restos de presença humana predatória e indistinta: *chega a ser...*

Até parece adequado ao que o nosso homem acha que precisa, ignorando o nosso homem, naquele momento, fora de seu território, o que vai saber amargamente logo mais tarde.

Vem comigo, vem!

O ruído permanente e soturno das máquinas automáticas e dos motores que trabalham na cidade ainda vibra por trás do mato e do ferro-velho. Está perto, mesmo a quilômetros de distância. É a hora sagrada do trabalho, aliás. Em "pleno horário comercial", para se dizer algo sério na cultura deles. Com a violência da claridade no céu, o sol é que parece ter calcinado as carcaças e o mato, quebrado as garrafas e rasgado as roupas que estão jogadas no chão.

É aqui mesmo.

No centro deste tempo morto e deste campo baldio o homem estaciona o carro. O carro está prestes a ser arrestado judicialmente, mas ainda é dele, para todos os efeitos do que está fazendo e do que está por vir. Ele, o homem de que trata este relato, também é o dono, o responsável pelo cachorro. E os animais aqui têm nome: *Thor! Vem comigo, desgraçado!*

72. Recorde de acessos na semana III:

As imagens do homem de que trata este relato descendo do carro: com uma mão ele puxa o cachorro pela gola da coleira, enquanto com a outra ele segura uma arma. A imagem vê melhor do que o cachorro, que hesita o que pode. A arma o homem esconde junto ao corpo, profissional e sub-repticiamente. Talvez o cachorro já possa imaginar, sim, ou apenas não entenda o que se passa, ou pensa que vai ser deixado ali, num lugar ruim, um sentimento opressivo para qualquer animal com uma gota de...

Vem logo.

O cachorro cede à força do mais forte e desce incomodado com o que desconhece, se vê na posição do rabo, coitado, aderido ao meio das pernas. O homem, à distância, parece muito tranquilo. E isso, talvez, esse estilo um tanto frio e racional de se desincumbir das obrigações, é, paradoxalmente, o que contribuirá para a infinita tristeza do desfecho deste relato...

Vai, porra!

A partir deste momento, o nosso homem não esconde mais a arma do cachorro. O cachorro já sabe o que aquilo significa, embora tenha vivido para ver poucas armas, todas na televisão. Qualquer bicho burro sabe que não é bom aquilo para ele. O homem continua puxando o cachorro para perto, mas não é como quem o quer, qualquer animal sente, sente o cheiro do medo e, talvez, também do assassínio. Ou talvez isso: a expressão da morte besta nas faces de um homem simples. Bate sol na cara dele, do homem. E do cachorro também. Nada os impede. O ruído cavernoso da cidade, do outro lado destes matos ermos, não os incomoda.

Deus me livre!

O único senhor em que os cachorros acreditam é o seu dono, aquele que os alimenta desde sempre, aquele que se mantém acima deles, mostrando quem é o melhor e quem é o pior, *graças a Deus.*

O nosso homem perde um resto ínfimo de paciência e serenidade (sabe-se lá onde o havia guardado!) e ergue o animal do chão. Puxa-o para cima, mas não para enforcar, e sim para encostar mais perto e mais fácil a arma na cabeça do bicho.

Filho da puta!

É a primeira vez que o cinegrafista, a pessoa responsável pela imagem (é uma voz masculina), se manifesta, covarde ele também, sem intervir, se limitando a pensar em voz alta, escondido por trás da câmera embutida num telefone, gravando sem parar. O cachorro esperneia e gira e gira pendurado pelo pescoço.

Ele vai...!

Não é fácil. Nenhum animal fica parado para ser abatido. É muito raro. Nenhum ser humano ficaria também. Mas aqui se trata de um cachorro e, mesmo velho, por instinto, ele ainda quer ficar vivo. Esperneia e gira e gira pendurado...

Não, Thor! Não é mais possível!

O homem discorda das vantagens disso tudo, se vê. E pega na orelha do cachorro, tentando barrar-lhe o movimento, mas é tudo muito tenso, fluido, sem firmeza ou ângulo para apoiar o tiro, e o cachorro morde a sua mão.

Inferno!

O homem arrasta o cachorro de volta para o carro, enrola um pano sujo de óleo numa das mãos e segura as fuças do bicho, travando-lhe a mandíbula. Em seguida, como se estivesse trabalhando numa máquina automática, executando apenas os gestos necessários para o resultado que foi pedido (*rinc! Rinc! Rinc!*), ele torna a pegar o revólver que tinha deixado no chão e encosta delicadamente em cima da cabeça do cachorro, no meio da base do crânio.

Deus me ajude.

É um só tiro, se diga em benefício do assassino. A poeira pula do chão, se vê na imagem. O cachorro já está morto e deitado sobre as patas. O homem larga o pano sujo, entra no carro com a arma em punho e dali, se supõe, ele voltou para casa.

73. Bilhete azul

Prezado Senhor ———— (EMPREGADO):

O Sr. ——— (EMPREGADO) já foi advertido em virtude de comportamento recente, incompatível com o decoro e o profissionalismo da nossa indústria, ao chegar atrasado repetidas vezes, sair antes do final do expediente, faltar sem justificativa com frequência comprometedora para o bom andamento da produção, visitar setores da empresa proibidos aos elementos de sua categoria, evitar os almoços da comunidade operária, recusar-se a manter quaisquer relações de amizade com os demais companheiros de seu nível, ou mesmo de nível mais baixo, além de toda uma série de pequenos gestos de desprezo, olhares altivos e atitudes duvidosas que vêm minando o ambiente de trabalho, gerando conflitos e reclamações.

O senhor foi avisado por escrito num mês próximo passado, embora não tenha dado ciência disto até o momento. Há outros documentos necessários, mas também não importa mais a urgência. O fato é que, mesmo visado e avisado de tudo, o Sr. ———— (EMPREGADO) não deixou de apre-

sentar o referido comportamento, chegando ao cúmulo de ostentá-lo, agora, desaparecendo de vez.

Não é assim que se faz, Sr. _________ (EMPREGADO)!

Verificada a sua reincidência, e a intransigência que não muda em relação ao problema, declaro rescindido o contrato de trabalho assinado entre mim, EMPREGADOR, e o Sr. _________ (EMPREGADO), por justa causa, com base no Artigo 482, da CLT.

É favor comparecer à nossa sede para assinar a rescisão, e para que a empresa possa cumprir todas as suas obrigações, na forma da lei.

Sem mais, assino a presente eu, o seu EMPREGADOR.

74. Devolução

É TALVEZ A cena mais triste e miserável deste relato. É curta, pelo menos. Ainda bem que pertence à parte final. Não há palavras para expressar as almas esgotadas por remédios, conselhos, orações, pedidos e produtividade neste momento histórico.

Boa noite, telespectadores, telespectadoras...

A televisão está ligada e, pode-se dizer, falando com ninguém quando o homem entra. No sofá, lado a lado, a mulher dele e o pastor da igreja do Bairro Novo, ambos contritos, consternados talvez, à sua maneira, de cabeça baixa, abatidos em sua crença mística ou névoa química, os dois ali sentados...

Boa noite?

A capa da bíblia encadernada em couro do pastor do Bairro Novo e a forração externa da mala de viagem aos pés da mulher, da esposa, sua fiel, são da mesma cor, do mesmo tom, o homem nota a coincidência.

Vocês combinaram?

Como disse?

O que significa isso?

O pastor se ergue como se fosse ele o dono da casa: *é que ela ficou lá sentada até depois do último culto. E queria continuar. Pediu para morar no templo. Disse que a casa dela estava suja demais.*

Ela toma remédio.

Minha casa é o meu corpo.

O que disse, querida?

(...)

Sem resposta. O homem, o pai, olha a luz acesa sob a porta fechada do quarto do filho. Duvida que o menino queira se contaminar com a família agora, como sempre. Depois, um tanto sem saber o que fazer, o homem, o marido, oferece uma bebida ao outro homem, o pastor, mas, lembrando da conhecida abstinência alcoólica dos religiosos, o dono da casa logo complementa, "corrigindo": *um chá? Eu faço um chá...*

Não, obrigado.

O que você queria na casa de Deus, minha mulher?

Sem resposta.

Diga, pede o pastor.

Sem resposta.

Então a mulher, a fiel, a esposa, ela se levanta e entra no quarto do casal. Mas não deita na cama. Deixa a porta entreaberta. É possível ver que ela senta diante do espelho do guarda-roupa, pega uma escova e penteia o cabelo. Lentamente, cacho por cacho, fio por fio.

A mim ela pediu que a salvasse.

E o senhor fez o que por ela?

Eu repeti Efésios cinco, de vinte e dois a vinte e quatro: "mulheres, sujeitem-se a seus maridos, como ao Senhor, pois o marido é o cabeça da mulher, como também Cristo é o cabeça da igreja, que é o seu corpo, do qual ele é o Salvador. Assim como a igreja está sujeita a Cristo, também as mulheres estejam em tudo sujeitas a seus maridos"...

Pobre coitada...

O que o senhor queria que eu fizesse?

O que ela queria que o senhor fizesse?

Eu não podia fazer o que ela queria.

O que ela queria, meu pastor?

Sem resposta por muito tempo. E depois: *talvez ela não gostasse do que ela era, do que ela e o marido eram, "minha ovelha"...*

O homem ri, depois gargalha. O pastor sabe que é com ele, que é dele, da figura e da autoridade religiosa e moral dele que o nosso homem ri agora, e o pastor fica enérgico como um raio, com vontade de eletrocutar o que está debaixo dele, os infiéis, como Jeová...

Eu soube do naufrágio completo do seu plano.

O Senhor é o meu pastor, e nada me faltará! É o que diz o nosso homem, num ato de coragem e presença de espírito incomuns.

O outro, o pastor, no meio da sala, se sente apunhalado por aquela invocação de algo muito maior que ele, amedrontado e indignado ao mesmo tempo: *há tempos a água não significa pureza: é a mãe de todas as guerras, isso sim.*

Mas e se eu estiver com Ele, quem terá coragem de ser contra mim?

Não venha com pegadinhas religiosas e salmos decorados! O castigo que recebeste é merecido, e até pouco, pelos trinta dinheiros sujos desperdiçados num buraco...

Saia da minha casa, impostor!

Deus o perdoe. Eu é que não posso.

E foi a última vez que todos aqueles — o pai, a mãe e o menino —, a família de que trata este relato, foram vistos em casa, vivos.

75. Notícias da hora II

TEMPO RUIM. BAIXA umidade do ar. As Secretarias de Saúde e de Segurança negaram, em nota conjunta, que o aumento da oferta de antidepressivos seja um projeto secreto para melhorar as estatísticas de violência em pontos críticos da cidade e que tudo se deve a um erro no depósito central de medicamentos: os produtos distribuídos não foram fracionados de acordo com os pedidos, mas enviados em caixas fechadas. Se confirmada a informação, o equívoco envolve uma carga de aproximadamente seis toneladas de "neurolépticos" — remédios que atuam no cérebro, produzindo severa tranquilização.

Epílogo
Televisão II

ABRE O PROGRAMA POLICIAL a reportagem sobre a família de três pessoas encontrada morta em sua própria residência, num antigo empreendimento projetado, conhecido como "Bairro Novo". A suspeita do apresentador é de que seja o caso de um duplo homicídio, seguido de suicídio. A suspeita da polícia, que os vizinhos chamaram por causa do cheiro incomum, é a mesma. Após arrombar a porta da sala, foram encontrados três corpos nos dois quartos da casa. Marido e mulher numa cama de casal. Um menino numa cama de solteiro. Não havia sinais de luta ou violência física e cada um tinha uma perfuração de bala na têmpora, à queima-roupa. Vestígios de pólvora teriam sido detectados na mão do marido. A arma tem a numeração raspada e foi comprada de marginais da região. A polícia descartou a possibilidade de alguém de fora do meio ambiente familiar ter cometido o crime: *não há suspeitos vivos*, afirma o delegado que chefia as investigações. Ele assegura que o autor dos três disparos foi o pai, o marido, o chefe da família, mas os resultados definitivos quanto a isso, com a devida clareza científica, só mesmo ela, a perícia, é capaz de confirmar. O pastor da igreja local foi a última pessoa a ver os três com vida, sábado à noite, e não notou nada de mais estranho do que o comum entre eles. Peritos criminais recolheram amostras de comida e de bebida para análise de venenos, e também caixas de medicamentos de prescrição restrita, que havia em grande quantidade em todos os cômodos. Segundo os amiguinhos do menino, do filho, ele sofria a mesma perseguição que qualquer outra pessoa na escola. A mulher, a mãe, ela estava doente, mas não reclamava de nada, que se soubesse. O chefe da família, descrito como trabalhador, pacato e introspectivo, enfrentava dificuldades financeiras e ações na justiça. Não foi encontrada mensagem de despedida.

Por fim o tempo tinha deixado de ser importante para eles, graças a Deus.

Este livro foi composto na tipologia Warnock Pro
Regular, em corpo 11/15, e impresso em
papel off-white no Sistema Cameron da
Divisão Gráfica da Distribuidora Record.